AMALGAM
HOUN
Special Investigation Unit, Crimin
2
アマルガム・ハウンド
捜査局刑事部特捜班
JN073408
MIDORI KOMAI
ILLUST DOMINO OZAKI

AMALGAM HOUND 2

Special Investigation Unit,
Criminal Investigation Bureau

CONFIDENTIAL

# C O N T E N T S




Presented by: *Midori Komai*

Illustration by: *Domino Ozaki*

Cover Design by: *Shunya Fujita (Kusano Design)*

CONFIDENTIAL

一章

# 白砂に埋もれた遺骸

CHAPTER 1

AMALGAM HOUND

Special Investigation Unit,
Criminal Investigation Bureau

彼には忘れられない光景がある。燃え盛る炎。赤く輝く貴石。

砂を掻《か》き分《わ》け、やっとの思いで摑《つか》み、初めて炎の中から救い出した少女の手。


「浮かない顔ね。考え事？」

黒いオペラグローブに包まれた指先を重ねて、少女は尋ねた。彼女はホワイトブロンドの髪を潮風に揺らし、黒いハイヒールの踵《かかと》を鳴らす。声をかけられた男は溜息《ためいき》で応じた。

「そういうお前は、楽しそうだな」

「こんな貴重な場を楽しまない方が、無粋ではなくって？」

彼女は灰色の瞳を輝かせて微笑《ほほえ》んだ。すれ違った給仕《きゅうじ》が頰を染めて足を止めても、彼女は気にも留めず男に歩み寄る。濃紺のプリーツドレスが柔らかく風になびいた。

ブリッジの手すりにもたれた男は、背中を丸めたまま甲板に目をやった。

飾り立てられた甲板には、夕方の穏やかな時間を楽しんでいる者たちの姿がある。家族連れやペアの客が、ドリンクを片手に音楽と波の音を楽しんでいるようだった。船上のバカンスだというのにカジュアルな服装ではなく、パーティー用にドレスアップした者が多いのは、メインホールでのウェルカムパーティーに合わせてだろうか。その中に自分も混ざるのかと思うと、男は今から憂鬱で再度溜息《ためいき》を吐《つ》いた。

「楽しめると思うか？　いつボロが出るかも分からんってのに」

「その辺りは、その軍服と、堅物そうなお顔がごまかしてくれるわ」

男は思わず自分の格好《かっこう》を見下ろした。アダストラ国陸軍の礼服。袖の階級章で、すぐに伍《ご》長《ちょう》であることは伝わるだろう。場慣れした振る舞いをする方が違和感を持たれるかもしれない。

少女は笑みを深め、男の肩にもたれて腕を絡《から》めた。

「潮風を楽しむのもいいけれど、そろそろメインホールに行きましょう？　私、あなたとパーティーに出席するのが楽しみだったの」

「……ここに標的の姿は？」

「ないわ。みんな、満ち足りた様子だもの。客としては不足ね」

一見、二人は仲睦《なかむつ》まじく見つめ合う男女でしかなかった。少女は淡々と続ける。

「ジーノ・カミーチャが狙うには、喪失感が足りないわ」

「……確かにな。幸せそうで、何よりだ」

男は低い声で応じ、少女と腕を組んで歩き出した。すれ違う給仕《きゅうじ》と愛想《あいそ》よく笑みを交わす少女を見て、男は小さく呟《つぶや》く。

「……しかし人格を指定しただけで、ここまで変わるものかね」

「それが私たちハウンドよ。相棒の人格も指定したらどう？」

少女はにこやかに答え、潮風に乱れた髪をさっと直した。

客船のメインホールでは、大勢の客が交流を楽しんでいた。客船の航行ルートにある三か国から、旅好きの一般人のみならず、政財界の要人たちも集まっている。礼服、ドレス、軍服、それぞれの持つフォーマルな装《よそお》いで出席した参加者たちに、男は目を凝らした。

船内で必ずジーノ・カミーチャを確保する。そのためだけに、二人はその場に踏み込んだ。


——一週間前。


一心不乱に駆け抜ける足音が、トンネル内に反響した。息を切らし、激しく肩を上下させた男は、被害者から巻き上げた金が懐《ふところ》から零《こぼ》れ落《お》ちるのも構わず、擦り切れたスニーカーで地を蹴る。それを、銃を握ったテオ・スターリングもまた全力で追いかけていた。

「止まれ！　止まらないと撃つぞ！」

テオは怒鳴りつける。トンネルを抜けてしまえば、フェンスを乗り越えて高速道路に逃げ出す可能性があった。だが怒鳴ったところで男は止まらない。テオは仕方なくその場で膝を突き、狙いを定めて引き金を引いた。

鋭く響く銃声。

弾丸は確かに男の膝下を撃ち抜いたが、血の代わりに飛んだのは機械部品だった。

「合成義体か！」

テオは舌打ちし、すぐさま駆け出した。男は転がる寸前の体勢でなお走り、薄暗闇のトンネルから明るい陽射《ひざ》しに向かっていく。男の乾いた笑い声。ここまで来れば逃げられると、男は確信していた。

だが男は陽射《ひざ》しを踏みつけた瞬間、上から降ってきたものに潰されるようにして地面に倒れ込んだ。状況を理解できずに手足をばたつかせた男は、必死でナイフを取り出す。だがその手は反撃に出る前に、踵《かかと》できつく押さえつけられた。抵抗しても無駄と悟ったか、男は全身から力を抜いて大人しくなる。時折咳《せ》き込みながら、必死で息を吸う男にようやく追いつき、テオも一息ついて無線に触れた。

「……犯人は確保した。トンネルの東口だ。車を頼む」

地元警察に連絡し、テオは男を押さえつける人物に目をやった。

華奢《きゃしゃ》な少女だ。線の細い肢体には少年じみた未成熟さがあり、大の男を容易に制圧できる体格にはとても見えなかった。ホワイトブロンドの髪は、陽射《ひざ》しを受けて複雑な光沢を帯びている。引き締まった脚は柳のような細さだが、男を的確に押さえつけて離さない。男の武装を解除させ、少女は灰色の瞳でテオを見上げた。

「お疲れ様です、テオ」

「お前もよく山道を通って追いついたな。……助かったよ、イレブン」

少女は――イレブンは、瞼《まぶた》を上下させて応じると、男を引っ張って立たせた。テオが彼の両手に手錠をはめていると、陽射《ひざ》しを浴びて立つイレブンを見た男が、呆然《ぼうぜん》と口を開いた。彼の懐《ふところ》からは変わらず紙幣が散らばっている。

「アンタ、天使様か？　羽はどうしたんだ？」

「馬鹿なこと言ってないで、さっさと来い」

テオは男を引っ張り、トンネル東口まで来たパトカーに向かった。痛みに大袈裟《おおげさ》な悲鳴を上げる男を黙らせ、地元警察に引き渡す。イレブンは大人しくその半歩後ろを歩いていた。

男がパトカーに押し込まれたのを見届け、テオはイレブンを振り返った。テオの肩先にやっと頭が届く背丈の彼女は、いつもテオを見上げる形になるが、今日も灰色の瞳はひたむきにテオを見つめていた。その変わらなさに、テオは安堵《あんど》を覚える。

「動きに支障はなさそうだな。やっと全快ってところか」

「はい、お待たせしました。本日以降、通常業務に戻ります」

「そりゃあ、何よりだ。……改めておかえり、イレブン」

「ただいま戻りました、テオ」

ちょうどいい高さにある頭を撫《な》でてやると、イレブンはされるがままに言った。

「これは、何の『撫《な》でる』ですか」

「なんだろうな。……お疲れさん、かな」

乱れた髪を指先で整え、イレブンはテオの言葉の意味を考えているらしい。その姿が久々のように感じられて、テオは小さく笑った。

犯人の男が彼女を天使だと勘違いしたのも無理はない。精巧な人形のように整った顔立ちに、珍しいホワイトブロンドの髪と灰色の瞳。十代半ばの、華奢《きやしや》で中性的な肢体。どこを取っても同じ人間とはとても思えない。

それもそのはず、彼女はアダストラ国の生んだ自律型魔導兵器《オートマトン・アーツ》アマルガム、その特別製だ。その存在を知る者たちは「ハウンド」と呼称して他アマルガムと区別し、秘密兵器として各分野で運用しているという。彼女は、そんなハウンドの十一番目だ。現在は捜査局刑事部に属し、本来戦場で運用されているはずのアマルガムが絡む犯罪の捜査を行い、そして。

テオにとって、唯一無二の相棒を務めている。

この春。長らく大陸戦争に関わっていたアダストラ国では、全国各地で同じ日に平和祈念式典が開催された。テオたちの勤務地であるデルヴェロー市も同様だ。

だがその平和祈念式典は、過激派宗教団体ローレムクラッドによる襲撃を受け、多数の犠牲者を出して幕を閉じた。ローレムクラッドは武装した兵士だけでなく、独自に開発したアマルガムを連れて街を襲ったのだ。テオたちは市民を一人でも多く救うべく奔走し、そしてイレブンは、アマルガム全てを破壊するための囮《おとり》となり、焼却炉で燃え尽きた。

とはいえ彼女は特別製。焼却炉の炎程度では破壊できず、ぼろぼろの状態ではあったものの、無事にテオと合流した。信じられない事態にテオは気絶寸前だったし実際眩暈《めまい》を起こして動けなかったが、ハウンドとはそういうものらしい。

ただ、イレブンは全損したこともあり、自身の再生能力だけではとても間に合わず、すぐに捜査に復帰することはできなかった。一度研究所に戻って専門家による修復作業を受け、経過観察を経て、今日ようやく本格的に復帰できた形だ。


時は過ぎ、暑さは増す一方。

ここデルヴェロー市にも、夏が訪れていた。


「しかし、とんでもない男だったたな」

テオは自身の車に戻りながら呟《つぶや》いた。半歩後ろからイレブンも言う。

「彼がアマルガムに関与していないだけ、『マシ』というものに該当するのでは」

「かと言ってなぁ……この事件、たちが悪すぎる」

テオは被害者や遺族に思いを馳《は》せ、どう報告したものか悩み、溜息《ためいき》を吐《つ》いた。

イレブンの復帰初仕事となった事件は、少々複雑だった。

トンネルで逮捕した男は、無許可で養子縁組の仲介を行い、実際には存在しない乳児との縁組を整え、手数料と称して被害者から金銭を詐取していた犯人だ。

金を受け取りにのこのこと現れたこの男は、「乳児のため面会はガラス越しに」と説明し、立体映像だけを見せて、何組もの家族を騙《だま》している。行政管理の養子縁組で子供を引き取れなかった家族は、わずかな希望に踊らされ、深く傷付いていた。

十分に悪質な詐欺だが、それだけでは話が終わらなかった。

犯人が被害者と関わるのは、養子縁組の仲介を行う場のみ。被害者を犯人に引き合わせたのは、共犯の夫婦だ。彼らは「うちの子供も、彼の仲介で養子に迎えた」と話して被害者から信用を得た上で、詐欺に巻き込んでおり、悪質だ。

だが二日前、その夫婦は遺体となって発見された。

第一発見者は、共犯の夫婦と会う約束をしていた家族だ。夫婦の遺体は損傷が激しく、特に妻は腹を食い破られており、養子の赤ん坊は消えていた。当初、地元警察は獣による犯行を疑ったが、遺体から唾液等は検出されていない。

食い破られた遺体。しかし検出されない唾液。

話を聞いた時、テオたち特捜班の脳裏に嫌な記憶が蘇《よみがえ》った。

春にデルヴェロー市の平和祈念式典を襲ったアマルガムは、人間を見つけては捕食する性質を持っていた。そのため、遺体が見つからず、空の棺《ひつぎ》を埋葬する遺族は多かった。

今回も人間を捕食するアマルガムが関わっているのかとテオたちは警戒していたが、そのアマルガムはまだ見つかっていない。

「……一度オフィスに戻るぞ。改めて情報を整理したい」

「了解しました。エマたちに連絡します」

テオがハンドルを握って車を発進させると、イレブンは携帯端末を取り出した。彼女にも連絡手段が必要だと、最近になってようやく持たせてはみたが、彼女の手付きは覚束ないままだ。テオは、不器用に操作する横顔を見て、つい笑みを浮かべた。こちらの方が早いと電話しなくなった辺り、彼女の成長が窺《うかが》えた。

「お前にも苦手なものがあると安心するよ。今度は到着前にメールが届くといいな」

「携帯端末側の問題です。合成義体の指でも操作可能なのに、アマルガムの肉体には対応していないなんて、変です。人間の指に擬態しても反応しないだなんて……」

テオは「はいはい」と雑に受け流し、角を曲がった。魔導士によるハッキングが問題になって以降、携帯端末の魔術対策は大幅に強化されたが、アマルガムにとってはそれが大きな障害となっているようだ。魔導兵器による操作防止策によってメール作成を阻まれ、また最初からやり直す羽目になったイレブンが呟く。

「……携帯端末と融合すれば、私もスムーズに操作可能ですが」

「あくまで人間として使いこなしてくれ、頼むから」

魔導兵器の思わぬ弱点に、テオは声を上げて笑った。

■

捜査局デルヴェロー支局の刑事部オフィスに戻ると、トビアス・ヒルマイナとエマ・カナリーが先に資料を広げていた。テオたちと同じくアマルガム犯罪特捜班に属する二人は、笑顔でテオたちを労《ねぎら》う。

「おかえり、無事で何よりだ」

「収穫は少なそうだがな。……犯人の家から押収《おうしゅう》した証拠品は、これで全部か」

トビアスは証拠品ボックスを並べ終え、捜査資料の広がるボードを振り返った。

「そのようだ。……彼から少しでも話を聞けたらいいんだけどね。この事件、謎が多すぎる」

ボードに張り出された写真やメモを見やって、テオも頷《うなず》いた。

「養子縁組を求める家族をターゲットにしていた詐欺の主犯は、ハベル・プライス。実際には存在しない乳児との養子縁組を斡旋《あっせん》し、高額な仲介手数料を取っては逃走を繰り返していた」

一見善良そうな顔立ちの男だった。アダストラ国の全体地図には、彼の足取りが点々とピンで示されている。毎回場所を変えていたため、管轄の地元警察も変わり、それぞれの詐欺事件が全て一人の犯人によるものだとは思われていなかったのだ。

エマはブロンドの髪と魔導士協会のケープを払い、調書をめくった。

「プライスは捨て子の里親探しを装《よそお》い、被害者に接触した。けれど、面会場所で子供に会えると被害者に話しておきながら、実際にはガラス越しに立体映像を見せただけ。被害者は面会時の撮影も許可されていたことから、まさか見せられたのが単なる映像だとは疑いもしなかった……」

「プライスは独身、結婚歴なし。子供もおらず、医療施設での勤務歴もない。そもそも、元は投資家を相手にした詐欺師で、捜査局からマークされない範囲内で詐欺を繰り返していた。全国を転々として痕跡を消すノウハウはあっても、乳児を調達する手段はなかったはずだ。そこで、共犯者の存在が疑われたわけだが……」

トビアスは息を吐き、鑑識の撮影した写真をボードに張った。ブラウエル一家の写真と、無残にも血塗《ちまみ》れになって倒れた姿の夫婦が並ぶ。

「夫はブレフト・ブラウエル、自営業の整備士で、元福祉局勤務の清掃員。妻はミシェル、専業主婦。まず夫ブレフトが、養子縁組の支援活動団体を騙《かた》って被害者に接触。次にミシェルが自身の子供を連れて現れ、被害者たちと友好関係を築いて、信用を得る。それから養子縁組の話を持ち出し、『プライスという男が助けてくれる』と仲介した。被害者が望めば、プライスの指定場所での面会にブレフトも同席し、被害者からの信用を高める。プライスと協力関係にあるブラウエル夫妻を疑うのは必然だったが……」

「問題は、ブラウエル夫妻が迎えたっていう養子ね」

エマは難しい表情で、ミシェル・ブラウエルの抱く赤ん坊を見つめた。

「この養子縁組詐欺、少なくとも半年は続いてるわ。なのに、被害者は全員『ミシェルには首が据わったばかりの赤ちゃんがいた』と証言している。それって生後三か月ぐらいよ。半年間も成長しない赤ちゃんなんていないわ。しかも人形ならともかく、ちゃんと反応して、その赤ちゃんを抱いてあやした被害者までいた。だから皆、本物の養子だと信じたわ」

トビアスも首をひねって写真を見やった。

「映像に使われた赤ちゃんは、産まれたばかりだった。夫妻が自身の養子として被害者に見せた赤ちゃんとも年齢が合わないし……どうなってるんだかね」

「プライスが全部指示していたなら話は早いんだけど……」

エマは深く溜息《ためいき》を吐《つ》き、額を押さえた。

「……ブラウエル夫妻の子供は、まだ見つかっていないわ。特徴からして、その子がアマルガムだとは思うけど……第一発見者も、赤ちゃんは見ていないのよね」

困り顔のエマの隣で、トビアスも頷《うなず》いた。

「そうなんだよ。しかし、第一発見者になった家族も可哀想《かわいそう》に。養子縁組について改めて話を聞こうと思ったら、あの現場だろう？　警察も、彼らが錯乱したと判断してもおかしくない」

「だが実際は、俺たちには覚えのありすぎる惨状だったわけだ」

テオはデスクにもたれ、眉根を寄せた。

「食い破られた傷跡。獣のような噛《か》み口だが唾液は検出されない。……前回の捜査で、山ほど見た事例だ。捜査局を通じて全国に特徴を伝えていて正解だったな。地元警察が半信半疑で連絡してくれたおかげで、俺たちが捜査できる」

「とはいえ、まずは赤ちゃんを見つけないと話にならないわけだけど……」

エマは真剣な表情で、イレブンを振り返った。

「アマルガムが赤ちゃんに擬態するのは、そう難易度の高いことじゃないのよね？」

「はい。クーイングと、首、表情、指の動きなどを再現する程度なら、平均的な乳児のサイズで稼働《かどう》できます。コアも小さくて済むでしょう」

イレブンは端的に答えた。アマルガムのほとんどは、戦艦主砲を担《かつ》ぐほど巨大だ。小型化が難しいのは、多機能を支えるとコアがどうしても肥大化し、本体もそれに合わせたサイズになるからだという。

だが、そもそも戦闘技能を持たず、最低限、特徴的な動きを再現するだけであれば、乳児サイズまで小型化できる。

問題は、そんなアマルガムを、一般人であるブラウエル夫妻がどうやって入手したか、だ。

イレブンが静かに口を開いた。

「ローレムクラッドは、最初は研究所から持ち出されたアマルガムを増やし、実験や『賢者の石』製造を経て、アマルガムの増産に成功しました。今回の乳児もどこからか入手したものと推測しますが、そんな小さなコアで稼働《かどう》するアマルガムは、外部に出回っていません」

「……しかし夫妻の経歴的に、アマルガム関連の知識や技術はない。ローレムクラッドのように、誰かが増産しているのか、あるいは……」

テオは思わず呻《うめ》いた。

ローレムクラッド。ある一人の男が抱いた幻想を現実のものとするために誕生した、宗教団体だ。大陸統一主義を掲げ、この大陸を神に捧《ささ》げるために信条の異なる者、挙句はその信者をも踏みにじってアマルガムを増産し、何千もの人命を必要とする禁忌『賢者の石』にまで手を出した。その男は結局、多数の死傷者を出しながらもイレブンの手によって葬《ほうむ》られた。

もしも。もしもローレムクラッドの生み出したアマルガムが、何かの形で残っていたら。

それこそ、悪夢の再来である。

テオはきつく眉を顰《ひそ》め、地図を振り返った。

「全国を飛び回るプライスとは対照的に、ブラウエル夫妻は自宅周辺と、被害者との面会場所の往復が主だ。その経路をたどっても、アマルガム入手の手がかりは得られなかった。夫婦は医療関係者とも軍事関係者とも繋《つな》がりがなく、養子を迎えたという公式な書類も存在しない」

「詐欺師であるプライスとどうやって知り合ったのかも謎なんだよな。だからこそ、長いこと共犯関係を続けてもバレなかったわけだが……この二人の嘘《うそ》と本当が気になるんだ」

トビアスが手帳を開いて続けた。

「ブラウエル夫妻は、被害者とプライベートな話をする時に、必ず同じ話をしている。『子供を喪《うしな》ったつらさから、養子縁組を考え、この子を迎えた』……たとえ嘘《うそ》だとしても、何度も繰り返している話だから、事実に基づいた話であることに間違いはないと思う。実際、二人は三年前に実子を亡《な》くしているし、ミシェルに他の出産記録もないからね。仲介したのがプライスじゃないだけで、本当に誰かから養子として迎えたんだろう」

「だとしたら……プライスから夫妻について話を聞き出さないとね。協力関係になるにあたって、彼にだけは何か話しているかもしれないし」

エマが表情を明るくしたが、トビアスは「いや」と厳しい顔をした。

「それは、この養子縁組詐欺を、プライスとブラウエル夫妻、どちらが先に言い出したかによって変わるだろうね。プライスが何か知っていればいいが……」

「どうして？　養子縁組用にアマルガムを量産してる可能性もあるし……」

不思議そうな顔のエマに、テオは言った。

「プライスが先に言い出したなら、ブラウエル夫妻の他にも協力者がいるはずだ。お前の言うようにアマルガムを量産しているなら、養子として本当に赤ん坊を渡してもいいだろう。だがブラウエル夫妻が先に言い出した場合、プライスはアマルガムについて知らず、夫妻に重大な秘密があるかもしれない」

「それに、ミシェルの動きが気になるんだよね。彼女は確かに赤ちゃんを被害者たちに見せているんだけど、被害者全員が赤ちゃんに触ったわけではない。ミシェルは希望者の中でも、実子を何らかの理由で亡《な》くした家族に限定して、赤ちゃんを抱かせた。あくまで、自分が見ている前で、短時間だけね」

トビアスが手帳を閉じて言うと、エマは首を傾《かし》げた。

「……自分と同じ経験をした夫婦には優しくしていた？」

「もしくは、そういう夫婦に子供を抱かせることで、何かを確認していたのか」

そこまで言うと、トビアスは「もっとも」と苦い表情を浮かべた。

「夫妻が殺害された今、プライスから話を聞くしかないんだけどね。彼は金が欲しいだけの小悪党だ。養子縁組なんて、複雑な詐欺をする必要はないはず」

「もしかして夫妻は、自分たちと似た境遇の人を、詐欺を通じて集めたかったとか？」

エマの言葉を受けて、沈黙が満ちる。テオはしばらく悩んだが口を開いた。

「トビアスは、刑事と一緒にプライスの取り調べを頼む。エマは証拠品から、改めてプライスとブラウエル夫妻の繋《つな》がりや……万が一も考えて、ローレムクラッドとの繋《つな》がりがないか調べてくれ。俺とイレブンで、ブラウエル夫妻の家を調べてくる。夫妻の素性や、アマルガムの足取りを少しでも探りたい」

「了解。なんとしてでも手がかりを吐かせてくる」

　トビアスは力強く応じ、取調室へ向かった。その場はエマに任せ、テオはイレブンを連れてオフィスを出る。休んでいる暇はない。車に向かいながら、テオはイレブンに尋ねた。

「ハウンドとしては、どうだ。追跡できると思うか」

「肉体に合わせて、コアも非常に小さい個体です。感知距離も短く、困難かと」

　イレブンは簡単に答えた。

　自律型魔導兵器《オートマトン・アーツ》は必ず、動力源であるコアを持つ。アマルガムの中でも特別製とされた「ハウンド」である彼女には、コアを回収するための追跡機能がある。だがコアの反応というのはその大きさに左右されてしまい、今回のように小さいコアが相手では、追跡も容易ではない。やはり地道に、足取りを探るしかないようだった。

「今回のアマルガムも、現場からとっくに離れているだろうな」

「ローレムクラッドのアマルガムは、下水道を利用していました。今回のアマルガムも家の周囲に似たようなものがあれば、さらに距離を稼いでいる可能性があります」

「……少し、移動理由を考えよう」

　テオは一旦足を止めた。見上げてくるイレブンを見つめ返す。

「ローレムクラッドは、作戦開始までの間、デルヴェロー市内にアマルガムを隠しておきたかった。だから、市内に張り巡らされた下水道を利用し、アマルガムを街中に配置した。だが、今回のアマルガムは？　何のために移動する？」

「今回の個体が、ブラウエル夫妻の殺害を任務にしていたと仮定すれば、指定された待機場所まで戻るためかと、推測します。ただ、今回のケースでは待機場所が予測できません」

「指揮官のところに戻っているとか？　ローレムクラッドの場合は、ジム・ケントという明確な主導者がいた。だが今回は、そういった存在がいるのかすら分からない」

「夫ブレフト、妻ミシェル、いずれかを指揮官としていたのであれば、指揮官を殺害したことになり、アマルガムの行動原理に反します。しかし他に指揮官がいたとしたら、それが誰なのか、待機場所としてどこを指定したのか、判断材料がありません」

少し気になって、テオはイレブンに尋ねた。

「アマルガムは通常、指揮官を殺害しない？」

「はい。命令遵守の性質上、指揮官は重要な護衛対象です」

「じゃあ、例えばだが……指揮官が何らかの理由で死亡した場合はどうする？」

「戦場であれば、指揮官が死亡または命令不能の状態になった際、アマルガムの付近に居合わせた軍人で最も階級の高い者や、私たちハウンドに指揮権が移ります。前線基地や合流地点など、決められた座標に移動して次の命令まで待機する事例も多いです」

「指揮官が死んだ後の行動もある程度決まっているなら、話は早いな」

テオは車に乗り込み、シートベルトを締めた。カーナビの目的地にブラウエル家の住所を指定する。

「夫妻の家で、移動の痕跡及び指揮官と想定される人物を探る。アマルガムも何も見つからなければ……陸軍に連絡して、付近に軍人やハウンドがいるかの確認だ」

「了解しました」

イレブンの簡潔な返事を聞きながら、車を発進させた。テオは興味の赴《おもむ》くまま尋ねる。

「今のうちに、俺が死んだ場合の話もしておいた方がいいか？」

「無意味な仮定です」

「はは、そうかい」

彼女らしい返事に、テオはつい頰を緩めた。

■

トビアスが取調室に入ると、ハベル・プライスはびくりと肩を震わせ、縮こまった。トビアスは彼の表情を見ながら、ブラウエル夫妻の遺体の写真を並べる。プライスは大袈裟《おおげさ》に飛び退《との》き、派手に手錠を鳴らした。

「おい！　なんだよそれ！　気持ち悪い……」

「君の詐欺を手伝っていた、ブラウエル夫妻だよ。口封じに殺したのかい？」

「違う！　俺は殺しなんかしない！　金が欲しいだけだ、人殺しなんか……」

「まったく酷《ひど》いものだね。ここまで夫妻を傷付けた挙句、赤ん坊まで手にかけて」

トビアスが睨《にら》みつけると、プライスは「違う！」と一際《ひときわ》大きく声を張り上げた。

「俺にだって超えちゃいけねえ一線はある！　殺しは、それも赤ん坊は、絶対なしだ！」

プライスの顔には汗が滲《にじ》み、両手は動揺に震えていた。息が上がり、忙《せわ》しなく肩を上下させた彼は、震える手で遺体の写真を押しやり、距離を取る。

彼は何人もの被害者を出した詐欺師だ。だが、反応は本物らしく見える。

（単純なミスリードのつもりだったけど、ここまで否定しないってことは、養子の行方どころか、夫妻の殺害についても本当に何も知らないかもしれないな……）

トビアスはしばらく彼の様子を観察してから「そうかい」と向かいの椅子に座った。

「君なりの、良心ってものがあるらしい。で、本物の子供を売買したことは？」

「あるわけねえだろ！　俺の主義じゃねえ！　俺はっ……俺は、仕事の時に、本物は仕入れねえ主義だ。……それらしい偽物《にせもの》一つで、金をかっぱらってきた……」

自分で言っていて虚《むな》しくなったのか、プライスの言葉は途中から力を失い、弱々しい声になった。今のところ、彼の言葉に嘘《うそ》はない。実際、彼は架空の商品を売りつける詐欺を繰り返していた。今回はそれが、存在しない乳児の養子縁組を仲介するという、少し捻《ひね》ったものになっただけだ。

しかしその一点が、今回は重要な問題となっている。

「……君の言葉を、僕は信じよう。それで、ブラウエル夫妻が殺される理由に、心当たりはあるかい？　ブラウエル夫妻に攻撃的な態度を取った被害者は？」

「そんなもん、あるわけねえだろ。金に困っただけの、普通の三人家族だった。被害者だって、俺のことはともかく、あの夫婦のことは信用していた」

「普通の家族は詐欺に加担しないけどね……どうやって仲間にした？」

「仲間にしたというか……ああいや、どう言ったら……」

プライスは落ち着かない様子で爪を弾き、目を泳がせた。遺体の写真を見る度にすくみ上がる。彼は今、詐欺師ではなく、一人の人間として、困惑していた。

「……プライス。ブラウエル夫妻との出会いを教えてくれるかい？　最初から」

「出会いは……ブレフトは、俺が騙《だま》した女の、兄貴だった。どうやったか知らんが、俺を見つけて、それで、奴《やつ》の困っている問題を解決したら、妹に被害届は出させないと言った」

思わぬ事情に、トビアスは目を丸くした。手帳にメモして続きを促す。

「ブレフトの方から君に接触したんだな。困りごとというのは？」

「福祉局で、ブレフトが処理をミスったと言ってた。養子縁組の審査で落ちた夫婦がいたんだが、その審査を通ったことにしちまったらしくて……その夫婦が迎えられる養子はいないし、そんなミスが上司にバレたらクビになると、奴《やつ》は狼狽《うろた》えていた」

「……それで、詐欺師を頼るのかい？」

「俺が養子縁組詐欺を仕掛けたって形で問題を片付けられるように、協力を頼まれたんだ。そしたら、俺は金が手に入るし、奴《やつ》と夫婦は詐欺師に騙《だま》された被害者になって、ミスを隠せるし、お互い利益があっていいだろうと」

「ずいぶん必死だったんだね」

「嫁さんが子供を産んだばかりで、路頭に迷う暇なんてないだろ？　俺は、金が入るなら万々歳だし、奴《やつ》の焦《あせ》る事情も理解できた。それで、協力することにした。グループでの詐欺は初めてだったし、養子縁組の仕組みなんざ知らなかったが……いつもと基本は変わらねえ」

プライスはそう語って、額の汗を拭った。

「ただ、説得力が欲しいから、子供を撮影した映像を頼んだ。立体映像なら、窓ガラス越しに見るって形にすれば相手に疑われねえ。養子に迎えられる子供がいると、相手に信じてもらう必要があったからな。奴《やつ》は全面的に協力すると約束して、映像を提供した」

「では映像は、あくまでブレフト側が提供したものを、ずっと使っているんだね？」

「ああ。福祉局の業務で撮影する機会があって、本物の乳児室を撮ったものだって話だった。映像の一部をループさせておいて、客が入ったタイミングで、看護師が赤ん坊の様子を見に来た場面を流すんだ。そしたら、窓ガラス越しに客が赤ん坊と面会できるって仕組みよ。……映像が本物なだけあって、疑う奴《やつ》はいなかった」

「乳児室の場所や、撮影した時期なんかを聞いたことは？」

「いや、これがあるから使ってくれと、渡されてそれっきりだ。実際、それだけで詐欺は上手《うま》くいったし、あまり深く聞こうとも思わなかった」

「なるほど、分かったよ」

トビアスは相槌《あいづち》を打ち、エマに「映像、本物」と連絡した。さらに素知らぬ顔で尋ねる。

「直接会ったのは、ブレフトだけかい？　その家族には？」

「ああ、奥さんのミシェルと、息子のバジルだろう？　会ったのは、少し前に一度だけだな。産まれたばかりだと聞いてた赤ん坊が、俺が見た時は立派に親の顔を追いかけて、何か喋《しゃべ》ろうって声を出してて、感動したよ。だが、奥さんは普通のいい人って感じで、ブレフトも詐欺については伏せていたようだから、俺はちょっと、ひやひやしたな」

「では……ミシェルの方はあくまで、本当に養子縁組を仲介していると思っていた？」

「直接確認するのも藪蛇《やぶへび》だから、聞いたことはないが……悪いことをしてるって雰囲気はなかった。ブレフトも『妻には詳しく話していない』と言っていたし、知らなかったと思う」

プライスは居心地の悪そうな様子で言った。

「……俺は、嘘《うそ》みてえに上手《うま》くいったものだから、味を占めた。奴《やつ》は自分のミスを不問にされたが、同時にバレたくない秘密も抱えちまったからな」

「職場に真相をバラされたくなければ、協力しろと脅したのかい？」

プライスはまた額を拭い、「そうだ」と渋い顔で頷《うなず》いた。

「……ブレフトを使えば、いくらでも客を見つけられるからな。だが俺は、ブレフト経由で客に名刺を渡して、連絡してきた奴《やつ》だけ相手して、金を取ったら逃げるのを繰り返して、分け前をブレフトに渡してきただけだ。決して、断じて、殺しはやってねえ」

語気を強めて、プライスは言う。トビアスは「ふうん」と軽く流して再び尋ねた。

「確認だが、ブレフトの仕事は、養子縁組を希望する家族の対応なんだね？」

「ああ。福祉局で書類の管理をしていて、養子縁組を希望する客の受付もしていると聞いたし、実際、奴《やつ》の紹介で客は来てる。みんな、福祉局のロビーで落ち込んでたら、ブレフトが慰めて、俺の名刺を渡してきたと言っていたし……」

「では君は、ブラウエル夫妻と行動を共にしていたわけではないんだね？」

「ああ。ブレフトと会うのは、客との面会や、金を渡す時だけだし、ミシェルとバジルには、一度会ってそれっきりだ。家に行ったこともねえ」

「……ご協力ありがとう。担当の刑事が来るから、彼に詐欺の詳細を話してやってくれ」

トビアスは取り調べを終え、刑事と交代した。マジックミラー越しにプライスの様子を確認しつつ、捜査ファイルを開き、眉根を寄せる。

ブレフトはなぜ嘘を重ねたのだろう。確かにブレフトは福祉局で勤務していたが、彼は清掃員であって、書類の処理には関わっていない。そしてバジルというのも、亡《な》くなった実子の名前だ。プライスは、自分が見たのはミシェルの実子で、養子だとは思ってもいない様子だった。

ブレフトがプライスに接触した時期、ミシェルに出産した医療記録はない。

「……ブラウエル夫妻に裏があるな、これは」

トビアスは溜息《ためいき》を吐《つ》き、取り調べの結果をテオに送った。

■

エマは証拠品ボックスに囲まれ、頭を抱えていた。全ての証拠品、全ての書類に目を通したが、プライスにローレムクラッドとの繋《つな》がりはない。詐欺師としての長年の経験から、彼は証拠を残さないよう徹底していた。被害者の証言がなければ、彼とブラウエル夫妻の繋《つな》がりも明らかにならなかっただろう。

「……プライスの線からこれ以上探るのは無理ね。となると、こっちの映像か……」

トビアス曰《いわ》く、本物なのだという映像。エマはそれをもう一度頭から再生し、じっと目を凝らした。映像から乳児室の場所や撮影時期を特定できればいいのだが。

プライスはブレフトの言葉を信じ、本物の乳児室を撮影したものだと認識している。彼の発言が正しければ、撮影された場所や看護師、乳児は実在するはずだ。

映像は立体的に再生されるもので、正面以外から見た時の奥行きまで再現されるが、カメラが捉え切れなかった部分は断ち切られてしまう。プライスが窓ガラス越しに面会させたのは、撮影した映像の違和感に気付かせないためだろう。特に養子縁組が目的の被害者たちは、乳児に注目し、部屋そのものは気にしない。

「……技術的にも、魔術的にも、本物の映像だけど……何か気になるのよね」

部屋に窓はなく、室内に置かれた物や看護師の服装からは季節が分からない。看護師も名前が分からず、マスクや制服で人相や体格もはっきりとしなかった。ただ、看護師は片腕に合成義体を使用した女性で、ブラウエル夫妻でも、親類縁者でもないことは確かだ。乳児の名前や誕生日が記載されているものも見当たらない。

看護師は撮影者に気付くと、乳児を抱き上げ、笑顔でカメラに向けて見せてくれる。そこで一度映像を止め、エマは首を傾《かし》げた。

「……『可愛《かわい》い赤ちゃんですね。撮ってもいいですか？』『ええ、もちろん。構いませんよ』……そんなことあるかしら。プライバシーだし、看護師側だってそんな……」

言葉にした途端、エマは気付きとともに「ああ！」と自分の額を打っていた。

「そうか！　そうよ！　親御さん相手なら看護師さんだって笑顔で見せてくれるじゃないの！　馬鹿ねもう私ったら早く気付きなさいよもう！」

エマは深く溜息《ためいき》を吐《つ》き、もう一度自分の拳を額にぶつけた。ごつ、と鈍い音がする。詐欺のために用意したのではない。三年前に、実の息子が産まれた時の映像を提供したのだ。

生後三か月で亡《な》くなった息子の、貴重な映像。三か月後に亡《な》くなると、まだ誰も想像していなかった頃の、大切な記憶だ。

エマに子供はいないし、身近で子育てをしている知人もいない。だが、産まれてたった三か月でこの世を去った我が子の大切な映像を、詐欺師に渡せるだろうか。

エマは急いでテオに連絡した。これが本当にブラウエル夫妻の子供を撮影したものであれば、家に映像の原本があるはずだ。

■

ブラウエル家の前で車を降り、テオは捜査官バッジを警官に見せた。相手はすぐに敬礼し、立ち入り禁止テープを持ち上げる。短く礼を言って、テオはイレブンを連れて現場に入った。

デルヴェロー市郊外にある、山沿いの閑静な住宅街。その中でも隣近所から離れたところに建つ一軒家で、夫妻は暮らしていた。二階建ての家も庭も、丁寧に手入れされている。季節の花が咲き、庭先のベンチで夫妻がくつろいでいる様子を容易に想像できた。

玄関の扉を確認すると、警察の報告通り、押し入られた形跡はない。第一発見者の証言によれば、呼び鈴への応答がなく、玄関は施錠《せじょう》されており、庭に面した窓から室内を見てようやく、遺体となった夫妻に気付いたと言う。朝刊はダイニングテーブルにあったことから、少なくとも朝刊の配達時間までは、夫妻は生きていた。二人の死亡推定時刻は朝九時とされている。

テオは玄関から中に入り、ビニール手袋を着けた。

「イレブン、アマルガムの反応は」

「屋内、周辺ともに感知できません。安全です。脱出経路を探ります」

「頼む。発見でき次第、報告してくれ。俺は一階から見ていく」

「すぐに戻ります」

イレブンが先に駆けて行くのを見送り、テオは順番に部屋を見て回った。

警察が現場を保存してくれたおかげで、家は遺体発見当時のままとなっている。

夫妻が遺体として発見されたリビングでは、テレビが点《つ》いていたらしい。家族の団欒《だんらん》は、何を切っ掛けに破壊されたのだろう。ソファー横の揺り籠は倒れ、それを起点にソファー、ローテーブル、ラグと広範囲に血が飛び、どす黒く変色している。

「……殺し目的ならやり過ぎだし、捕食目的なら残し過ぎか。アマルガムの目的は何だ？」

前回の事件で学んだ特徴を念頭に置き、テオは捜査ファイルをめくった。夫妻の遺体は激しく損傷していたが、遺体の中で完全に失われているのは、妻の下腹部のみ。特定の部位だけ選んで食べたのだとしたら、妻に何か秘密があるのではないか。

検視官のイスコ・ロッキ曰《いわ》く、夫妻の肉体は健康そのものだった。傷口は獣の噛《か》み跡に似ており、唾液は検出されていない。アマルガムの捕食によって殺された被害者によく見られた特徴だ。妻ミシェルは下腹部を食われているが、前回の被害者とは異なり、体の外から食い千切られた形になっている。ローレムクラッドが利用したアマルガムとは別個体だろうか。

出血の量からして、アマルガムも返り血を浴びているはずだが、血はラグで拭われたのか、フローリングに血痕はない。リビングからの足取りは不明だ。そちらはイレブンに任せ、テオは夫妻の生活を探る。

穏やかな生活だ。夫婦二人と、幼い子供。マントルピースとその周辺にはたくさんの写真が飾られ、夫婦は亡《な》くした子供も養子に迎えた子供も、同じぐらい写真に残している。二人の子供は兄弟のように似ていた。

ただ奇妙なことに、キッチンにミルクや哺乳瓶はなかった。乳児がいるとは思えないほど、整った室内だ。いくら夫婦ともに家にいる時間が長いとしても、綺麗《きれい》すぎる。

テオが廊下に戻ると、ちょうどイレブンと鉢合わせした。

「裏口などはありませんでしたが、バスルームの窓が開いていました」

「分かった。一応、確認しよう」

テオはまずバスルームを確認した。確かに小さな突き出し窓が開いている。小柄なイレブンでは手が届かないほど高い位置にある窓で、換気用と思われた。

「……アマルガムなら、高さや幅は関係ないか」

「はい。壁伝いに移動できますし、柔軟な肉体にすれば、隙間から出られます。この窓から逃げたと仮定し、検証する形で、脱出経路を探ることは可能です」

念のため物置も確認すると、庭の手入れ道具やシーズンオフの物が収納されていた。他にも、タンクに入った水や缶詰などの備蓄も保管されている。

「……おむつがないな。必需品だろうに」

「洗濯室にも、おむつらしき布はありませんでした。……夫妻は、人間の子供ではなく、アマルガムで再現した乳児だと自覚した上で、育児を行っていたのでしょうか」

「ここまで何もないなら、そうだろうな。……どんな気持ちだったんだか」

物置の棚にある物品を確認していたテオは、ふと瓶を手に取った。緑っぽい粘着質な液体が入っているようで、蓋を開けると青臭い。

「……手製の軟膏《なんこう》っぽいな」

「薬草学の知識がありそうな経歴ではなかったはずですが、独学でしょうか」

「……いや待て、ラベルの形跡がある。一文字しか分からんが……キから始まる薬売りの店で買ったものだな。こっちの、粉薬もそうか」

「民間療法としては、一般的な代物です。危険性はありません」

「……一応、証拠品として押収《おうしゅう》しよう。違法なものがあったら困る」

証拠品入れに薬品を入れ、箱に入っていた乾燥した植物や謎の粉末も、恐る恐る袋に入れた。

「養子縁組の話を聞きに、家に被害者が訪れていたって話だが、その割には、赤ん坊を育てているると分かりやすいように装《よそお》うことはしなかったんだな」

「被害者は、自分たちを迎えるために片付けたと認識したのではないでしょうか。あるいは、全て二階にあると、判断した可能性も」

「……まあ、人は見ようとしたものしか見えないか。二階へ行こう」

「アマルガムの脱出経路の検証は、後程にしますか」

「ああ。今はこの夫妻の素性を明らかにしたいし……夫妻を殺害するって命令を遂行した後なら、アマルガムもすぐに次の犯行に移ることはないだろう」

物置を後にして、テオたちは二階へ続く階段を上がった。

「トビアスの取り調べによると、ブレフト・ブラウエルはプライスに対し、清掃員でも整備士でもなく、福祉局の職員と偽って詐欺を行っていた。養子縁組詐欺について妻ミシェルには隠していた様子だし、何か秘密がある。……バックにいる人物が、アマルガムの本当の指揮官だろうか」

「プライスは何も知らず、ただ利用された詐欺師です。夫妻の関係者が指揮官に該当すると仮定しても、親族以外に、表に出ていない交友関係を探る必要があります」

「そこが問題だ。秘密を隠すとしたら、どこだと見る？　俺は書斎に一票」

「では、寝室の可能性を提示します」

テオは二階の突き当りにある部屋から調査を始めた。本棚や机、一人掛けの椅子の置かれた書斎だ。夫ブレフトの作業部屋だったようで、左利《ひだりき》き用の工具が並び、整備中の時計がある。棚には帳簿や数々の部品が放り込まれていた。書棚には技術書の他に、悲しみとの向き合い方や鬱病に関する本もあり、子供を喪《うしな》ったことで夫妻がどれだけ傷付いたかが窺《うかが》えた。

ただ、どちらかと言えば、鬱病の家族を支える側の立場に向けた書籍が多い。

「……妻ミシェルに、鬱状態の記録は？」

「医療記録にはありませんでした。物置の薬品から推測するに、民間療法に頼っていたため、保険が利用されず、健康状態が記録に残らなかった可能性があります」

「確かに。……医療記録から探るのは難しそうだ」

二人がかりで書斎を調べたが、一般的な保険の約款や業務契約書など仕事に関する書類ばかりで、事件の手がかりになるようなものは見つからなかった。現金も、金庫ではなく簡易なケースに入れられているだけだ。

「……何もない、か。アルバムなんかはリビングにあったし、ここは完全に仕事部屋にしていたんだろう。……自分の稼ぎでは足りず、金も工面できず、詐欺に手を出したようだな」

ゴミ箱には、融資審査不合格の通知書がいくつも捨てられていた。家の様子を見た限り、家計に見合わない生活水準とは思えず、贅沢《ぜいたく》品の類も見られない。

「……仕事は十分にある。だがそれでも金が足りなかった。何に注《つ》ぎ込んだんだ？」

「それに、子供に関する書類もありません。養子どころか、実子も」

「……寝室に行くか。意外と夫妻が散財している可能性もある」

腑《ふ》に落ちないまま、テオはイレブンを連れて寝室に入った。

寝室にはダブルベッドこそ置かれていたが、寝具の状態からして、一人で眠っているようだった。だが化粧台やクローゼットは夫婦で使用していた形跡があり、部屋を完全に分けている様子はない。ベッドに近付いたイレブンが、枕から髪の毛を拾い上げた。

「……短いブルネット。ベッドを使用しているのは夫ブレフトの方ですね」

「ふむ……目立つブランド品や高額な時計もなし。控えめな生活だ」

寝室も二人がかりで隈《くま》なく調べたものの、金庫や書類ケースは見つからなかった。装飾品は化粧台の引き出しに入れられ、貴重品はキャビネットの箱にまとめられている。

ぐるりと部屋を見渡したイレブンが口を開いた。

「ブラウエル夫妻は、大切なものほど視界に入れるよう配置する傾向にあります。関係書類も、見える場所に置くものと推測できますが」

彼女の指摘を受けて、テオは改めて寝室を見やった。

化粧品、香水、装飾品に貴重品、全て見える場所にある。玄関では靴箱の上に鍵やハンカチが置かれ、リビングでは写真が分かりやすく飾られていた。二人の習慣だ。

「……なるほど。夫妻がどこで長時間過ごしていたかが重要だな。寝室で寝ているのは夫だけ、となると……妻は養子と一緒に子供部屋か？」

テオは急いで、「子供部屋」とプレートの付けられた扉を開けた。

パステルカラーでまとめられた、明るい部屋だった。柔らかいラグ、たくさんの玩具に絵本、ぬいぐるみまで置かれているが、使われていた様子はない。

予想通り、妻は子供部屋で寝起きしているらしく、ベビーベッドとシングルベッドが並んで設置されていた。調べた限り、寝具と玩具類以外に気になるものはない。

テオはふとベビーベッドに手を付いた。シングルベッド側の柵だけ、刃物で取り除かれた形跡があった。ベッド同士が密着するよう、手を加えたのだ。

「……柵が開くベッドもあるのに、わざわざ工具で取り除いたのか」

「この状態では、ダブルベッドを妻と子供で使用する方が、効率的です」

「確かにそうだが……思い入れの問題かな。ベビーベッドの周りだけ経年劣化が見られる」

テオは少し離れて、ベビーベッドと部屋を見比べた。シングルベッドと玩具は、新しいものだ。だがベビーベッドや壁紙、ベッドメリーは、他に比べて色あせている。加えて、ベビーベッドは質のいいしっかりとした商品であるのに対し、シングルベッドは簡素な作りの安物だ。

「……元々、このベビーベッドは実子が産まれたのを機に買ったものだろう。思い入れが強くて、実子が亡くなった後もこのベッドを空にしたり廃棄したりできず、養子もここで寝かせた。……だが、何か理由があって、柵を外してでも母子で密着して眠る必要があった」

「詐欺被害者の証言では、妻ミシェルは必ず養子バジルを抱いていました。養子バジルを被害者が腕に抱いた時も、妻ミシェルは片時も離れなかった。一方、夫ブレフトは単独で、自由に動いている。養子……アマルガムとの距離が重要だったのは、ミシェルのみです」

テオはベビーベッドの柵にもたれ、「ふむ」と軽く息を吐いた。

「……夫妻はアマルガムに殺害された。このことから、指揮官に該当しない。だがアマルガムは、ミシェルと密着する必要があった。……考えられる可能性は？」

「正確な状態は不明ですが……妻ミシェルの体内にコアがあった、でしょうか」

イレブンはそう言って、シングルベッドに横たわった。細い腕がベビーベッドに伸ばされる。

「体格に準じたコアの大きさですと、本体はあまりコアから離れられません。妻の体内にコアがあったと仮定すると、妻の手が届くところまでが活動可能範囲ではないかと推測します」

「ふうん。何かそういう、距離を算出する基準でもあるのか？」

「一般的にアマルガムのコアは、デフォルトでは肉体重量の二十分の一程度。生後三か月の人間の平均体重を参照し肉体が六キロあると仮定すると、コアは三百グラム、直径三センチ程度。したがってコアから離れて動ける距離は、およそ六十センチ。女性の平均的な腕の長さに近い数値です。母子の距離が近い理由として、妥当ではないでしょうか」

淀《よど》みなく説明されたが、テオは頭痛を覚え、イレブンに手を差し出すに留《とど》めた。

「……専門家の意見をどうも」

「あなたが算出基準を質問したから、答えただけです」

イレブンはテオの手を摑《つか》んで立ち上がり、灰色の瞳でこちらを見上げた。

「主要な部屋はこれで全てです。現時点では、夫妻はアマルガムと認識した上で養子を世話しており、安定した生活を送る傍《かたわ》ら、金銭的な問題があったと判明しています」

「夫妻が詐欺に手を出したのは金目的だとして……アマルガムは何に反応して夫妻を殺害し

た？　任務だとしたら、なぜ半年も大人しく赤ん坊のフリをしていたんだ。ローレムクラッドのように、何かキーワードを設定して、攻撃的になるよう細工したのか？」

一般的な夫婦だと思っていた二人は、調べれば調べるほどに本性が分からなくなる。テオは眉根を寄せたが、イレブンは静かに言った。

「少なくとも、全部屋を回って、一つ判明しました。リビングに戻りましょう」

「リビング？　どうしてまた」

「各部屋を比較した結果、寝室と子供部屋は就寝時のみ、書斎は勤務時のみ利用していたものと推測できます。つまり、夫妻は日常的に、リビングで過ごしていた」

「……重要書類はそこか。しかし、物を隠す場所はなかったと思うんだがな」

テオはイレブンの指摘を参考に、リビングに戻った。

ソファーセットとローテーブル、サイドテーブルが並び、テレビに向かうように配置された部屋だ。そのうち、イレブンは一人掛けのソファーに腰かける。一人掛けのソファーは布張りで、イレブンよりも大柄の人物が座った形に座面が傷んでいた。長時間座っている人物がいることの証拠だ。サイドテーブルにはコースターや新聞、本などが置かれ、くつろぐための用意がされている。揺り籠の位置からして、夫妻は揺り籠を挟む形で、それぞれソファーでくつろいでいたのではないかと思われた。

「……一人掛けのソファーに座っていたのは、夫の方だな」

「重要物品を視界に捉えるように配置する習慣があったとすれば、夫妻はこのソファーから見える範囲内に、重要書類を保管しているものと判断します」

イレブンは言い終えるや否《いな》や、ソファー本体や足元、近くのマガジンラックやサイドテーブルを探り始めた。テオもソファーからの視線がどこを通るか確かめながら、リビングを探る。マントルピースの写真以外に、夫妻にとって重要なものを隠すとしたら、どこだろう。

テオは壁際《かべぎわ》の本棚やシェルフ、観葉植物まで確認していたが、ふと、観葉植物を横にずらして壁に触れた。モールディングの施された壁は、腰の高さで上下に材質が分けられており、下部は暗い色の木材を使用している。一定間隔で継ぎ目がわざと残されており、巾木《はばき》までのアクセントになっていた。ただ、マントルピース近くの一部だけ、木材がわずかに沈んでいる。

テオは拳で軽く壁を叩《たた》いた。一か所、他より沈んだ部分だけ音が軽く、明らかに空洞がある。何か細工があるはずだと場所を変えて叩《たた》いているうちに、かこん、と壁板が動いた。

板の中央に軸を作り、板が縦に回転するように細工されていたのだ。開いた隠し扉の向こうは、壁の内側をくり貫いて作られた空洞で、分厚い封筒が置かれている。

「イレブン、あったぞ」

テオはテーブルの裏側を確認していたイレブンに声をかけ、封筒を取り上げた。危険物ではないと判断し、中身をダイニングテーブルに広げる。

中身は、三年前に亡《な》くなったバジルの出生届と死亡届の控え、妊娠中の記録に使われたらしい健康記録帳、「成長記録」とラベリングされた映像媒体が複数。そして、封筒の中で最も分厚い「ジクノカグ特別支援契約」と印字された冊子だった。

「……ずいぶん分厚い約款だな。ジクノカグってのは、何の名称だろう」

試しにテオは冊子を開いたが、とても小さな文字がぎっしりと書き連ねられており、契約者に読ませるつもりがあるとは思えない文章だった。まともに目を通そうとすると、目がちかちかして内容が頭に入って来ない。

すると、イレブンが「失礼します」とテオから冊子を受け取った。彼女はぱらぱらと一定の速度でページをめくり始めると、すぐに約款から同意書の控えまでめくり終えた。

「内容把握完了。要約をお伝えします」

「は？　え？　あんな、めくっただけで？」

「ジクノカグは契約者に対し、法律適用外の医薬品及び医療サービスを提供する団体であり、契約者に対し、商品及びサービスの使用を内密にすること、どのような副作用が生じても自己責任とすることを求めています。ブラウエル夫妻は六か月前、契約書及び同意書に署名し、ジクノカグから『代替身体《しんたい》』という名称の商品を購入しています。使用に当たっては法外な使用料が発生すること、命の危険が伴うこと、禁止事項があることなどは巧妙に隠されています」

すらすらと語るイレブンに圧倒されたテオは、思わず呟《つぶや》いた。

「……お前、そこまでできて、なんで携帯端末は使えないんだ」

「それは、端末側の、問題であり、私の問題では、ありません」

イレブンは無表情のまま、テオに分厚い冊子を押し付けるようにして返した。テオは同意書の控えを抜き取り、署名欄を見下ろす。

「……ジクノカグ側は代表者のジーノ・カミーチャ。ブレフトはあくまで保証人で、契約者はミシェルなんだな。購入した代替身体《しんたい》の部位は……子宮だと？」

「遺体の損傷箇所と一致します」

「おいおい、そんなこと可能なのか？　コアが小さいと性能も落ちるんだろう？　なのに子宮なんて……養子じゃなくて、自分で産んだってことか？」

「アマルガムは子宮内膜に擬態し、受精卵を取り込んだのではないでしょうか。それでしたら、開腹手術をせずとも体内に存在できますし、コアが母親の体内にあることも説明できます」

「一体どういう……いや待て、説明しなくていい」

テオが素早く制止すると、イレブンは一度口を閉じ、改めて言った。

「つまり、彼女が購入したのは子宮ではなく、確実な出産です」

「……彼女に、医療機関にかかった記録はない。通常の出産とはどれぐらい異なる？」

「産卵に近いと推測します。アマルガムであれば胎盤なども不要ですし、着床後すぐに体外に出ても問題ありません。妊娠したと自覚する間もなかったのではないでしょうか」

頭が痛くなってきて、テオは額を押さえた。テーブルにもたれて息を吐く。

「……分かった。いや分からんが、アマルガムは捕食したものに化けることができる。今回は、遺伝子情報を入手したから、実子に似ているが、コピーではない子供に擬態できたわけだ」

「人体の設計図を入手したも同然ですから、新生児までは擬態できるでしょう」

「ん？　じゃあ、どうやってそこから成長するんだ？」

ブラウエル夫妻の養子は、生後三か月ほどだと言われていた。テオが顔を上げると、イレブンは少しの沈黙を経て、マントルピースの写真を振り返る。二人分の子供の写真だ。

「……バジル・ブラウエルの成長記録を参照し、その動きを模倣して、生後三か月の乳児に擬態したものかと、推測します。それ以上成長したように見せるには有効なサンプルが得られなかった、あるいは……」

「……夫婦が、それ以上の成長を望まなかったかもしれないか」

これればかりは、本人たちにしか分からない事情だ。テオはテーブルに広げた証拠品を見やり、堪えきれず溜息《ためいき》を吐《つ》く。養子縁組詐欺が始まったのは、夫妻が契約書に署名してからだ。おそらく請求書を見て使用料を払えないと悟り、ブレフトは妹を騙《だま》した詐欺師を利用すると決めたのだろう。そこまでして、夫妻は新しい子供を求めた。半年で殺されるとも知らずに。

「例えば、ローレムクラッドのキーワードのような、アマルガムを攻撃的にする条件のようなものは約款から見つけられたか」

「直接的な表現ではありませんが、禁止事項への抵触が条件ではないかと」

イレブンは冊子を開き、該当箇所を指差した。

「契約書には『契約者が禁止事項に抵触した場合、速やかに商品を回収し、サービスを停止する』とだけ記載されています。禁止事項は、『契約関連の問い合わせ』『契約内容の第三者に対する公開』『使用商品の無断廃棄』『半年以上の支払い滞納』の四つですが、問題は『契約関連の問い合わせ』です。抽象的で、範囲が広すぎます」

「……もし夫婦が、支払い期限を延長できないか問い合わせたら、禁止事項に抵触したとして、商品は速やかに回収される。その回収方法が……アマルガムの脱走であり、契約者は口封じを兼ねて殺される、か……何にでも適用されて危険だな」

テオはダイニングテーブルに広げたものを全て封筒に戻し、それを抱えた。立ち上がると、ずしりと、片腕が重くなったように感じる。

「……残るは、アマルガムの足取りだな」

「はい。バスルームの窓から脱走したものと仮定して検証します」

証拠品を抱えて現場を出て、テオはすぐに裏庭へ回った。短く整えられた草を踏む。

「このアマルガムが、別の姿に擬態して逃げている可能性はどれぐらいある？」

「代替身体《しんたい》という商品、乳児、夫妻を殺害するための変異と、複数回は姿を変えています。コアの想定出力では、既に限界です。最後の姿のまま逃走しているでしょう」

「そうか、コアが小さい分、限界も早いんだな」

「はい。術式の積載量に関わるので……小さなコアでは、体力とできることが少ないのです」

「簡単な言葉に直してくれてありがとうな」

テオは大股で裏庭に踏み込んだ。外に突き出す形となった窓が開いている。イレブンは慎重に近付くと、窓の付近で姿勢を低くした。

「……窓から抜け出し、垂直に落下しています。一定範囲の草が折れ、地面に痕跡もある。そのまま這《は》いずって、……直進した」

イレブンは静かに歩き出すと、裏庭の門扉を開け、山道へと入っていった。彼女は地面に目を凝らし、確信を持って進んでいる。

「……赤ん坊の動いた跡って、そんなに追えるものか？　足跡もないだろうに……」

「折れた小枝、砂利の動いた跡……這《は》って移動している以上、痕跡はいくらでもあります」

その言葉通り、イレブンは時折しゃがんでは地面の近くまで顔を寄せ、低い姿勢でアマルガムの足取りを追っていた。その姿はまさに猟犬――ハウンドの名に相応《ふさわ》しい。

だがやがて、大きな段差に出た。大人でも安全に下りるには苦労する高さだ。元からの地形ではなく、大雨か何かで崩れたようだ。イレブンは軽やかに飛び降りると、地面を見つめてからテオを振り返った。

「ここで落下し、負傷したようです。地面が凹《へこ》み、這《は》いずった跡が乱れています」

「そのぐらいなら、再生できるんじゃないか？」

「それにしては、這《は》った跡の乱れ方が著しい。再生していません」

山道は欠片《かけら》も整備されておらず、いくつもの崖があった。倒木で塞がっている場所も多く、大人でも歩くのに苦労する道だ。とても赤ん坊の体格で進めるルートではない。それでもアマルガムは直進を続け、ついには山を抜けた。

目の前が突如開けて、テオは軽く目を見張った。小さな浜辺だ。穏やかな波が打ち寄せ、綺《き》麗《れい》な砂浜が広がっている。岩場が多く、「遊泳禁止」の立て看板が傾いていた。

テオは思わず背後の山を振り返った。ブラウエル夫妻の家は、ここからは見えない。

「まさか海に出るとは……家からここまで、三十分程度か」

「このアマルガムではさらに時間がかかったでしょうね」

「赤ん坊のハイハイの速度なんて、たかが知れてるだろうしな……」

イレブンが歩き出すと、山道から続く歪《いびつ》な溝の隣に、彼女の靴跡が刻まれる。溝はどんどん細くなり、やがて引《ひ》っ掻《か》いたような跡を残して、波打《なみう》ち際《ぎわ》で止まった。

打ち寄せる波にさらされたそれは、熱で変形した樹脂人形のようだった。頭部は口と髪だけとなり、全身のほとんどが血と泥に汚れている。片方の脚は鎖鎌に似た刃を形成していたが、もう一方の足は、小さなベビー靴を履いたままだ。

ぴくりとも動かない、アマルガムの残骸だった。イレブンはそれを両手で抱き上げる。彼女の白い指先が、崩れた肉を掻《か》き分《わ》けて赤い輝きを露《あら》わにした。本当に小さなコアだった。

「……何と表現していいのか。その、そいつの、危険性は？」

「安全です。稼働《かどう》限界を超え、もう動けません」

「それなら……いいか。歯形を傷口と照合して、血液を調べたら、後は研究所に任せた方がいいな。いくら動けないとはいえ、捜査局じゃ手に余る」

テオは思わず、イレブンの手元を見下ろした。少女の細腕でも余る、小さな体躯《たいく》。汚れ、変形してなお、生後わずか三か月の幼い子供だった名残があり、どうにも気落ちさせた。

「……こいつは、どうしてここまで必死に山を越えたんだ？　アマルガムに感情がないなら、何がここまでこいつを動かしたんだ」

「術式を確認します。少々お待ちください」

イレブンは手短に応じると、アマルガムのコアに触れた。赤い光が空中に浮かび上がり、その中を幾何学模様が高速で走り出す。だがその動きは、二つの球体とそれを繋《つな》ぐ直線、それをさらに埋め尽くす記号が表示されて止まった。

「展開完了。通常のアマルガムと異なり、再生、自己補給、命令遂行の三つの柱のうち、再生部分が削られています。『作る』『たくさん』の文字列が追加されていますが、意味をなさなかった結果、判断能力が低下し、稼働《かどう》限界を察知することができなかったと分析しました」

「……それはつまり、コアを小さくするために、機能を削ったのか？」

「推測ですが、中途半端な知識で術式に変更を加えた結果、量産の過程でコアが小さくなっただけでしょう。あるいは、ローレムクラッドのように実験をしていて、偶然商品として使えると気付いたか。いずれにせよ相手はコアを研究できる環境にあり、生産したコアを一般人に売却している。それは事実です」

「……ローレムクラッドより悪質かもな。他に手掛かりは？」

コアの術式を見上げていたイレブンは、テオに視線を戻して言った。

「捜査に関わる報告が一点。このアマルガムは、命令遂行後、速やかに特定人物のもとへ戻るよう指定されています。その人物に向かって直進し続け、力尽きたのです」

「……人物？　座標みたいに数値化もできないだろうに、どうやって指定する？」

「個人の遺伝子情報が入力されています。髪一本、血の一滴で足りますから、難易度は高くありません。研究所で遺伝子情報を抽出すれば、捜査でも使用可能でしょう」

「……名前や人相より先に、遺伝子が分かるとはな」

テオは息を吐き、海を振り返った。穏やかに波が打ち寄せている。

「家からその人物に向かって直進していたのなら、指定された人物もとっくに移動してるだろう。居場所を突き止めるには、まだ情報不足か」

「収穫はありました。別の角度から捜査を続けましょう」

イレブンは穏やかに言う。テオは「そうだな」と短く応じて、砂浜を歩いた。迂回《うかい》すれば、車道に戻れるはずだ。イレブンは砂を踏みしめ、テオの隣に並ぶ。

「しかし、そいつの力尽きた場所がここでよかった。この辺りは水難事故も多くて、地元の連中も立ち寄らない。先に誰かに拾われていたら、また大問題だったな」

「この見た目のものを率先して拾う人間もまた、別の問題を抱えていそうです」

「違いない。……稼働《かどう》限界を迎えたら、アマルガムはこうなるんだな」

テオは小さく呟《つぶや》いた。春に起こった大規模襲撃事件の際、イレブンは自分ごと敵アマルガムを焼却炉で焼き尽くしている。その時に、彼女は言ったのだ。「稼働《かどう》限界を無視してあなたの役に立つ」と。通常、アマルガムはそれを超過しないように動くとしたら、彼女は。

「テオ、『不安』をしていますか」

はっとして、テオは顔を上げた。灰色の瞳が真摯にこちらを見上げている。

「逃走したアマルガムは確保し、詐欺事件、殺人事件はともに新たな手がかりも入手でき、捜査は着実に進展しています。『不安』に該当しません」

「いや……まあ、確かにそうだ。捜査は進んでる。ただ……」

テオは言葉に迷い、意味もなく浮いた右手を、ポケットに突っ込んだ。

「……ただ、お前ももしかしたら、こうなっていたのかと、思ったんだ。焼却炉で」

「肉体を全損することはあっても、このように姿が崩れることはありません」

「そういう、想像をしたってだけだよ。仮の話だ」

案の定イレブンには上手《うま》く伝わらず、テオは苦笑した。彼女は察しがいいものの、その感覚は人間と大きく異なる。テンポの違う砂を踏む音が、軽快に響いた。

「私たちハウンドにも、終わりはあります。しかしそれは最終段階。専用処理施設で迎えることです。あなたの前で、このような姿になることはないでしょう」

「……肉体を失って、コアだけになることはあっても？」

「あなたが砂から掘り出したように、あなたの望む姿で、私は戻ります」

テオは健気《けなげ》にも聞こえる言葉に一瞬目元を緩めたが、すぐさま思い直して彼女の小さな頭を鷲掴《わしづか》みにした。

「そもそもお前が全損しなきゃいいんだよ。無事に戻るのは当然だろ。二度とするな」

「了解、今後の方針に追加します。……『不安』は終わりましたか」

乱れた前髪の間から、イレブンが見上げた。凪《な》いだ瞳からは、こっちの言葉が響いたかどうか欠片《かけら》も分からない。テオは溜息《ためいき》を吐《つ》き、柔らかい髪をぐしゃぐしゃと撫《な》でた。

「お前といると、そんな暇ねえな」

「捜査官は統計的に、一般市民よりも暇な時間は少ないです」

「またそういう……そうじゃないだろ。まったく、お前ってやつは」

高性能な兵器のはずなのに、どうして時折、どうしようもなく抜けているように見えるのだろう。テオは苦笑し、先を急いだ。

■

検視室に入ったエマは、すれ違う検視官に挨拶して奥へ向かった。ロッキが険しい顔で二人の遺体を見つめている。エマに気付くと、彼は片頰に笑みを浮かべた。

「お転婆娘じゃないか。捜査は？」

「私は手詰まりで、三人の帰りを待っているところ。時間がもったいないから、もう一度遺体を見に来たんだけど……検視は終わったのよね？　何か問題が？」

エマが尋ねると、ロッキは「いや」と首を振ってカバーを軽く下げた。ブラウエル夫妻の遺体が顔を出す。

「……現場と遺体の状況を重ねると、夫は揺り籠にいる赤ん坊から、妻を庇《かば》って先に殺された。妻は逃げる間もなく足を噛《か》まれて転倒し、おそらくローテーブルに頭を強打。そして、生きたまま腹を食い千切られ、喉を掻《か》き切られて殺されている」

「……惨《むご》いわね、とても」

エマの返事は掠《かす》れていた。ロッキも「ああ」と微《かす》かに返事をする。

「正体はともあれ、育てた赤子に殺されるなんざ、想像もしてなかっただろうよ」

ロッキは溜息《ためいき》を吐《つ》いて、遺体のカバーを戻した。

「二人はごく普通の夫婦だ。残った臓器も健康そのもの。血液や胃の内容物を調べたが……魔導士のお前さんに、一つクイズを出そう。次の成分に心当たりはあるか？」

　ロッキはそう言って、印刷機から紙を取り上げた。

「妻ミシェルの遺体から見つかった成分は、生姜《しょうが》、ミズホハッカ、ガルデニアの実、アマダケクサ、ピオニアの根、スロースベアの胆汁、黒金ロバの肝臓、それから、燐灰石《りんかいせき》。これらを一度に摂取するものは何だ？」

「……うーん、スロースベア関係なら鎮静作用はありそうね。それ以上はさっぱり」

「なんだ。お前さん、魔法薬学は履修していないのか」

「専門外なの。何の薬？」

「アーキチル水薬ってやつだ。精神的に不安定だとか、原因不明だが体に不調があるとか、そういう時に飲むもので、婦人科系の病気でも処方される。ただ、スロースベアの胆汁と黒金ロバの肝臓は、使用と所持に国から制限があってな。治癒士でも処方するには認定書が必要だ」

　エマは急いで手帳にメモした。

「認定を受けた治癒士なら、特定も早そう。ありがとう、ロッキ。捜査の参考になるかも」

「ああ。……遺族に連絡できたか？」

「それがまだなの。二人とも両親は亡《な》くなってて、ブレフトには妹のアンナがいるはずなんだけど、電話に出ないのよ。家まで行こうと思ってるところ」

「そうしてやってくれ。……この二人が眠るには、霊安室は寒すぎる」

ロッキは遺体カバーを軽く手で押さえた。優しく労《ねぎら》うような手つきだった。

CONFIDENTIAL

二章

# 白々しい偽装

CHAPTER 2

AMALGAM HOUND

Special Investigation Unit,
Criminal Investigation Bureau

テオたちはオフィスに集まり、顔を見合わせた。

「まとめるぞ。ハベル・プライスは詐欺師で、アンナ・ブラウエルに投資詐欺を吹っ掛けた。それを知った兄、ブレフト・ブラウエルは身分を詐称し、プライスと組んで養子縁組詐欺を始める。妻ミシェルが事情を知っていたか定《さだ》かではないが、彼女も詐欺に協力していた。慎《つつ》ましい生活を送っていた夫妻だが、詐欺を始めた理由は金だ。ジクノカグという団体から購入したアマルガムの使用料を払うのに、限界を悟った」

テーブルに広げた証拠品を前にして、トビアスとエマの表情は優れなかった。

「半年間、大人しく赤ん坊に擬態していたアマルガムか。銀行強盗の子たちを思い出すな。彼らの合成義体の中で、アマルガムはずっと攻撃の合図を待っていた。禁止事項に抵触して攻撃したっていうのも、納得はできる。……防ぐのは厳しいだろうけどね」

トビアスは難しい顔で腕を組み、エマが手帳を開いた。

「ブラウエル夫妻についてだけど、妻ミシェルの遺体から見つかった成分から、ロッキが彼女の服用していた薬を特定したわ。テオたちが見つけた薬瓶のラベルと合わせて治癒士協会に連絡したから、すぐに誰が作ったのか特定できると思う」

「夫妻の医療記録を頼れない現状、重要人物だな。是非話が聞きたい」

「了解、確認するわね」

デスクの電話を手に取ったエマを横目に、テオとトビアスは険しい顔で向き合った。

「問題はジクノカグだ。団体として一切が謎だし、今回はアマルガムを『商品』として扱っている。今回確保した一体だけじゃ済まないのは、確実だろうな」

「ローレムクラッドみたいに、大本になる母体がいて、それが低品質なアマルガムを量産しているとか？　前回の、親と子供がいたみたいに」

ぞっとする話だった。イレブンが口を開く。

「ジクノカグの正体、居場所、及びアマルガムの在庫、生産場所の特定。どれも急務です」

「仕事は山積みだな」

テオは息を吐いて切り替えた。

「……俺とイレブンは、このままジクノカグを探る。トビアスとエマで、妻ミシェルに薬を渡していた治癒士を当たってくれ。もしかしたら、ジクノカグと繋《つな》がった切っ掛けを知っているかもしれん」

「了解。エマ、急ごう」

トビアスとエマが慌ただしくオフィスを出ていき、テオは捜査ファイルを閉じてブラウエル家の写真を隠した。

■

テオは改めて、ブラウエル夫妻の家で見つかった約款を開いた。

「代表者がジーノ・カミーチャであることは分かったが……ジクノカグそのものは謎だな。連絡先も載ってはいるが、電話しても通じないし」

「アマルガムの攻撃性が起動した時点で連絡を断ち、事件発覚後に被害者と繋《つな》がらないよう対策している。……常習犯ですね」

「ああ、マニュアル化してるな。被害者が他に何人いるんだか……」

テオは試しに携帯端末で「ジクノカグ」と検索した。あっさり公式ホームページに辿《たど》り着《つ》くが、そちらにも連絡先や拠点の場所などはなく、大した情報は得られない。代表であるカミーチャの写真が大きく掲載され、彼の生い立ちや理念などが長々と続いている。語る言葉は綺麗《きれい》事《ごと》だらけで内容はなく、生い立ちは無難なものだ。この生い立ちが正しいものかどうか、出身大学と、代表取締役《だいひょうとりしまりやく》をしているという貿易会社に問い合わせた方がいいだろう。

「……貿易会社とのことだが、この商品を使用した個人の感想といい、胡散臭《うさんくさ》いな。『東アカリヤザに伝わる医薬品を提供し、現代医療よりも遥《はる》かに軽い負担で、効果的に、健康をもたらします』……」

「東アカリヤザといえば、アダストラ国から見ると南東にある国ですね。大陸戦争勃発前に国境を海に沈め、島国と化して中立の立場を保ったという……」

「その関係で、あの国については大陸でも詳しく伝わっていない。その分、こうやって怪しい商売もできるんだろうが……ジクノカグという団体について、何か情報は？」

イレブンは以前陸軍課報部《ちょうほう》で働いていた。彼女なら何か知っているだろうと視線を向けると、彼女は緩く瞼《まぶた》を上下させた。

「特にありません。ただ、このマーク……」

彼女はテオの携帯端末を覗《のぞ》き込み、画面を指差した。代表者の背景となっている壁に、団体のマークが描かれている。果実を支える両手を模したものだ。

「類似のマークでしたら、情報があります。バントウボク救世隊はご存じですか」

「もちろん。それこそ、東アカリヤザの英雄だろう？　何百年か前に、大陸で致死率の高い感染症が流行した時、彼らが自国だけでなく、大陸中に特効薬を提供したおかげで、収束した。高校まで出た人間なら、必ず一度は習うはずだ」

「そのバントウボク救世隊の掲げるマークに似ています。バントウボクの方は、果実を支える両手ではなく、果実と心臓を乗せた天秤《てんびん》ですが」

「……関連団体なのか？　バントウボク救世隊の方に聞いてみるか」

テオはすぐに連絡先を調べた。その傍《かたわ》ら、イレブンに尋ねる。

「課報部《ちょうほう》は、バントウボク救世隊と何の繋《つな》がりが？」

「バントウボク救世隊は国境を問わず戦場を移動するため、スパイ容疑がかけられていました」

思わぬ発言にテオはぎょっとしたが、それを見たイレブンはすぐに応じた。

「既に、彼らの潔白は複数機関によって証明されていますし、活動参加者の素行調査も厳格です。現在は、世界で最も信頼できる医療機関として認められています」

「ああ……それは、何よりだ。俺も、彼らの活動は善意に基づくと信じたい」

バントウボク救世隊の事務局は、本部は東アカリヤザだが、大陸内の各国に支部を持っていた。寄付や活動者を募るためだろうか。アダストラ国内にも支部があるのを見て、まずそこに連絡しようと電話番号をメモする。

試しに電話してみると、三コールで応答があった。落ち着いた女の声がする。

『お待たせいたしました。バントウボク救世隊事務局、アダストラ支部でございます』

「ああ、どうも。こちら、捜査局刑事部、テオ・スターリングです。ある事件を捜査しているところでして、ご協力をお願いしたいのですが、お時間よろしいですか」

『もちろんです』

「ジクノカグという団体に、心当たりはありませんか？」

手短に用件を伝えると、女は愛想《あいそ》よく「はい」とすぐに応じた。

『ジクノカグは、医薬品販売を主な使命とする関連団体です』

「扱っている商品について、ご存じですか？」

『東アカリヤザで独自に発展した薬草学、治癒術を、一般の方にもお試しいただけるように、適正な審査を経て商品化したもののみ取り扱うよう、契約を結んでおります』

「……では、『代替身体《しんたい》』という商品について、お尋ねしても？」

『失礼ですが、何の捜査かお伺いしてもよろしいでしょうか』

「殺人事件です。ジクノカグから代替身体《しんたい》を購入した女性とその配偶者が殺害されています」

『なんですって？』

女の声は一気に硬くなり「確認いたします、少々お待ちください」と即座に保留音に切り替わってしまった。テオは思わず息を吐く。

「……やはりな。ジクノカグのやり方は、バントウボクの理念に合わない」

「彼女の声には『怒り』『驚愕《きょうがく》』による『動揺』がありました」

「そりゃそうだろう。人命第一の連中だ、それが殺人なんて……」

二人で話していると、すぐに保留音は切れた。同じ女の声が応じる。

『お待たせいたしました。代替身体《しんたい》という商品は、取り扱いリストに載っていません。どういった商品かご存じでしょうか』

「うちの国でいう合成義体と同じです。身体《からだ》の一部分を代替して機能するもののようで」

テオの言葉で、女は「ああ」と納得した様子で続けた。

『名称は違いますが、そのような商品はあります。しかし義体は本国でしか扱っておらず、門外不出の技術です。ジクノカグのような卸売りが扱える商品ではありません』

「ではジクノカグという、同名の違う組織という可能性はありますか？　代表者はジーノ・カミーチャとなっていますが」

『ジクノカグの代表はジーノ・カミーチャでお間違いありません。……失礼』

電話の向こう側で何かやり取りがあったかと思うと、彼女は硬い声で応じた。

『現在、ジーノ・カミーチャ及びジクノカグ事務局と連絡が取れない状況です。何かこちらでお手伝いできることはありますでしょうか』

「救世隊では素行調査を厳格に行っていると聞きましたが、カミーチャの調査はどうですか」

『お恥ずかしい話ですが、こちらは関与しておりません。カミーチャは一年前に亡《な》くなった前代表の遺言に従って代表に指名されました。書類上は何も問題がなく、今まで特に報告もなかったものですから、実情の把握ができておりませんでした。申し訳ございません』

平身低頭といった様子で謝る相手を制し、テオはジクノカグの事務局があるという住所だけ尋ねた。礼を言って通話を終える。

「……ジクノカグが勝手に暴走した、と取り繕ったように見えるか？」

「いいえ。少なくとも相手の音声に、嘘《うそ》はありませんでした」

「だよな。……厄介なことだ。急いで確認しよう」

テオはカミーチャの出身大学に連絡を入れ、イレブンを連れてオフィスを出た。

■

デルヴェロー市を出て辿《たど》り着《つ》いた家を見て、トビアスは思わず口笛を吹いた。

「ここかい、ミシェル・ブラウエルに薬を処方した治癒士の家は」

「そのはずだけど……すごい場所ね」

エマも驚いた顔で車から降りた。

ブラウエル夫妻の家で見つかった薬瓶のラベル、そしてロッキの指摘した薬を扱える治癒士を照らし合わせた結果、「ミチ・キサゲ」という治癒士が該当した。登録された住所を訪れたトビアスとエマは、「キサゲ薬店」と看板をさげた鉄扉《てつぴ》の前で立ち尽くす。

緑溢《あふ》れる庭には、菜園だけでなく温室まで設置されており、玄関先から見ただけでも相当な広さがあると分かった。赤い屋根の家はドールハウスじみた可愛《かわい》らしさがあり、玄関周りには動物の置物が並べられ、童話の世界に飛び込んだかのようだ。

「すごいわ……必要な薬草を全部自分で育てているのね……」

「魔導士視点でも驚きの規模かい？」

「当たり前よ！　薬草って本当に育てるのが大変なんだから」

エマは庭や温室を見に行きたい様子だったが、トビアスは苦笑してそれを制し、扉を開けた。

涼しいドアベルの音が響き、「はーい」と女の声がする。

店の奥から姿を現したのは、黒髪の少女だった。結い上げた髪の間から、鮮やかなグリーンのインナーカラーが覗《のぞ》く。

「いらっしゃいませ。何かお探しですか？」

「捜査局のヒルマイナと、カナリーだ。少し聞きたいことがあるんだが、いいかい?」

捜査官バッジを見せて言うと、少女は目を丸くして頷《うなず》いた。

「本物の捜査官なんて初めて! どうしたの? 何の捜査?」

「ちょっと事件があってね。ミチ・キサゲさんに話を聞きたいんだけど、いるかな?」

「今、薬を調合してるところで……ちょっと待ってね」

少女はカウンターの奥に頭を突っ込み「お祖母《ばあ》ちゃん、お客さん!」と声を張り上げた。返事が聞こえたから、ミチ・キサゲという人物はいるらしい。少女はカウンターまで戻ると、申し訳なさそうに眉を下げた。

「ごめんなさい、調合中は手が離せなくて」

「構わないよ、急にお邪魔して悪かったね。この二人を見たことはある?」

トビアスがブラウエル夫妻の写真を見せると、少女は首を傾《かし》げた後に、悲しそうな顔で妻ミシェルの写真を手に取った。

「……女の人は知ってる。ねえ、まさか、この人に何かあったの?」

心配そうな彼女に嘘《うそ》を吐《つ》くわけにもいかず、トビアスは正直に話した。

「亡《な》くなったんだ。今、彼女の身に何が起こったのか調べているところでね」

「生前、彼女がどうしていたのか知りたいの。この店で薬を買っていたわよね」

少女はショックを受けたようだったが、少し言《い》い淀《よど》んでから答えた。

「その……お店に来る患者さんって、病院で診てもらっても解決しなかった人が多いんだけど、この女の人もそうだったの。……赤ちゃんが突然死んじゃって、すごくショックを受けて……体質のせいかなって悩んで、お店に来たの。それが最初」

「じゃあ……あくまで体質改善が目的って感じかな？」

トビアスが尋ねると、少女は「うーん」と難しい顔をした。

「私、まだ見習いで、薬のことは勉強中なの。でもたぶん、そうじゃないかな」

「……そうなのね。彼女、よくお店に来てた？」

エマが尋ねると、少女は頷《うなず》いた。

「定期的にね。先週も来たよ。……亡《な》くなっただなんて、嘘《うそ》みたい」

少女は溜息《ためいき》を吐《つ》き、写真を返した。そこへ、老婦人が店の奥から顔を出す。

「お客さんだって？」

「あ、お祖母《ばあ》ちゃん！　うん、捜査官さん。事件の捜査中なんだって」

「そうだったの。じゃあ、今のうちに休憩しておいで。ありがとうね」

「はーい。捜査官さん、頑張ってね」

少女は店の奥へと消え、代わりに老婦人がカウンターの椅子に腰かけた。

「話は少し聞こえましたが、うちのお客さんが亡《な》くなったとか？」

「はい。あなたが、ミチ・キサゲさんですよね？　ミシェル・ブラウエルさんについて、お話を伺いたいのですが……」

「……彼女でしたか。可哀想《かわいそう》に」

老婦人は──ミチは溜息《ためいき》を吐《つ》き、椅子にもたれた。

「彼女は三年前にお子さんを亡《な》くしてから、流産を繰り返し、精神的に追い詰められ、いくつもの症状を抱えていました。最初は軽い薬から始めましたが効果がなく、一年前からアーキチル水薬を処方しています。一日に一度、用法用量を守って飲まれていたようです」

「この半年、養子を迎えてからの様子はどうでしたか？」

「薬よりも効果があったように見えましたよ。目に見えて安定していましたし、体調もよくなっていました。アーキチル水薬の量も減って、来月の様子次第では、もっと軽い薬に変えて、だんだん飲まなくてもいい状態にしていこうと話し合ったところでしたから」

ミチが微笑《ほほえ》みながら語る。少し気になり、トビアスは尋ねた。

「養子についてですが、見たことは？」

「ずっと一緒に店に来ていましたよ。でも、そうね、言われてみれば、ここ数回はベビーカーに寝かせて日除《ひよ》けをしていたから、赤ちゃんは見ていませんね。それが、何か？」

「いえ、確認のためです。三年前に亡《な》くなったお子さんについて、何か聞いていますか」

トビアスの質問に、ミチは表情を曇らせた。皺《しわ》の刻まれた指を組み、彼女は息を吐く。

「……原因不明だそうです。ある時、抱いてあやしていたら呼吸が止まって、心臓マッサージをしながら救急車を待ったけれど、手遅れだったと」

「それは……夫婦は相当、思い悩んだでしょうね」

「あまりにも急なことで、特にミシェルは自分を責めていました。旦那さんも懸命に彼女を支えていましたが、彼もすっかり疲弊して……本当に大変な状態だったそうです」

ミチは沈痛な表情で語った。エマが尋ねる。

「ブラウエル夫妻は民間療法を頼っていたようなんですが、その切っ掛けなどを聞いたことはありませんか？　誰かにすすめられたとか」

「確か、義理の妹さんがうちの店をすすめてくれたそうです。近くの市場に向かっている時に、うちを見たとかで。ミシェルは、病院では治せない症状も治癒士なら治せると聞いたそうで、ずいぶん期待していました。それだけ、病院での診断が信じられなかったようです」

「では……ジクノカグという名称に聞き覚えはありますか？」

トビアスがその名を出した途端、ぴくりと、ミチの眉が震えた。

「……どこでそれを？」

「ブラウエル夫妻は、ジクノカグから購入した商品によって亡《な》くなったんです」

エマが率直に答えると、ミチは深く溜息《ためいき》を吐《つ》き、額を手で押さえた。

「……なんてこと。余程危険な商品を売ったに違いないね。あの、金の亡者《もうじゃ》どもめ」

「ご存じなんですね」

「知っているどころか、三十年前は私もそこにいましたよ」

思わぬ事情に、トビアスとエマは顔を見合わせた。ミチは組んだ両手を額に押し当てて呼吸を整え、静かに顔を上げる。

「最初は、どこにでも無償で医薬品を届ける、善意の団体でした。お礼に野菜や、気持ち程度のお金をもらうことはあったけれど、基本的には全て自費の、大赤字。それでも、大陸戦争で苦しむ人々を少しでも助けたかった。皆、その一心だったのです」

「当時、所属していた治癒士はどれぐらいでしたか」

「団員の半分ぐらいですかね。活動が広まるにつれ、どんどん人は増えました」

「だけど三十年前に、あなたはジクノカグを抜けたんですね」

エマが言うと、ミチは苦笑した。

「……想像してごらん。一緒に頑張ろうと誓い合った仲間たちは、真剣に薬を作る者から心を病んで辞めていき、暴利を貪る者たちは、金のためならただの水、雑草だって瓶に入れて売りつける。……連中を変える力は、私になかった。だから、去ったのです」

「……では、今のジクノカグは」

「避けてきたので、まったく知りません。ただ、顔ぶれが変わろうと、性根は変わっていないでしょう。金に目を眩《くら》ませた、詐欺師ばかりに決まっています」

「ブラウエル夫妻から、ジクノカグについて聞いたことはありますか？」

「いいえ、一度も。私だって、十年以上その名を口にしちゃいません」

ミチは険しい表情で言った。

「……連中の嗅覚は異常でした。弱った者、助けの必要な者を上手《うま》く孤立させて、囲い込む。あの夫婦も、可哀想《かわいそう》に。ただ子供を亡《な》くして、苦しんでいただけでしょうに……」

「……おっしゃる通りです。では、アマルガムについてはご存じですか？」

「アマルガム？　新聞で見たことはあるけど、なんだかすごい兵器だってことしか」

「ジクノカグが入手できると思いますか？」

「まさか。あれは戦場にいるんでしょう？　腰抜けの卑怯《ひきょう》者たちが、そんな危険を冒してまで戦場に行くとは思えません。一番安全なところで金を数えているような奴《やつ》らですからね」

ミチの評価は散々なものだった。この様子では少なくとも、ブラウエル夫妻はこの店からジクノカグに繋《つな》がったわけではないらしい。

トビアスは彼女に礼を言って退店しようとしたが、ミチがエマを呼び止めた。

「魔導士さん。……そのケープを着けているってことは、そうなんでしょう？」

「はい、そうです。何でしょう」

エマがケープの肩を押さえて応じると、ミチはカウンターから出てきて言った。

「三年前に亡くなったミシェルのお子さんについてだけど、私も少し違和感があるんです。魔導士のあなたなら、違う視点から調査できないかと思って」

「本当ですか？　違和感というのを聞かせてもらっても？」

エマが手帳を開くと、ミチは頬に手を当てて言った。

「生後三か月の赤ちゃんが突然亡《な》くなることは、悲しいけど起こり得る話なんです。ただそれは、明らかに風邪とかで体調を崩していたとか、眠っている間に窒息したとか、そういう話でしてね。目を覚ました状態で、これといった症状もなく、保護者の見ている前で突然亡《な》くなるというのは、やはりおかしい」

「……アーキチル水薬は、婦人科の病で処方する薬ですよね。ミシェル側に何か症状が？」

「あくまで、主に精神神経症状を和らげるための薬なんです。医者は異常なしと何度も診断しているし、だからこそミシェルは、体調不良と流産に思い悩んだ。私は、子供を突然、意味も分からず亡《な》くしたストレスによる症状だと診て、対応しただけです」

ミチは息を吐くと、わずかに笑みを見せた。

「お子さんがどうして亡《な》くなったのか、もし分かったら、ミシェルに伝えてやってくれますか。あの人は、いい人でした。せめて未練なく、親子で再会してほしい」

「……もちろんです。ありがとうございます」

エマは表情を改め、真剣に頷《うなず》いた。トビアスはミチに再度礼を言い、市場の場所だけ聞いて退店した。車に乗り込みながら、エマが言う。

「行くでしょう、市場」

「ああ、『義理の妹にすすめられて』ってところが気になる。それに、ジクノカグの狩場がどこかにあるはずだ。ブラウエル夫妻のように弱った人間を見つけられるような場所が」

市場へ向かう車内で、エマは考え込んでいるのか黙っていた。

「気になるかい、さっきの、ミチさんの言葉」

「……まぁね。確かに赤ちゃんの死因は気になるけど、突然死なら検視もしているはずでしょ？　だけど、医者は異常なし、自然死と判断した。でも状況は明らかに変よ。魔導士の目線で判断したいけど、夫妻に魔術的な素養はなさそうだったし、判断材料もないし……」

「大丈夫。君は優秀で、頼もしい魔導士だ。捜査の中で気付くこともあるよ」

トビアスは微笑《ほほえ》んでエマを宥《なだ》め、市場の駐車スペースに車を入れた。

露店が立ち並ぶ広場で、買い物客は多かった。トビアスは眉を上げる。

「一軒一軒、写真を見せて聞き込みしてみるかい？」

「……いいえ、その必要はないかも」

エマが示したのは、広場の入り口にある掲示板だった。イベントの告知やバイトの募集など、地域の情報共有を目的とした場のようだ。

掲示板の下部には、自由に持っていけるチラシが何種類かケースに入っていた。説明会や習い事のチラシの中に、自助グループの集会所を知らせるものが複数ある。

「……どれも小規模だね。アルコール依存症、薬物依存症に……闘病中の患者同士で集まって励まし合う会もあるのか。あとは……」

「グリーフ・サポート・コミュニティ。家族と死別した人向けの会や、合成義体の使用者向けの会もある。曜日で対象を分けているけど、会場は同じだわ。ここを張っているだけで、ジクノカグは客を捕まえられるって寸法ね」

トビアスはチラシを手に取り、連絡先と主催者を確認した。今日も集会予定がある。

「……主催者に話を聞いてみよう。夫妻と妹について何か知っているかも」

やり切れない気持ちで、トビアスはエマを連れて集会所へ向かった。悲しみと向き合い、立ち直るために足を運ぶ場で、死の商人が営業をかける、その非情さが許し難《がた》かった。

■

オフィスビルを出たテオは、舌打ちして携帯端末をポケットに戻した。

「出身大学の卒業者リストに、ジーノ・カミーチャなんて名前はなし。ジクノカグの事務局は、広い部屋にデスクと電話をありったけ並べただけ。ふざけてんのか」

「事務局に誰もいないとは予想外でした。連絡係ぐらいはいるものかと」

「電話が来たら自動で転送しているんだろうな……残るは貿易会社とやらか」

「こちらは、会社に話のできる人間がいたらよいですね」

イレブンの言葉になんとも言えず、テオは黙って車に乗り込んだ。

ジーノ・カミーチャという男は、ジクノカグの公式ホームページで確認できるが、他の媒体での露出は一切なかった。そもそも、この人物は本当に実在するのだろうか。

登記情報から、会社の位置は分かっている。トレーサム市にあるビルの前で車を降り、テオは顔をしかめた。イレブンもビルを見上げ、看板を読み上げる。

「カミーチャクラウンビル。一階、イシズ不動産。二階、ノッカ旅行代理店トレーサム支店。三階、カミーチャファンド。四階、ジクン・オカジマ商事」

「……カミーチャ関連は、三階と四階か？　一応下の階にも確認するか……」

気乗りしなかったが、テオはまず一階の不動産会社を訪ねた。復興工事に伴う再開発で、土地建物の買い手を募集しているらしい。こちらは特に収穫もなく、テオは話を続行する営業担当を置き去りに、二階の旅行代理店に踏み込んだ。

「いらっしゃいませ！　おや！　お二人でご旅行の予定ですか？」

「捜査局です。事件の捜査中でして、ジーノ・カミーチャという人物に心当たりは？」

勢いよく近付いてきた営業担当は、テオの質問に肩を落とした。

「いえ、ありません……事件の容疑者ですか？」

「関係者として、一度お話ししたいと思っておりまして」

テオは彼の話を流し、ふと店内に目をやった。

情勢が不安定なためか、宣伝されているのは国内ツアー旅行が多い。目立つ場所にまとめられたクルーズツアーは、ほとんどが取り扱い中止となっていた。

「中止になったのは、クルーズだけですか。海で何か問題でも？」

テオが尋ねると、営業担当は困り果てた顔で応じた。

「それがですね、ここ二か月ほど、今まで特に問題のなかった海域で海難事故が相次いでいるんです」

営業担当が見せてくれたのは、アダストラ国沖の海図だった。ザバーリオ港から北西にある岩石海岸がその現場で、アダストラ領海の際にある無人島だ。元は観光地だったらしい。

「こんな浅瀬だと、座礁はよく起こりそうですが」

「浅瀬の境目にちょうど背の高い離れ岩があるので、これを目印に今までみんな避けることができていたんです。なのに、急にこの海域だけ潮の流れがおかしくなったんですよ。船が少しここに近付いただけで舵《かじ》が取られ、渦潮に引き込まれてしまうそうです。良くて座礁、最悪沈没ですよ。行方不明者も続出してるのに原因不明で、みんな参っていて」

「そんなに急に？」

「ええ。以前はダイビングにぴったりの、穏やかな海だったのに」

営業担当は残念そうに言って、海図のコピーにペンで線を引いた。ザバーリオ港から例の海域を大きく迂回《うかい》し、公海に出るルートだ。

「小回りがきかない大型客船だけ運航制限を受けてしまって、今はこちらのルートを進んでいます。他の航行ルートは、安全確保が厳しくて」

「だがそっちも、難しいな。大型魔法生物の棲息域《せいそく》を避けると、今度は他国の領海に侵入しちまうのか……」

ペンで示されたルートの近くには、危険を示す記号がいくつも書き込まれている。大型の魔法生物は、海ではサメよりも危険な存在だ。彼らは無邪気で、だからこそ残酷で、被害者は多数いる。そんな危険海域の近くを、大勢の観光客を乗せて航行できるはずがない。

テオの指摘に、営業担当は「そうなんですよ」と大きく頷《うなず》いた。

「ここまで迂回《うかい》すると、シェルクロシェット連邦の領海に入るんです。連邦との航行契約が必要になるので、小規模なツアーだと採算も取れないし……そういうわけで、今はほとんどのクルーズツアーを中止とさせてもらっています」

「全部ではないんですね。今は何を？」

「直近だと、来週開始の三国周遊クルーズツアーがおすすめです」

参考に、と差し出されたパンフレットを見て、テオは「ほう」と眉を上げた。

「ユーニルスカ、アダストラ、シェルクロシェットの三大港湾都市を巡るツアーですか」

「この辺りはやっと戦争も落ち着いたし、安全の確保された三国で、国境を越えて平和な夏を満喫しませんか、という趣旨のツアーです。乗船した港と同じ港に帰る形で、七泊八日となっています。各国の航行契約が必要とあって参加料金は相場よりも高額ですが、その分、船のグレードは最高級ですよ。白亜の令嬢、麗しのハーヴモーネ号なんですから！」

「……捜査官の給料じゃ、厳しいですね。まあ、どうも」

テオは礼を言って、イレブンを連れて旅行代理店を出た。残るは投資会社と貿易会社だが、テオはパンフレットを背中のベルトにねじ込んで言う。

「ここ二か月で、特定海域で急激に潮の流れが変わり、原因不明。偶然か？」

「情報不足です。アマルガムの進行方向とは九十度異なります」

「……後で、海軍保安部に問い合わせてみよう。事故の詳細が知りたい」

三階へ向かったものの、投資ファンドは照明が落とされ、扉も施錠《せじょう》されていた。人の気配もない。仕方なくテオは階段を上がったが、途中で足を止めた。

四階へ続く階段の中ほどに自動ドアが設けられており、監視カメラとインターホンが用意されていた。相手に開けてもらうか、カードキーと暗証番号で解錠するしかないようだ。

「……厳重だな。三階と違って、人はいるようだが」

「インターホン越しの会話か、来客スペースに通されるかの違いはあっても、正面から内部を探ることはできませんね」

「令状もないしな。任意で協力を求めるしかないが……俺が相手の注意を引いている間に、お前に潜入してもらうのも手だ。お前、どこまで化けられる？」

「あなたが望むのでしたら、何にでも」

テオは思わず振り返った。灰色の瞳は、変わらずひたむきにテオを見上げている。まっすぐすぎて、少し怯《ひる》むぐらいだ。テオは咳払《せきばら》いして、無難な提案に留《とど》める。

「……透明人間になって、隙を見て中に忍び込んで情報を集めるってのは？」

「容易です。集めた情報を証拠として扱うことはできませんが、よろしいですか」

「内情が知りたいだけだから構わん。だが、なるべくデータに残してくれ」

「了解。実行の合図があるまで、隣で待機しています」

イレブンは簡単に応じると、全身を帯状に解《ほど》いた。途端、彼女の姿が掻《か》き消える。

「……イレブン、本当にそこにいるのか？」

「衣装と持ち物ごと透明化しておりますが、隣にいます」

つん、と袖の端を軽く摘まれた。テオは驚いて周囲を見回すが、何も見えない。

「これなら潜入も楽勝だな……合図するまでそうやって摘まんでてくれ。近くにいるのか分からなくなる」

「了解しました。現状を維持します」

イレブンはそう応じるが、袖を引っ張られる感覚がなければとても信じられなかった。魔導《ミメ》迷彩《シス》だってもう少し空間の揺らぎが見えるというのに。

（……変幻自在だな、まったく）

本当に隣にいるのか分からないほど、気配を感じない。テオは舌を巻き、自動ドアの前まで進んだ。

インターホンを鳴らすと「はい」と無機質な男の声が応じた。カメラに向けて捜査官バッジを見せ、テオはできるだけ淡々と聞こえるように言う。

「捜査局です。事件の捜査中でして、近隣の方にご協力をお願いしているのですが」

『……自動ドアを開けます。そのままお進みください』

テオは軽く目を見張った。通話が終了し、確かに扉が開く。

（……あっさり入れてくれるとは。少し意外だな）

扉を抜けて進むと、モダンな内装で観葉植物のあるロビーに迎えられた。いかにも現代的なオフィスだ。受付カウンターから、スーツ姿の男がやってくる。

男がテオを案内したのは、カウンター横に広がる応接スペースだった。壁には「株式会社ジクン・オカジマ商事」と印字された受付サインが掲げられている。

「近くで事件が起こったのですか？」

「ええ、目撃情報が少なくて、難儀していまして。……失礼、何か飲み物をいただいてもよろしいですか。暑い中、歩き通しでして」

「確かに今日は気温が高いですからね、お疲れ様です。すぐに水をお持ちします」

愛想《あいそ》のいい笑顔で、テオは男を見送った。同時に、イレブンに囁《ささや》く。

「行け、イレブン」

「了解。戻り次第、ワンコールだけ鳴らします」

水を取りに行った男が、扉を開ける。その扉は、男が通り過ぎた後、一瞬だけ動きを止め、何事もなかったかのように閉ざされた。やがて、男がボトルの水を持ってくる。

「お待たせしました」

「ありがとうございます。他の従業員の方は見えませんが、奥に？」

「はい。集中して仕事ができるよう、来客スペースと業務スペースを分けております」

「結構なことです。どのようなお仕事を？」

「商品の輸入と販売を主な事業としております」

男の受け答えに、違和感はない。極めて自然な態度を前に、テオは手帳を開いた。

「でしたら、外で何か目撃する機会というのは少ないかもしれませんね」

「そうですね、出勤時間と、昼休憩の時ぐらいでしょうか」

「現在、殺人事件の捜査中でして。犯人はこの近辺で騒音や不審な行動など、トラブルを起こしていると考えられます。最近、何か問題が起こったことは？」

「いえ、ありません。静かなものです」

男の答えは当たり前だ。そんな事件の知らせは捜査局に来ていない。テオはもっともらしく手帳のページをめくり、時間が経《た》つのを待った。

「そうでしたか。お仕事中に失礼しました。……ところで、輸入販売をされているとのことですが、海路は使用されていますか？　今、原因不明の海難事故が相次いでいるとか」

「本当ですか？　どこでしょうか」

「シェルクロシェット連邦側の、領海線付近だそうです」

「ああ、それなら問題ありません。当社は東アカリヤザの会社が主な取引相手ですから、航路もまったく異なります」

「それはよかった。いやね、うちの上司が、楽しみにしていたクルーズツアーが中止になったと嘆いていたものですから。おたくの会社に影響がなくて何よりです」

テオは相槌《あいづち》を打ち、笑みを作った。

「東アカリヤザといえば、うちとはまた違った魔術が発展した国と聞きます。あの国にしかない医薬品や工芸品も多いとか。この会社では、そういったものを？」

「はい、取り扱っております。当社では法人様向けの取引を行っておりますが、販売店では個人のお客様も購入可能でして」

「それは興味深い。もしよければ、カタログを見せていただいても？　被害者は東アカリヤザの商品を愛用していたようでして、何か手がかりにならないかと」

「すぐにお持ちします」

カウンターに戻る男の後を追い、テオはカウンター近くの従業員用扉に近付いた。わずかに話し声は聞こえるが、内容までは分からない。テオは眉根を寄せたが、カウンターからカタログを取り出す男に気付いてすぐに愛想笑《あいそわら》いを浮かべた。

「こちらです。……殺人事件とのことでしたが、被害者の方は、工芸品の愛好家でしょうか」

品目を見せてもらったが、代替身体《しんたい》やそれに類する商品は見られなかった。

「いえ、医薬品です。塗り薬のようでしたが、成分分析が難しくて」

「調合や材料が独特ですからね。塗り薬でしたら、こちらがございます」

カタログの商品について男は朗らかに説明する。それを聞き流しながら、テオは男の様子にだけ集中した。カタログはしっかりとしたもので、男はごく自然な振る舞いだ。騙《だま》そうとしている素振りは見られなかった。男は本気で、ただの貿易会社に勤務していると認識しているのだろう。カミーチャの偽装は相当なものだ。

やがて、ポケットの中で携帯電話が一度だけ振動した。テオは端末を出して男に言う。

「すみません、新情報が入ったようで。もう行かないと。ご協力、ありがとうございました。こちらのカタログは、いただいても？」

「もちろんです。一刻も早い犯人逮捕をお祈りします」

そうさせてもらうよ。テオは笑顔の下で低く呻《うめ》き、カタログを手に外に出る。すると、階段の踊り場でイレブンが待っていた。

「お疲れさん。いつの間に外に出たんだ？」

「トイレの窓が開いていましたので、そこから脱出し、入り直したところです。手がかりを撮影しましたので、ご確認ください」

テオはイレブンから携帯端末を受け取り、画像データを開いた。

内部は、何の変哲もないオフィスだ。スーツ姿の男女がそれぞれ仕事をしており、気になる点はない。残りは小さな給湯室と資料室、そして社長室だ。

「……普通のオフィスだな。貿易会社の看板に偽りなしか」

「資料室の資料は、帳簿や必要書類、顧客リストが主です。社史も確認できました」

そう言ってイレブンが表示したのは、印刷された研修資料を撮影したものだった。

「ジクン・オカジマを創始者として始まった会社で、本社は東アカリヤザ。創業五十年の歴史があり、現在の社長は創始者の末裔《まつえい》、ジーノ・カミーチャ。このオフィスは一年前、事業拡大のために設立されたアダストラ支店……という形を取っています」

いかにも嘘《うそ》くさい話で、テオは大きく鼻を鳴らした。次の画像は社内用の広報誌だ。

「……『カミーチャ社長は、ジクン・オカジマ商事がさらなる成長を遂げられるよう、販路拡大を狙っており、アダストラ国内のみならず、他国へ出向いて積極的に営業しています』……こんなのが通用していいのか？」

「少なくとも、社員の間では社長の不在は常態化しており、支店長が全責任を担《にな》っていました。設立から一年と浅く、トレーサム市内では役員の出張も多いですから、これで従業員からの追及をかわしているようです。事実、こちらを」

次に表示されたのは、社長室にあるパンフレットの山だった。価格帯の高いクルーズツアーから医療行為目当ての違法な団体ツアーまで、節操なしに掻《か》き集《あつ》めているらしい。

「営業のためなら相手は選ばない、と分析します」

「……カモがいればどこでも駆けつけるってか。民間療法に頼る相手には善意に見せかけるためのジクノカグ、上流階級相手には、相応の身分があると見せるための貿易会社の代表取締役《だいひょうとりしまりやく》。上手《うま》く使い分けているな。商品の在庫は？」

「ここにはありません。書類によると、ザバーリオ市の倉庫で管理、発送しており、社内に隠しスペースもなし。アマルガムの反応もありませんでした。報告は以上です」

テオはイレブンに携帯端末を返し、顎に手をやった。

「……アマルガムは海に向かっていた。夫妻殺害当時もカミーチャが『営業』に勤《いそ》しんでいたとしたら、ある程度行動範囲が分かるかもしれんな」

イレブンを連れて一度車に戻り、テオはボンネットに地図を広げた。ブラウエル夫妻の家にペンで点を入れ、そこからまっすぐ浜辺に向かって線を引く。

「座標ではなく人物に向かった場合、アマルガムの追跡可能範囲はどうだ？」

「特に制限はありません。追跡できる限り追跡します」

「じゃあそのまま延長して……海を渡った先はどの国もまだ戦争中だ。カミーチャもさすがに危険地域は避けるだろうから、当時海上にいたはず。俺たちの足で、家から浜辺まで三十分ほどだった。アマルガムの移動時間は、どれぐらいかかったと思う？」

イレブンは瞼《まぶた》を上下させ、少し視線を上げた。

「私たちの移動速度は、時速三キロほどでした。乳児が這《は》って移動した際、速度は平均して時速一キロ。負傷状態と足場の悪さにより速度がさらに半減したと仮定し、アマルガムが家を出て浜辺に着くまでに三時間かかったと計算します」

「ブラウエル夫妻の死亡推定時刻は朝九時前後だ。アマルガムが浜辺に着いたのは正午頃。カミーチャはその時間帯に、この辺りを航行していた船に乗っていた可能性が高い」

テオは海上に大きく丸を描き、旅行代理店に戻った。先ほどと同じ営業担当がこちらを見て驚いた顔をする。

「どうしました？　まだ何か？」

「三日前の午前九時から正午までの間に、この範囲を通るようなツアーはないか？」

地図を見せて尋ねると、営業担当は頭を掻《か》きながら地図を覗《のぞ》き込んだ。

「うーん、その時間帯でしたら……ちょっとお待ちくださいね」

営業担当は不意にデスクの資料をひっくり返し始めた。山ほどの紙から一枚だけ引っ張り出してくる。

「もしかして、ユーニルスカの戦跡巡りのツアーじゃないでしょうか。午前九時に出て、三時間の見学を挟み、午後二時には戻るやつです」

「……そんなツアーまでやってるのか？　それも、海上で？」

「この辺りでは、かの国の軍艦がたくさん沈没してるんです。本当は国に持ち帰りたいんでしょうけど、色々あって沈んだままでして。沈没船を海の戦跡として残し、それを見て歴史を学び、過去に思いを馳《は》せる、と。そんな趣旨のツアーです」

営業担当は慣れた調子で語る。航路の調整に必要で、近隣諸国のツアーも把握しているのだという。テオは頷《うなず》いて尋ねた。

「興味深いツアーだが、どんな人間が参加する？」

「週一で定期的に開催されるツアーなので、子供たちの歴史の授業で使われているそうです。かつて乗っていた船に会いに来る兵士も、そこで亡《な》くなった身内を弔いに来る人もいます。来週、元乗組員や兵士の遺族向けのセレモニーがありますよ」

テオはチラシを受け取り、眉を顰めた。セレモニーの二日後に、ユーニルスカから三国周遊クルーズツアーが始まる。どちらも同じ港から船が出るようだ。

「夫妻と同じ、『喪失』の経験者が集う場です」

「……間違いないな。カミーチャの営業場所だ」

営業担当に礼を言って、テオたちは車に戻った。

「国境を越えての捜査となると厳しいな。ただでさえ正規の手続きを踏むと時間がかかるし、カミーチャが事件に関わっているという、確かな証拠があるわけでもないし……」

「では、クルーズ船がザバーリオに寄港したところを押さえますか」

「いや、同じ待つなら、奴《やつ》を逮捕する確実な証拠が欲しいし、アマルガムも押さえたい。……そこで、なんだが……お前、まだ諜報《ちょうほう》部とのツテがあるなら、少し頼めないか？」

運転席に座ってテオが言うと、助手席のイレブンはきょとんとした表情で瞼《まぶた》を上下させた。

■

テオがオフィスで海図を見ていると、トビアスとエマが戻ってきた。テオが人数分のコーヒーを渡すと、エマは不思議そうな顔で視線を巡らせる。

「あら、イレブンはどうしたの？」

「少し頼み事をしたんだ。説明のためにも、情報共有させてくれ」

そういうことならとエマはそれ以上気にせず、三人で顔を見合わせた。

「少しずつ見えてきたな。夫妻の不幸の始まりは、三年前に実子が亡《な》くなった件か」

「まだバジルの死因は分からないけど、少なくとも突然の悲劇に夫婦は動揺したし、二人だけで解決できずにグリーフケアのコミュニティに参加してるわ。主催者に確認したら、夫妻を紹介したのが、ブレフトの妹であるアンナなのよ」

エマは難しい顔で言った。トビアスも頷《うなず》く。

「アンナは治癒士の店も紹介している。もしアンナがジクノカグ側の人間だったら、レントゲンやエコーによって代替身体《しんたい》がバレないようにするために、わざとミシェルの病院不信を煽《あお》ったんじゃないかと思うんだ。もちろん、単に心配しての行動だとも思えるけどね」

「……アンナがコミュニティに参加した理由は？」

「彼女自身がアルコール依存症で、禁酒を頑張っていたそうだよ。夫妻が参加してからは、めっきり顔を出さなくなったけどね」

怪しさの増す話だった。次にテオはテーブルのパンフレットとカタログを指差す。

「ジクノカグと、その代表であるジーノ・カミーチャについて、まだ謎は多い。ただ、喪失経験のある人間が集まる場所で営業をかけること、国境問わず飛び回って客を摑《つか》むことだけは確かだ。その程度の外面の良さと財力を持ち合わせている。今はユーニルスカにいるはずだ」

「ユーニルスカというと……北の、海軍国だったかな」

地図を振り返るトビアスと対照的に、エマは怪訝《けげん》そうに首を傾《かし》げている。テオは二人にクルーズツアーのパンフレットとチラシを渡した。

「来週、海軍の元兵士や遺族が集うセレモニーがある。奴《やつ》はそこに顔を出してから、クルーズツアーに参加すると見た。クルーズ船はザバーリオにも寄港する予定だ」

「なるほど。国境を越えられるのは痛いが、アダストラで待ち構えるのは手だね」

トビアスはコーヒーを片手に、暢気《のんき》にツアー情報を眺めていた。テオは息を吐く。

「このままじゃ逮捕の根拠が薄すぎる。そこで、確実にカミーチャを逮捕できるよう、証拠を集めることにした。他の乗船客に紛れ込んで、潜入捜査という形で俺たちも乗船する。イレブンのツテを頼って、諜報部《ちょうほうぶ》に協力を取り付けているところだ」

「なんだって？　諜報部《ちょうほうぶ》？」

ちょうどコーヒーを飲んだところだったトビアスは咳《せ》き込み、目を丸くした。

「普通に客として乗り込めばいいじゃないか」

「捜査局による通常の捜査とやらを越えていて、経費で落ちないからやめろと部長が」

テオは舌打ちして部長室を親指で示した。エマが呆《あき》れ顔《がお》をする。

「そりゃそうでしょ、豪華客船よ？　いくら捜査だからって無理があるわ」

「戻りました」

オフィスに戻って来たイレブンは、真っ先にテオを見上げた。

「協力要請、受理されました。提案はそのまま受け入れられ、現地で合流予定です」

「急な頼みだったのに、ありがたい。借りができたな」

まずは第一段階クリアだ。テオは胸を撫《な》で下《お》ろしたが、エマが顔を曇らせた。

「それ、私たち四人とも豪華客船に乗り込むってことよね」

「そのつもりだった。事件の性質上、イレブンは現場に必須だし、捜査責任者として同行を求められたから、俺たち二人が客側になる。トビアスとエマは期間乗務員として、スタッフの立場から探ってもらおうと思っていたが……どうだ？」

「僕は構わないよ。クルーズ船がこっちに来るまでに、講習の一つでも受けられたらね」

トビアスはにこやかに応じたが、エマは申し訳なさそうな顔をした。

「……ごめんなさい。気になることがあるから、私は残って捜査を続けるわ。三人に乗船してもらって、私が外から援護するって形はどう？」

「構わんが……大丈夫か？　単独行動になるぞ」

「大丈夫。豪華客船での素敵な写真でも送ってちょうだい」

エマは笑ってそう言うと、イレブンを振り返った。

「諜報《ちょうほう》部の協力者って、どんな相手なの？」

「デジレ・コルモロン陸軍中将と、その妻リディです」

今度はテオがコーヒーにむせることになった。トビアスも目を丸くする。

「陸軍中将と、そんな短時間でアポが取れるものなのかい？」

「詳細は伏せますが、中将はもともと該当ツアーに参加予定でした。テオは部下の陸軍伍長《ごちょう》として、私は中将夫妻の姪《めい》『アルエット』として、参加する形になります」

とんでもないことになってテオは頭を抱えたが、エマは嬉《うれ》しそうな声で言った。

「じゃあ、それ以外の設定は自由に決めていいってことね！　コルモロン家って私でも知ってる軍人の名門一族だもの。アルエットも素敵なお嬢さんでしょうね」

「はい。夫妻の飼い犬です。毛並みもよく、世話も行き届いています」

「……それは、イレブンがハウンドと知った上でのジョークってことよね？」

エマは困惑していたが、イレブンは特に問題視していないようだった。トビアスが言う。

「それなら、外見年齢を少し引き上げるだけで事足りそうだね」

「あら。このままでいいじゃない。その方が興味を引くわ」

エマの言葉に、テオは首を傾《かし》げた。

「……このままじゃ幼すぎないか？」

「船旅って、現実逃避のイメージがあるじゃない？　何か忘れたい現実のある二人がいいと思うの。例えば、年齢や身分の差から、普段は少女とその護衛としてしか振る舞えないけど、そんな現実から離れて、ただの恋人同士として夏を過ごすとか……」

「メロドラマを作れとは言ってないぞ」

「茶々を入れない。単にジクノカグの営業を釣るんじゃなくて、アマルガムを使った商品の営業をさせたいわけでしょう？　それならテオじゃなくて、イレブンに一目で分かるような特徴を持ってもらわなきゃいけないわけよ。他の人間は弾《はじ》いて、ジクノカグの連中だけ通すために、『恋人を守る軍人』って姿勢が必要になるの」

エマは極めて真剣に考えているようだ。テオは息を吐いて今までの捜査で集まった情報を振り返る。

「ブラウエル夫妻をモデルに考えよう。子供の突然死や流産から、夫妻は追い詰められ、ジクノカグと契約してまで子供を望んだ。ただ何かを失ったんじゃなく、取り戻したい、あるいは本来ならばもっとこうだったはずなのに、という理想を持った二人だ」

「それなら、イレブンの腕を合成義体に見せればいいと思うな」

トビアスが複雑な顔で口を挟んだ。

「ピアニストになる夢が断たれたとか、身体的なコンプレックスで社交界に出られなかったことにすれば、コルモロン中将の姪《めい》が表舞台に出ないのも納得じゃないか？」

「ピアノだと合成義体でも弾《ひ》ける分もどかしいし、若い故の絶望感も出て納得だな。だが、身体的なコンプレックスというのは？　腕の見た目の話か」

テオが尋ねると、トビアスは気まずそうに応じた。

「……成長期の子供が手足の合成義体を使うと、その重みや接続部の関係で、成長が阻害されるんだ。本当ならテオと歳《とし》が近いはずなのに、外見は成長せず見た目の歳《とし》の差が開く一方だと、相当なコンプレックスになるんじゃないか？」

「確かに、ジクノカグが着目しそうな特徴ね。イレブン、演奏の経験はある？」

エマは何度も頷き、イレブンに尋ねた。イレブンはすぐに答える。

「ピアノでしたら鍵盤を叩《たた》くだけです。問題ありません」

「さすが、頼もしいわね」

「残るは人格と容姿ですが……テオに好みを聞いても無駄でしょうから、それらしいものをこちらで用意します。『純真』『夢を追う者』のモデルデータは所持していますので」

「こら！　言われてるわよテオ！」

エマが眉をつり上げて言ったが、テオはすぐに彼女から目を逸《そ》らした。

「仕方ないだろ。実際、その通りだし……特に問題ないなら、その外見のままでいい」

「この髪色では目立ちますが、構いませんか」

イレブンが自分の髪に触れて尋ねた。エマが笑顔で頷《うなず》く。

「目立つのが大事なのよ。とびきり綺麗《きれい》でミステリアスなお嬢様だなんて、船ですぐ話題になるわ。ジクノカグの営業が何人いるか分からないけど、必ず誰かの耳に入るはず」

「そうそう。そんな女の子の隣に、ガードの堅い軍人がいるんだ。手強《てごわ》いと踏んで、上の人間が来てくれるなら儲《もう》けものだし、カミーチャ本人が釣れたら言うことなしだろう？」

トビアスも笑って続けた。テオはふとイレブンの視線に気付いて顔を向ける。

「どうした」

「これは確認ですが、上流階級での振る舞いなど、教養はお持ちでしょうか」

「……一般的なビジネスマナーが限界ってところかな。トビアスは？」

「僕も自信はないかな。住んでる世界が違いすぎる」

テオとトビアスの答えを受けて、イレブンは瞼《まぶた》を上下させた。

「では、こちらで講師をご用意します。テオには私から、必要な教養と振る舞いを。トビアスには、最高級ホテルに五年間潜入した経験のあるエージェントをご紹介しますので、上流階級の客が求める最高のサービス提供を習得してください」

「な、なるほど……」

「ええ……ちょっとイレブン、僕のハードル高くないかい？」

「テオは陸軍伍長《ごちょう》のため『無粋』『野暮』の行動を取っても見逃される可能性は高いですが、豪華客船の乗務員は、客層に応じた教養と気配りが求められます。作戦決行日までに、必要な振る舞いを頭に叩《たた》き込んでください」

淡々と告げるイレブンを前に、トビアスは「はい」と小さく返事をして、肩を落とした。テオも先が思いやられ、ついイレブンを見つめる。この無機質な少女と、恋人のように振る舞うことなんて、できるだろうか。学生時代は勉強で、捜査局に入ってからは捜査で忙しく、まともに恋人がいた時期もないというのに。

テオの視線に気付いてイレブンがこちらを見上げるが、今はその灰色の瞳に正面から応じられず、テオは溜息《ためいき》とともに顔を覆った。

「頑張れ！　応援してるわ！　二人ならできる！」

「お前は他人事《ひとごと》だからって気楽だな……」

能天気なエマの応援に、テオはさらにうな垂れた。

CONFIDENTIAL

三章
# 白波を立て、陰謀は往く
CHAPTER 3

AMALGAM HOUND

Special Investigation Unit,
Criminal Investigation Bureau

――クルーズツアー、一日目。

アダストラ国最大の港湾都市ザバーリオ。海軍の主要基地を擁する街は、何度も空襲に晒《さら》されたがその度に蘇《よみがえ》り、歴史ある街並みを維持し続けている。堅牢《けんろう》な軍事都市であると同時に、多くの観光客が訪れる風光明媚《めいび》な観光都市でもあるのが特徴だった。

軍人も船乗りも観光客も、全て等しく抱擁して迎える水の都。

そこに、白亜の城のような大型客船が寄港する。

北の海軍国家が誇る最大のクルーズ会社が生み出した、自慢の豪華客船。「ハーヴモーネ」と名付けられた純白の大型船が、堂々とその姿を現したのだ。他国船籍の高級クルーズ船が見られる機会は少なく、カメラを手にした者たちはフォトスポットに殺到する。

一週間かけて、三か国の港湾都市を巡る周遊クルーズツアーは、平和と友好の象徴として注目度も高かった。その船と乗客の姿を少しでも捉えようと、報道陣も集まり、港は大賑《おおにぎ》わいとなっている。

ザバーリオ港に降り立った乗客たちは見慣れぬ街並みにはしゃぎ、街の人々は異国からの観光客に歓迎の声を上げた。甲板にいる乗客と港の子供が手を振り合う姿は笑みを誘い、カメラを向ける者は多い。短い寄港時間を目一杯楽しむ人々の姿は、復興を急ぐ街には希望だった。

そんな中、アダストラから船に乗り込むツアー参加客への乗船案内が始まった。

「……あれに乗るんだな」

「はい、間違いありません」

テオは傍《かたわ》らに佇《たたず》むイレブンと小声で話しながら、慎重に周囲を見回した。

乗船案内の列に並ぶ客は、身に着けている物のランクが他より数段上に見えるのに加え、執事を連れた者も多い。リタイア後の楽しみや思い出作りに参加した様子のペアもいるが、老《ろう》若男女《にゃくなんにょ》を問わず品が良く、振る舞いも洗練されている。ツアーの客がいかに上流の者たちか実感して、テオは早くも服の襟を指で引っ張った。今から息が詰まりそうだ。

「見た目だけじゃ、ジクノカグの客か分からんな。カミーチャの姿もない」

「やはり当初の予定通り、乗船後のウェルカムパーティーが狙い目ですね」

「中将と合流して、情報共有するのが最優先だ。……幸い、相手の人相は既に把握しているし、出航さえすれば密室も同然だ、逃げ場はない」

ただ、それはテオたちも同じだった。テオは深く息を吐く。

「……まさか中将の客として乗るなんて。粗相があったら人生終わりだぞ」

「過ぎた『心配』はパフォーマンスを落とします。いつも通りに振る舞えば問題ありません」

淡々と返すイレブンを、テオは思わず見下ろした。華奢《きゃしゃ》な肢体を飾るワンピースは、控えめな装飾と膨らんだ形のスカートで少女らしさを演出する。長い銀髪を流行《はや》りの髪型にまとめ、淡く化粧をした横顔は、美しい令嬢にしか見えなかった。夏の港には似合わないはずの長袖と手袋も、彼女の涼しげな立ち姿の前では霞《かす》んでしまう。

イレブンの浮世離れした容姿に振り返らない者はいない。現に、乗船案内を待っている者たちも何度も彼女を見ては何か話している様子だった。必ずジーノ・カミーチャも目を奪われるはずだ。そして必ず、彼女の秘密とコンプレックスに興味を持つ。テオは確信していた。

コルモロン中将の姪《めい》という地位、可憐《かれん》な容姿。「アルエット」という名は彼女によく似合っていた。中将の愛犬から取られた名前だと知らなければ。

「……順調に視線は集まってるな。この調子で本命を一本釣りしたいところだ」

「初期設定の姿でも釣りに使える容姿なのですか」

「そりゃあ、そう、だろう。……整っているし」

イレブンの呟《つぶや》きに、テオはどきりとして不自然に声が上下した。今から恋人として演技する相手だと思うと、どうしても意識してしまう。だがイレブンは船を眺めて言った。

「ハウンドの設計コンセプトとしては、見る者に『恐怖』を持ってもらいたいのですが」

「お前の場合は、その見た目でやばいことするから怖いってやつだろ……」

彼女の様子は相変わらずで、テオの肩から力が抜ける。係員の指示に従い、テオはイレブンの分まで荷物を持ち上げた。

「テオ、鞄《かばん》ぐらい自分で……」

「こっちの方が『らしい』だろ。行くぞ」

テオが歩き出すと、イレブンは少し遅れて隣に並んだ。彼女はテオの顔を覗《のぞ》き込む。

「なんだよ」

「あなたが想定以上にエスコートを把握しているので、サポートプランを修正しようかと」

「馬鹿にしてんのかお前」

「――いいえ、感心しているの！」

明るい声にテオが面食《めんく》らうと、イレブンが軽やかに駆けていった。ワンピースの裾を揺らし、可愛《かわい》らしいパンプスでくるりと振り返った彼女は、「アルエット」は、花のように微笑《ほほえ》んだ。

「早く行きましょう、テオ！　待ちに待った夏よ！」

弾《はず》む声、上気した頬、クルーズツアーを前にはしゃぐ少女の姿に、周りの客は微笑《ほほえ》ましげな様子で彼女を見ている。テオは急いで彼女の後を追い、乗船口に向かった。

（……ああ、困った）

常は表情のない美貌が、今は輝くような笑顔でテオを急《せ》かす。陽射《ひざ》しに溶けるような白い肌の下で、どんな怪物を飼っているかテオは知っているのに。

（……困ったな……）

彼女が戦略兵器だと知っていてなお、無邪気な笑顔にテオの胸は締め付けられた。

■

期間乗務員として船内に案内されたトビアスは、客船の見取り図を頭に叩《たた》き込んだ。数日間を過ごすだけあって、四ランクに分かれる客室だけでなく、豊富な設備を備えている。

多彩なイベントを控えるメインホール、大小の劇場、シアタールームに船内チャペル、フォトスタジオ。アクティビティの種類も豊富で、娯楽室に図書室、美容室、スパ、屋上庭園、四種のプールにフィットネスルームまである。家族で参加した客向けに複数の体験プログラムや、子供を預かるサービスも完備されており、バーやレストラン、カフェに始まり、多種多様な免税店の並ぶショップフロアも開放され、船内はホテルの規模を超えていた。

（……まさかここまで広い船とは）

規模の大きさに、トビアスは少々途方に暮れた。だがふと、「サロンルーム」という表記に目を留めた。六デッキと七デッキの船尾側に一つずつ設置された部屋で、ラグジュアリースイート宿泊者にのみ貸し出される特別な場所となっている。

「すみません、サロンでは何が行われる予定ですか？　対応するスタッフの選出とかは……」

通りかかったスタッフに尋ねると、彼は首を傾《かし》げた。

「ツアー主催が通した企画、としか知らないな。ただ、六デッキのサロンは人払いをするよう頼まれているから、君もできるだけ立ち寄らないようにね。先方は、スタッフも自前で用意しているそうだし、基本的に俺たちが関わることはないよ。安心して」

「そうでしたか、どうも」

トビアスは簡単に礼を言ってスタッフと別れ、シフト表を確認した。基本的には客室やパーティー会場での対応を任されるようだ。トビアスはすれ違う相手に笑顔で挨拶しながら、真っ先に六デッキのサロンルームへ向かう。廊下から様子を窺《うかが》うと、Tシャツ姿の者たちが次々に荷物を運び込み、何か打ち合わせしているようだ。見取り図で確認すると、サロンルームのすぐ下が貨物室になっており、そこから荷物が運び込まれているらしい。

「ちょっと、何してるの」

背後から声をかけられ、トビアスは慎重に振り返った。整備士の制服を着た女が、トビアスを見上げている。胸元には「タルヤ」と刺繍《ししゅう》されていた。

「そっちのサロンは立ち入り禁止。バレたらまずいよ」

「すみません、初めての船なので、内部を把握したくて。立ち入り禁止なんですね」

「このツアーの間だけ。全日程、一人のお客さんが借りて、自分のところのスタッフしか入れないんだ。……気になるのは分かるけど、そろそろミーティングだし、離れた方がいい」

トビアスは大人しく従い、タルヤと一緒に乗務員室へ向かった。港に停泊している間に、最終ミーティングが予定されていた。全てのスタッフが出席するよう指示されている。

「あぁいうお客さんって珍しくないですか？」

「まあ。ツアーの全日程で貸し切りにするのも、あんなに荷物や人が多いのも初めてだし」

「普段はそんなことないですよね」

「……見取り図で分かるだろうけど、あの部屋は貨物室の上で、隣接してる客室もない。だから、ダンスとか音楽とか、遠慮なく音を出せて、自由に使うお客さんはいる。でも、使うとしても、一日のうち数時間とか、それぐらいが普通。あの客、おかしい」

タルヤは顔をしかめて言った。トビアスは何の気なしに尋ねる。

「七デッキのサロンは普通なんですか？」

「同窓会で一日借りられたぐらいだから、普通」

「へえ。六デッキのサロンを借りたお客さん、どんな事情があるんでしょうかね」

「……これだけ知ってる。あのサロンに入るには、招待状が必要」

「招待状？　見たことがあるんですか？」

「貨物室を点検する時、ちらっと見た。招待状を持った人だけ入れる」

トビアスは彼女に礼を言い、トイレを理由にその場を離れた。誰も乗務員用通路にいないことを確認してからトイレに入り、鍵を閉めて奥へ向かう。そうしてやっと、トビアスは襟の内側に隠した無線に触れた。

「トビアスだ。状況は？」

『——テオだ。客室は普通だな。仕込まれている物もない。エマは、駆逐艦コールルウェルに乗

って合流予定になった。海域調査を名目にハーヴモーネ号に同行するらしい』

「了解だ。……船内だけど、このツアー中、全日程でサロンが一つ貸し切りになっているらしい。招待状が必要とされる会を開いているようだ。ジクノカグの集会かも」

『──何か探れたか？』

「いや。自前のスタッフ以外は立ち入り禁止にしている。ただ、サロンは貨物室の真上にある部屋で、多少物音がしても平気らしい。隙を見て、貨物室経由で確認する」

『──招待状の入手は俺たちでどうにかする。お前は怪しまれないようにな』

素早く状況確認を終え、トビアスはトイレから出てすぐに周囲を見回した。誰かが身を潜めている様子はない。そうしてやっと、ミーティングに向かった。どこまでジクノカグの手が及んでいるか分からない以上、警戒するに越したことはない。

■

エマは魔導士協会のケープを押さえ、古いアパートを見上げた。いつも二人以上で捜査していた分、一人で踏み込むのは少し緊張する。

今頃、テオたちは潜入任務を始めているだろう。エマも本来であれば、そこにいるべきだ。何せ今から行うことは、捜査に必要とは言い切れない。だが、魔導士として一つの可能性に気付いた以上、それを無視すれば一生後悔すると、自覚していた。

（……エマ。分かっていたでしょう。これはあなたにしか、確認できないのよ）

気合いを入れ直し、エマはアパートの階段を上がった。どこかの部屋から喧嘩《けんか》する声や、耳《みみ》障《ざわ》りな音楽が漏れてくる。建物は全体的に壁が薄く、粗末な造りだった。

目当ての部屋に辿《たど》り着《つ》いたところで、エマは素早く看破の魔法陣を描いた。扉付近に、罠《わな》や何らかの魔術は存在しない。そこまで確認してから、インターホンを鳴らした。

はい、とか細い女の声がする。扉の隙間から顔を出したのは、写真とは比べ物にならないほど痩せ細り、やつれて落ちくぼんだ目元を、怯《おび》えに強張《こわば》らせた女だ。

「……アンナ・ブラウエルさんね。捜査局のカナリーです」

捜査官バッジを見せてエマが言うと、彼女は怪訝《けげん》そうな顔をした。

アンナ・ブラウエル。アルコールによって大小様々な問題を起こしていたが、この半年は突如消息を絶っていた。だが、警察沙汰になるレベルのアルコール依存症患者が、今更何の手助けもなく、平和に過ごせるはずがない。エマの推測は当たり、アルコールが原因で案の定警察沙汰を起こし、居場所の特定に繋《つな》がった。警察の話によれば、昨夜も留置場で寝泊まりしたそうだ。すっかり常連となっている。

アンナは扉の隙間から、煩わしそうに尋ねた。

「……捜査官が、何の用？」

「あなたのお兄さんであるブレフトと、その妻ミシェルについて、お話があります」

エマがそう言った途端、アンナの顔が引きつった。彼女がドアノブに飛びつくが、ドアが閉まる前にエマは靴先を無理やりドアの間に突っ込み、引き留める。

「私、わたし何も知らない、知らないの！」

「アンナ、あなたの話が聞きたいの。ブラウエル夫妻には、三年前に何が起こったのか、真実を知る権利があるはず。そうよね、アンナ」

「じゃあブレフトを連れて来なさいよ！」

「彼は亡《な》くなったのよ、アンナ！　ブレフトも、ミシェルも、殺されたの！」

エマが怒鳴りつけたと同時に、アンナの動きが止まる。彼女はこぼれそうなほど目を見開き、こちらにやっと視線を寄越した。

「……殺された？……二人が？　そんな……」

アンナは声もなく口を開閉させ、やがてくしゃりと顔を歪《ゆが》めた。額を押さえ、しゃくり上げながら部屋に戻っていく。エマも中に踏み込み、彼女の後を追った。

分厚いカーテンは閉め切られ、照明はデスクライト一つの、薄暗い部屋だった。全体的に色味も暗く、鏡も布で覆い隠され、光という光を拒んでいるように見える。小さなキッチンはゴミの山で、中でも空き瓶や空き缶の数が異常だった。ソファーも洗濯物で半分埋まっている。

そんな暗く沈んだ室内に、アンナの小さな嗚咽《おえつ》が響く。ソファーに座り込んだ彼女は、膝に肘を突くようにして顔を覆い、泣き続けていた。

「アンナ。お兄さんたちについて聞かせてちょうだい。最後に会ったのはいつ？」

「……半年ぐらい前。私、その、投資に失敗して。引っ越すって話したら、二人が心配して、会いに来てくれて。三人で久しぶりに、夕飯を食べたわ。……前に住んでいたところは、市場が近くて便利だったけど、家賃がもう払えなくて。私みたいな失敗しちゃだめよって、私に投資の話を持ち掛けた男の名刺を、ブレフトに渡したの。私と違って、賢い人だもの。話しておけば、きっと大丈夫だと思って」

「バジルは元気だった？」

　びくりと、アンナは大きく肩を震わせた。爪を嚙《か》む音がする。

「……ええ。養子に、死んだ子と同じ名前だなんてって、驚いたけど、でも、不妊治療で苦労しているのは知っていたから……ミシェルの笑顔が見れて、安心した」

「この半年間で、お兄さんたちと連絡を取ることはなかった？」

「……ええ、まぁ。電話代も切手代も、もったいなくて」

「違うわよね、アンナ。私、本当のことが知りたいの」

　エマはアンナの前に膝を突き、彼女の左手を摑《つか》んだ。何度も嚙《か》まれた指先からは、血が滲《にじ》んでいる。彼女は垂れる髪の間から、怯《おび》え切った目でエマを見つめた。

「ねえ、アンナ。あなたは誰から隠れていたの？　お兄さんから？　ミシェルから？　それとも、魔導士協会から問い合わせが来ると思って、怯《おび》えていた？」

エマの手を振り払おうとしていたアンナは、目を見開き、どっと脂汗を浮かべた。エマは彼女の、冷え切り、小さく震える手を、できる限り優しく握りしめる。

「……アンナ。呪詛《じゅそ》に関しては、その使用も、必要な道具の所持も犯罪よ。あなたの甥《おい》、小さなバジルの遺体を調べれば、誰が、どんな呪いで殺したのか、すぐに分かるわ」

「……適当なことを言って、私を、脅してるんでしょう」

「今、魔導士協会の担当者が、バジル・ブラウエルの遺骨を調べているところよ」

エマが淡々と告げると、アンナはこの世の終わりのような顔をして俯《うつむ》いた。

遺体が、突如自然死を迎えたと見られる場合。魔導士は皆、呪詛《じゅそ》を疑う。

違ったらいいとエマは他の魔術も検討したが、どう考えても呪殺以外の結論は出なかった。

エマはアンナの顔を覗《のぞ》き込むようにして、努めて優しく微笑《ほほえ》んだ。

「……ねえ、アンナ。コミュニティの主催者から聞いたわ。アルコール絡《がら》みであなたが事件を起こす度に、お兄さんが警察まで来て、あなたと一緒に関係者に謝ってくれたそうね。そんなお兄さんに申し訳なくて、依存症から抜け出すために、あなたはコミュニティに参加した。そこまで頑張っていたんだもの、お兄さんたちを傷付けるつもりはなかったんでしょう？　それとも、子供を奪ってやろうと思うほど、本当はお兄さんたちのことが憎かった？」

「違う！　違うの！　憎んでなんかない、……二人は何も、悪くないの……」

アンナの目から、大粒の涙が零《こぼ》れ落《お》ちる。彼女は手近な布に顔を埋め、兄夫婦の名前を何度も口にした。エマは彼女の手を軽く振って促す。

「……最初から全部、聞かせてちょうだい。あなたたちに、何が起こったのか」

しばらく嗚咽《おえつ》だけが聞こえていたが、やがて隙間風よりも小さな声で彼女は語った。

始まりは四年前、彼女の妊娠だった。交際して二年になる恋人の男に、アンナは喜んで妊娠を報告したが、彼女が受けたのは祝福ではなく、腹部を執拗《しつよう》に狙った暴力だった。気絶している間に男は姿を消し、授かったと知って三日も経《た》たずに、彼女は子供を喪《うしな》ったのだ。

失意の底に突き落とされた彼女は、浴びるように酒を飲み、バーで暴れ回った。気付けば留置場で、迎えに来たブレフトに全てを明かしたと言う。

「……ブレフトもミシェルも、たくさん慰めてくれた。バーまで一緒に謝りにも行ってくれたわ。私、情けなくて……せめてと思って、市場で見かけたコミュニティに参加したの。私なりに、頑張りたくて……」

アンナは細い声で呟《つぶや》き、エマの手をきつく握り返した。

「……半年、禁酒ができたの。たった半年って思われるかもしれないけど、でもすごく達成感があった。同じ頃、ミシェルの妊娠が分かったの。すごく嬉《うれ》しくて、報われた気がして、そこからもう半年頑張って、一年、禁酒したわ。可愛《かわい》い甥《おい》も産まれて、幸せだった……」

生活が好調に向かい、やっと立ち直り始めていたアンナは、その矢先に友人の結婚を知る。相手はアンナを殴った元恋人。その上、友人は既に妊娠三か月だった。

「……許せなかった。私を殴って、私の赤ちゃんを殺した手に指輪をして、私の友達と結婚して、父親になれて幸せだって、私に笑顔で招待状を渡すのよ。私、耐えられなくて……一年ぶりに、バーに駆け込んで、片っ端から飲んだわ。あんなに我慢したのに、頑張ったのに」

苦痛の滲《にじ》む声だった。アンナは震える息を吸って、吐いて、話を続ける。

「……そしたら、知らない男が隣に座ったの。同情して、慰めてくれて、私つい、彼に全部吐き出したわ。思ってること全部。……そしたら、人形をくれたの」

「どんな人形か覚えている？」

「……髪の長い、どこかの民族衣装を着た女の子。腹のところだけ開いていて、中の藁《わら》が見えていたわ。……男は『その開いたところに相手の髪の毛と願い事を書いた紙を入れて燃やしたらいい』って言ったの。変だと思ったけど……最悪な気分だったから、そのふざけた人形を受け取ったわ」

アンナは顔を歪《ゆが》め、低い声で唸《うな》った。

「全部馬鹿げてるって分かってる。でも、でも私、それを真に受けたわ。その人形があるから、奴《やつ》の結婚式だって笑顔で出たわよ。騒ぎに紛れて奴《やつ》の髪を引き抜いて、紙に『お前も子供を喪《うしな》え』って書いて、人形の腹に突っ込んで、暖炉に放り込んでやったわ」

「じゃあ、あなたはその人形が、本当に願いを叶《かな》えてくれると思った？」

「まさか。だって、ただの人形だもの。酔っ払いを宥《なだ》めるために、見知らぬ男が差し出したジョークグッズだと思ったわ。でも……でも、後になって、友達が泣きながら電話してきたの」

アンナは何度も唇を舐《な》め、恐る恐るエマを見た。

「……友達のお腹《なか》の中で、赤ちゃんが死んだわ。泣いてる彼女を、どう慰めたか覚えてないの。私はただ、頭から血の気が引いて、生きた心地がしなかった。あの人形は、本物だったんだって、その時初めて、知ったの……」

エマの脳裏に、ある呪物が浮かぶ。

フルーフ人形。魔術の素養が低くても扱える呪いの人形として、指定回収危険物に登録されたものだ。連邦で迫害を受けていた少数民族が生み出したもので、彼らの集落が滅ぶとともに、人形の行方は分からなくなっていた。アンナが使ったのはその人形だ。

エマが胸を痛めている間にも、アンナは堰《せき》を切ったように話すのを止めなかった。

「私、どうしたらいいか分からなくて……そしたら、バーで会った男が私の家に来たの。彼は笑顔でこう言ったのよ、『やあアンナ。あの人形はどうだった？　君が無事ってことは、君の家族が生贄《いけにえ》になったんだね』って……『君は人を呪い殺した犯罪者だ』『私が魔導士協会にこのことを知らせたら、君も、君の家族も、人生の終わりだ』って、笑って……」

「……男は、名乗ったり、連絡先を渡したりした？」

「いいえ、ただ、人形が本物でよかったとか、そんなことを言ってた。彼の、家族が生贄《いけにえ》になったって言い方が気になって、ブレフトに連絡したら……バジルが、死んだって……」

アンナは再び泣き始め、エマの手を離してタオルに顔を埋めた。エマは囁《ささや》くように言う。

「……人形を渡した男だけど、この人物ではない？」

エマは携帯端末を取り出して、ジーノ・カミーチャの写真を見せた。アンナは写真を一目見て喉を引きつらせ、激しく呼吸を乱す。

「こいつ、この男よ、私に人形を渡して……バジル、ごめんなさい、バジル……」

泣き崩れるアンナの隣に座り、彼女の肩を撫《な》でて、エマは辛抱強く彼女を宥《なだ》めた。

「アンナ、あなたは何も知らなかったし、周りが見えなくなるほどに深く傷付いていたわ。バジルも、あなたに悪気はないと分かってくれるはず。でもこれだけ教えてちょうだい。この男はその後、あなたや、ミシェルに接触した？」

「……いいえ、私の知る範囲では……脅されて金をゆすられるかと思ったけど、そんなこともなかった。……でも怖くて、外ですれ違わないか、ずっと警戒していたわ」

あくまで悲劇の切っ掛けを作っただけで、アンナを脅迫し続けたわけではないらしい。エマは少し考え、質問を変えた。

「コミュニティはどう？　ミシェルを紹介してからは、行っていないそうだけど」

「……禁酒できたお祝いをしてもらった手前、申し訳なくて、顔を出せなかった。何度も足を運んだけど、結局入れたことはなくて……」

「気持ちは分かるわ。……ミシェルの様子はどうだった？　グループに馴染《なじ》めていた？」

「ええ……社交的な人だし、すぐに仲良くなったみたい。でも、同じグループの人に何か言われていたみたいで、どんどん病院不信になっていて、そこは心配だったかな……」

エマは小さく「なるほど」と呟《つぶや》いていた。ミシェルの病院不信を煽《あお》ったのはアンナではなくグループのメンバーだ。匿名で参加するグループである以上、そこからジクノカグとの関連性を見出《みいだ》すのは難しい。

「ミシェルにキサゲ薬店をおすすめしたそうだけど、どこでお店を知ったの？」

「近所で評判の薬屋さんだから……病院よりは抵抗なく、ミシェルも行ってくれるんじゃないかと思って。……アルコール依存の私が言っても説得力はないけど、彼女、様子がおかしくて、ブレフト以外の、もっと専門的な人の手助けが必要だと、思ったの」

「……お義姉さん思いなのね」

エマがそう言うと、アンナは真っ赤に泣き腫らした目をこちらに向けた。

「……遺体を調べれば呪詛《じゅそ》が分かるなら、どうして三年前に分からなかったの？」

「本来なら病院と魔導士協会が連携を取るはずなんだけど、担当の医者が、乳児によくある死亡事故だと判断して、連絡しなかったの。……あなたが犯行を隠したわけではなく、事情が事情だから、考慮はされると思う。でも罪は、罪なの。分かるわね？」

アンナは小さく頷《うなず》き、エマに両手を差し出した。手錠をはめて彼女を立たせ、エマは彼女の手元を近くにあった服で隠す。

「……馬鹿な話よね。アルコールも、元カレも、……知らない人間から受け取ったものを真に受けるのも。それでみんな、取り返しのつかないことになったんだもの……」

ぽつりと、アンナが呟《つぶや》いた。エマは一瞬、息を呑《の》む。だが彼女の背中を軽く押した。

「その通りよ。だからこそ、平等に罪は償ってもらうわ。知らずに呪詛《じゅそ》を行ったあなたも。四年前にあなたを殴って流産させた男も。あなたに人形を渡した男もね」

アンナの返事はなかったが、覆面パトカーの後部座席に座った彼女の表情は穏やかだった。エマはやり切れない気持ちで運転席に乗り込む。

魔術には、必ず対価と媒体が必要だ。魔導士は媒体を用意し、対価として魔力を注ぐことで、奇跡を起こす。だが、呪詛《じゅそ》は他の魔術とは仕組みが違う。

呪詛《じゅそ》は、道具と条件さえ揃《そろ》えば発動する特異な奇跡だ。その対価として、術の使用者は、対象に与えたものと同じものを請求される。相手の死を願えば、自身の死が招かれるように。呪《じゅ》詛《そ》は必ず、両者を不幸にする。アンナの場合、相手の子供の死を願った結果、アンナに実子がいなかったために、血縁者であるブレフトの息子へと対価が請求されたのだ。

呪詛《じゅそ》は悲劇の連鎖を生む。だからこそ、呪詛《じゅそ》の使用、及び呪詛《じゅそ》に必要な道具の所持の一切が禁止された。その成り立ちを考えれば、アンナを見逃すわけにはいかない。そして、アンナに人形を渡したカミーチャも。

（……絶対に正体を暴いて、刑務所に放り込んでやるわ。ジーノ・カミーチャ）

エマはハンドルをきつく握りしめた。現場に行かないと選択して正解だったかもしれない。

カミーチャの顔を見たら、逮捕する前に殴って海に沈めてしまいそうだった。

■

客が出歩ける範囲内で船内を見て回り、テオがイレブンを連れて客室に戻った頃には日が傾いていた。上から二つ目であるデラックスクラスの客室は、トイレと風呂《ふろ》、小さなキッチンまで完備され、二人で過ごすには十分すぎる広さがある。見慣れたザバーリオの海も、この部屋の窓から見ると特別なものに感じてしまう。

テオは二年ぶりの陸軍礼服に袖を通しながら溜息《ためいき》を吐《つ》いた。

「パンフレットで見てはいたが、実際に乗ると広さに圧倒されるな。店も施設も多いし、体験プログラムの数も凄《すご》い。マリンスポーツまであったぞ」

「その分、客が分散する時間ですと、標的を追う難易度は跳ね上がります。全ての客が集まるタイミングで私たちも集中することが重要です」

バスルームの扉越しに、イレブンが言う。その声に、船内ではしゃぐ「アルエット」の面影はなかった。テオは今から嫌気が差して、憂鬱なままネクタイを手に取る。

「今から始まるウェルカムパーティーを逃すと、次は明日の交流イベントまで難しいか。今夜中にカミーチャを見つけて、動向を把握しないとまずいな」

「ウェルカムパーティーにはなるべく全員参加するよう案内されていますし、カミーチャも必ず客を探しに現れるでしょう。トビアスも接客に入るそうですし、発見は可能です」

「そうは言うが、参加者も凄《すご》い数になるだろう？　何か策でもあるのか」

「視線を集めればいいのですから、容易です」

扉が開き、テオは反射的に振り返った。黒のハイヒールがかつりと音を立てる。

イレブンはネイビーのプリーツドレスに着替えていた。フリルのスタンドカラーは彼女のほっそりとした首を縁取り、うなじから膝裏まで垂れるリボンとスカートの裾がふわりと揺れる。化粧も少し変えたのか、昼よりずっと大人びた雰囲気があった。

テオは彼女を見つめて、呆然《ぼうぜん》と呟《つぶや》いた。

「……お前のそういう引き出しって、どこで作られるんだ？」

「擬態能力を認めてくださり、ありがとうございます。……曲がっていますよ」

イレブンはテオの胸元に手を伸ばし、ネクタイを解いた。ラメの入った黒いオペラグローブに包まれた手で、彼女は器用にネクタイを締め直す。

「……腕、そこまで徹底して隠さなきゃいけないか？」

「エマに意図を確認したところ、隠れていた方が好奇心を誘われるそうです」

気付けば、銀色の睫毛《まつげ》を数えられそうな距離だった。ドレスと同色のアイシャドウは、青みを含んだ白い肌に不思議と馴染《なじ》み、彼女の涼しい眼差《まなざ》しに似合う。

灰色の瞳に見上げられる前に、テオは顔を逸《そ》らし、咳払《せきばら》いをした。

「何か気になる点がありましたか」

「いや……俺も、お前の合成義体を隠す方向で振る舞えばいいんだな」

「はい。握手や接触は避け、テオにのみ触れることを徹底するよう、指導を受けました」

「……あいつ、自分が潜入できないからって妙な凝り性出したな……」

テオの襟元を整え、イレブンは少しだけ離れて、テオの頭から爪先まで見やった。

「陸軍礼服で正解ですね。タキシードより人を威圧できます」

「くだらん人付き合いを減らせるなら、願ってもないな」

用があるのはジーノ・カミーチャだけだ。金持ち連中と無駄話をするつもりはない。テオは腕時計を着け直し、乗客用に配られたツアープログラムを再確認した。

ウェルカムパーティーは、出港から二時間。その後は自由行動になる。ディナータイムも時間が決まっているものの、サロンを全日程貸し切りにするぐらいだ、レストランではなく客室でのルームサービスで済ませる可能性も否《いな》めない。

テオは拳銃の具合を確かめてからホルスターに戻し、部屋の鍵を手に取った。

「よし、行くか。マナー方面のサポートは頼む」

「力強く言うことではありませんが、承りました」

イレブンは涼しい表情で応じると、すぐにテオの隣に並んだ。

■

愛想《あいそ》のいい笑顔でウェルカムドリンクを配って回っていたトビアスは、ふとメインホールの出入口に目をやった。新しい客が来たかと思ったら、テオとイレブンだ。打ち合わせはしていてもその姿を見るのは初めてだったトビアスは、思わず息を呑《の》む。

テオは暗い赤毛のオールバックに、陸軍礼服。堅物軍人そのものといった出《い》で立《た》ちだったが、険しい表情とまっすぐ伸びた背筋と相まって、堅苦しさよりも凛々《りり》しさが勝る。

イレブンは上品にまとめた銀髪に、ノースリーブのプリーツドレス。肩は剝《む》き出《だ》しになっているが、二の腕の半ばから先は黒いオペラグローブに覆われていた。少女の無邪気さとミステリアスな雰囲気が漂い、外見よりも落ち着きのある眼差《まなざ》しで、年齢不詳に見せている。

そんな二人が、仲睦《むつ》まじく腕を組んで会場に入ってきたのだ。多くの客が二人に視線を奪われていた。少女は物憂《ものう》げに誰かを探している様子だったが、ふと口元に笑みを浮かべた。花が綻ぶ瞬間を目にしたような、鮮やかな感動が胸に迫る。

「デジレ伯父様！」

「おお、来たかアルエット！」

少女の呼びかけに、陸軍中将夫妻が振り返った。アダストラの鬼将軍とまで呼ばれた老獪《ろうかい》な中将が、相好を崩して出迎える。少女は——アルエットは人懐《ひとなつ》っこく微笑《ほほえ》み、左足を引いて美しいカーテシーで応じた。トビアスの近くにいた客たちは感心の声を漏らし、あっという間に囁《ささや》き声《ごえ》が広がる。

「初めて見た方だわ。カーテシーの上品なこと」

「なんて可憐《かれん》なんでしょう、まるで小鳥のよう」

「アルエット、聞いたことがあるな。中将の可愛《かわい》がっているお嬢さんじゃないか？」

「あんなに美しいと社交界で会えば忘れることはなさそうだが、デビュタント前だろうか」

見事なもんだ、とトビアスは舌を巻いた。彼女は、一つも目立ったことはしていない。ただその並外れた容姿で可憐《かれん》に振る舞うだけで、周囲の話題を掻《か》っ攫《さら》ったのだ。

トビアスも思わず見惚《みと》れたが、慌てて客の様子に目を走らせた。美しくミステリアスな少女の存在が、さざ波のように会場内へ広がっていく。ふと、その中の一人を見たトビアスは息を呑《の》み、気取られない程度の早足でテオたちに近付いた。

中将夫妻と若々しいペアの並ぶ姿は、一枚の絵画のように完成されていた。

「デジレ伯父様、リディ伯母様、お招きくださってありがとうございます」

「まあ、いいのよ。可愛《かわい》いアルエットの頼みですもの。ねえ、デジー」

「もちろんだ。それに、私も伍長《ごちょう》とは一度話してみたかったんだよ」

「光栄です、中将閣下」

微笑《ほほえ》ましい、穏やかな会話。しかしテオは中将の握手に応じながらその手にメモを渡し、中将も頷《うなず》いてそれを袖の中へ隠す。トビアスはそれとなくテオたちに声をかけた。

「ウェルカムドリンクはいかがですか？」

「ありがとう、いただくよ」

まずテオがグラスを取り、トビアスはアルエットが取りやすいようにトレーごと身を屈《かが》めて、その場の四人にだけ聞こえるように囁《ささや》いた。

「奥から三番目、正面左手の柱」

アルエットは笑顔でグラスを受け取り、テオはグラスで口元を隠して頷《うなず》く。トビアスはまた新たに入って来た客を迎えながら、会場の奥を見やった。

装飾され、豪華な花で彩《いろど》られた柱。

それに寄りかかるようにして、ジーノ・カミーチャが周囲の客と談笑していた。

■

会話と来訪客の波が途切れたところで、テオは軽く息を吐いた。イレブンと恋人役を演じるとなった時はどうしようかと思ったが、冷静に考えれば、人前でスキンシップを取るわけではない。精々寄り添って立ち、腕を組んで歩くぐらいで、問題はなかった。本当に大変なのは、上流階級の人間に違和感を抱かせずに会話することだ。

見慣れないペアに誰もが興味を持った様子で、ひっきりなしに客から声がかかった。テオはまだ無骨な軍人で通るものだから、イレブンに叩《たた》き込まれたマナーや社交界の流行に疎《うと》くても見逃してもらえている。だがイレブンは、名の知れた陸軍中将の姪《めい》ともあって、どこか試すような視線や会話が多く、傍《かたわ》らにいるテオは何度も肝を冷やした。

そつなく、笑顔でまた一人やり過ごすイレブンに、テオは囁《ささや》いた。

「……悪い、少し休憩させてくれ」

「そうね、私も少し喉が渇いたわ。バーカウンターに寄りましょう」

彼女はアルエットとして笑顔で応じた。だが挨拶に来た紳士に気付くと、握手を求められる前にさらりと一礼する。そのまま彼女が前で両手を揃《そろ》えてしまうと、相手も手を取りにくくなるらしく、彼は胸に手を当てて笑顔で声をかけた。

「はじめまして、ダミアンと申します。コルモロン中将が、奥様以外に身内の方を連れてきたのは初めてでしたから、この機会に是非ご挨拶をと思いまして」

「ありがとうございます、光栄ですわ。アルエットと申します。こちらはテオ」

「はじめまして。中将閣下には、いくつかの作戦で命を救われました」

テオも頭を下げると、紳士はにこやかに頷《うなず》いた。

「やあ、そうでしたか。ではもしかしたら、ヴェスパ攻略戦線でご一緒したかもしれませんな。

もっとも私は、シェルクロシェット側でしたが」

「懐《なつ》かしい響きです。その頃まだ私は新兵で、輸送車の護衛が精一杯でした」

「それもまた大切な任務ですとも。銃弾の切れ目は命の切れ目……おや、どうしましたか、アルエット嬢。顔色が優れないようだ」

紳士に指摘されてテオも視線を落とすと、イレブンの頬が少し青ざめていた。彼女ははたと視線を上げて微笑《ほほえ》み、胸元を押さえる。

「……申し訳ありません。こういった場は初めてなものですから、少し疲れが出たのかも」

「こちらこそ、気が利《き》かず申し訳ない。あちらに椅子がありますから、休まれては」

「そうさせていただきます。失礼いたします」

自然と伸ばされたイレブンの手を取り、テオは彼女を支えるようにして壁際《かべぎわ》の椅子に向かった。椅子に座るイレブンに手を貸しながら言う。

「見事なもんだ。親切な男で助かったな」

「医療福祉に莫大《ばくだい》な寄付をしている財閥の御曹司ですもの。パブリックイメージを保つためにも、あるいは彼の性格的にも、休憩を優先してくれるわ。お優しい方なの」

そう言って、イレブンは悪戯《いたずら》っぽく微笑《ほほえ》んだ。

上流階級の家名と主な実績や事業展開、それぞれの関係性に社交界の流行、その場に適した理想的な話題選びと振る舞い、そしてそれ以上のものが、彼女の小さな頭に詰まっている。全て把握しているためか、相手によって完璧に振る舞う時と、少し抜けた答えをする時も選んでおり、「さすがコルモロン家のご令嬢」「初々《ういうい》しくて愛嬌《あいきょう》がある」と、評判は上々だ。

「……怖い女だ」

「褒め言葉よ。ありがとう」

テオもイレブンの隣に腰かけ、やっと一息《ひといき》ついた。強張《こわば》った肩を緩め、テオは視線を巡らせる。気取られない範囲で周りを確認し、小声で言った。

「……あの男、ずっとお前を見ているな」

「それはもう、じっとりとね。もう少し隠して観察できないものかしら」

イレブンも囁《ささや》くように応じて、オペラグローブの袖を軽く直した。

ジーノ・カミーチャは、決してイレブンに声をかけはしないものの、彼女の一挙手一投足を目で追っていた。特に、イレブンが握手や手の甲へのキスを拒んだ時は、瞬《まばた》き一つしない。他の客のように見惚《みほ》れるわけではなく、独特の執着を感じさせる眼差《まなざ》しだった。

「……疑っているな、両腕のこと」

「ここまでは予定通りだとして……無視を続けていいの？」

「ああ。引くのは餌に食いついてからだ。上手《うま》くやったと思う人間ほど油断する」

カミーチャに自分たちから接触するのは避けていたが、その代わり、テオたちはそれとなく参加者に対して聞き込みをしていた。収穫は少ないが、それでも分かったことはある。

「……この場にいるのは三人で確定だな」

「ええ。内蔵型は一人、脚部は二人。お友達にはサービスしているのかもね」

カミーチャとその取り巻きは、熱心に挨拶回りをする傍《かたわ》ら、かなりの頻度で集合し、朗らかに話していることが多い。カミーチャ自身の顔が広く、ジクノカグの仲間だと断定できる材料は少なかったが、イレブンは確かに、そのうち三人からアマルガムのコアを感知した。

ブラウエル夫妻と同じように代替身体《しんたい》を使っている者が、この場に三人いる。

カミーチャと会話する距離は明らかに近く親しい。客ではなく仲間だと見ていいだろう。

「……ジクノカグがここまで自由に幅を利《き》かせているとは、予想外だったわね。想定以上に、上流階級に広がっているわ」

「ああ。彼らの需要と噛《か》み合《あ》ったというか……オカルト趣味の持ち主が多いというか」

テオは溜息《ためいき》を吐《つ》き、椅子にもたれた。

予想外なことに、上流階級の一部では、ジクノカグの扱う商品が、密《ひそ》かな流行になっている。市場にあまり出回らない限定品であることも、彼らの興味を引くようだ。

「実際に買った客の感想は、なんというか、凄《すご》かったな。効力もだが、その、熱意も」

「あれは『勧誘』というよりも『布教』ね。良《い》いものだと信じ込んでいる」

ジクノカグに傾倒しているのは、あくまでも一部の人間だけだ。現に、ジクノカグの扱う商品がいかにでたらめか、東アカリヤザを知る有識者が苦悩の表情で語っていたし、そういったオカルトじみた品物を忌避する者たちもいる。

そのためか、ジクノカグの商品を手に入れた者たちは揃《そろ》って、テオたちが興味を持っていると知るや熱狂的にその効力を語って聞かせるのだった。

「……若返っただの、生活の質が上がっただの、出世しただの、金回りがよくなっただの……ありがたがる効果は所得に関係ないんだろうな」

「見せてくれたのは、単なる木の札や布だものね。話題になったサプリや道具も、根拠は一つもない。……そこまで人生に影響を与える効果が本当に存在したら、魔導士協会が流通規制をかけるレベルだもの。今のところ、偽物《にせもの》ばかりね」

イレブンは苦笑し、押し付けられた木片を椅子の下に放《ほう》った。持っているだけで金運に恵まれると相手は熱弁していたが、単なる樫《かし》の木だと判明している。

「思い込みの範疇《はんちゅう》だもんな……だが、身体機能を取り戻したって話は気になる」

「失った視力が戻る、車椅子生活から解放されるほど脚力を取り戻す、って話ね」

目元にどうしても力が入り、テオはそれを指で伸ばした。

ジクノカグの商品は素晴らしい、という話は、全て本人の体験談として語られる。ただ、ある人が「失われた身体《しんたい》機能を取り戻した」「生まれつき損なわれていた身体機能が回復した」という話は、どれも伝聞の形なのだ。誰もがそれを「奇跡だ」と語り、多くは語らない。

「……選ばれた人間にしか得られない奇跡か。話したくて仕方ない風にしながら、誰もが言えずにいる。……サロンで招待状と引き換えに見せているのかもしれんな」

「代替身体《しんたい》のデモンストレーションをしているとしたら、ありえる話よ。もしくは、もっと驚かせてくれる奇跡の商品があるのかも」

イレブンは小さく笑ってそう言うと「それにしても」と小首を傾《かし》げた。

「サロンについて聞かせてくれた人は、参加したのか、話を聞いただけなのか、判別できないのが気になるわ。みんな『内緒』と言うけれど、噂話《うわさばなし》を広めているだけ？」

「そこは、確かに。知らん商品についてはうんざりするほど語るくせにな。……サロン参加者に秘密厳守を徹底している可能性もあるか。サロンの存在は知っていてほしいが、実情はあまり知られたくない。だから、噂話《うわさばなし》レベルのことしか話さない」

「……隙間から見えるぐらいが、一番ドキドキするのでしょうね、人間というものは」

好奇心を煽《あお》り、招待状を手に入れたがるようにする戦略か、あるいは本当に招きたい客を厳選しているのか。現時点ではまだ判断できなかった。

「……警戒すべきは、やはり営業している連中だな」

「営業先はもう選び終えた様子よ。観察対象を絞って、分担しているわ」

テオが顔を上げると、イレブンは視線で客の一部を示した。立食パーティー形式のため、車椅子の者は目立つ。他にも、ゆったりとしたタキシードで、装着した歩行補助器具を隠しているらしい者もいた。イレブンと同様に、決して手袋を外さない客の姿もある。

そしてそういう者は必ず、カミーチャを始め複数の視線を集めている。

「……あえて声をかけないのは、こちらと同じく戦略だろうか」

「友好を深める機会を狙っているのではない？　共通の趣味や知り合いとか」

「その可能性もあるか。……飲み物を取ってくる。どうする？」

「お任せするわ。ありがとう、テオ」

薄く青ざめた頬に弱々しい笑みを浮かべる少女の姿は、あまりにも儚《はかな》い。とても拳一つで車を殴り飛ばす兵器には見えなかった。

バーカウンターの給仕《きゅうじ》に飲み物を頼むと、誰かが隣に立った。何となしに視線を横にやったテオは、表情を変えないように奥歯を噛《か》み締《し》める。

ジーノ・カミーチャが、隣に並び、給仕《きゅうじ》にスパークリングワインを頼んでいた。

「お待たせいたしました、お客様」

「あ、ああ……ありがとう」

テオは給仕《きゅうじ》に促されるまま、グラス一杯のワインとレモンスカッシュを受け取った。レモンスカッシュのグラスは他と異なり、真っ赤なチェリーがころんと揺れている。

「ささやかですが、お連れ様にサービスです」

「はは……それは、どうも」

少し照れた様子の給仕《きゅうじ》に、テオは苦笑で応じた。イレブンの容姿が人並み外れて整っていることは把握しているつもりだったが、テオの想像以上に人を惹《ひ》き付《つ》けるものらしい。彼女の容姿を見慣れているテオでさえ、彼女の笑顔には驚くのだから当たり前だろうか。

ふと隣からも笑い声が聞こえて、テオは思わず顔を上げた。

カミーチャはグラスを受け取り、「失礼」とテオに軽くグラスを掲げた。

「モテる恋人を持つと、苦労しますな」

「そうですね。どうにも、心配が絶えません」

「おや、彼女の心変わりが不安で？　それとも、彼女を支えきれない恐れがあるとか？」

「……おっしゃっている意味が、よく分かりませんな」

当《あ》たり障《さわ》りのない返事をしようとしていたテオは、慎重に言葉を選んだ。カミーチャは一口ワインを堪能《たんのう》すると、笑みを深めて続ける。

「彼女を見ていて、少し気になったものですから。若い人には結構多いのですよ、合成義体の買い替えが間に合わず、体の成長に影響が出てしまうことが」

「……それは、大変ですね。しかし我々には関係のない話ですので」

テオは他の客の邪魔にならないよう、バーカウンターから離れた。だが数歩進むより先に、カミーチャが進行方向に回り込んでくる。

「華奢《きゃしゃ》で、可憐《かれん》で、小鳥のように愛らしい女性だ。しかしそれが成長阻害の結果によるものならば悲惨なことです。恋人であれば、心配になるのも無理はない」

「……彼女が、年齢より若く見られることは、承知しています。しかし初対面の方にそこまで口を出される筋合いはありません。お引き取りください」

テオが睨《にら》みつけると、カミーチャはなおも笑みを浮かべたまま続けた。

「これは失礼を。ただ私は親切心から、一つご提案させていただきたかったのです。彼女が腕を隠さず、のびのびと笑顔で過ごせるようにしたくはありませんか？　あなたが戦場に行っている間も、彼女が手袋で隠すことなく、不自由なく過ごせるように、お手伝いさせていただきたいのです」

「……さっきから、何を言って――――」

「悲劇もまた人生。しかしやり直すチャンスがあるのですよ、伍長《ごちょう》殿。彼女が、美しい両腕で、本来送るはずだった自らの人生を抱きしめられるとしたら、いかがですか？」

なるほど、とテオは眉根を寄せた。カミーチャはアルエットという少女の両腕が合成義体だと確信した上で、外堀を埋めに来たのだ。トビアスとエマが予想した通り、アルエットを説得する上で最大の脅威であるテオを、先に味方に引き入れたかったのだろう。

テオが返事に窮する様を見せると、カミーチャは胡散臭《うさんくさ》い笑顔で言った。

「せっかくのバカンスです。なのに彼女はきっと両腕を気にして、プールどころか、甲板で潮風を浴びることさえ避けてしまうのでは？　あなたが指輪を用意しても、遠慮してしまうかもしれない。戦場であなたが彼女を思う時、その手に蘇《よみがえ》るのが冷たく硬い感触だなんて寂しいことです。彼女が何の曇りもない笑顔で、あなたに直接触れることができたら、その感触と体温を分かち合うことができたら、素晴らしいとは思いませんか？」

ずるい言い方だった。

最愛の人が、両腕を失ったことで夢を絶たれ、合成義体によって望んでもいないのに少女のまま時を止め、他人との接触を忌避し、頑《かたく》なに両腕を隠していたら、たとえどんなに不自由なく暮らしていたとしても、不憫《ふびん》に思うだろう。腕さえ失わなければと、後悔するだろう。合成義体の冷たい感触ではなく、肌の柔らかさを知っていたら、なおさらそれを惜しむだろう。

相手のやり方が分かったところで、テオはカミーチャの横をすり抜けた。

「待たせていますので、失礼」

「是非考えてください。あるかもしれない未来を」

カミーチャはそれを最後に、追いかけてくることはなかった。テオがイレブンのもとまで戻ると、彼女は両手でグラスを受け取りながら尋ねる。

「話は聞こえたわ。もっと踏み込むかと思っていたのに」

「悩んでいる様は見せた。あいつにはそれで十分だ」

「……沈黙は図星だと、解釈すると推測してのこと？」

「実際、手応えがあった様子だろ」

テオも椅子に座り、それとなく視線をやった。カミーチャはテオとイレブンに軽く会釈《えしゃく》し、別の集まりに顔を出したようだ。イレブンが言う。

「……カミーチャがあなたに接触した時、彼の友人たちも一斉に分散して、参加者に声をかけ始めたわ。ターゲット本人ではなく、同行者にばかりね」

「連中が共有している手口だな。まずは狙った相手本人ではなく、その連れに、あったかもしれない未来の話と、それを可能にする手段があることをちらつかせて反応を見る。実際、本人よりもそれを支えている側の方が、理想と現実に苦悩しやすい」

イレブンが首を傾《かし》げた。

「それは、支えることに疲れて？」

「いや。……相手を思いやって、相手のより良い未来を願うからこそだよ」

テオが左手を差し出すと、イレブンは自身の手を軽く重ねた。握った手は小さく、硬い。

「……こっちを向いたまま、カミーチャの様子を探れるか？」

「見えているわ。大丈夫よ」

一見、恋人同士で手を取り、見つめ合っているに過ぎない。テオが手袋越しに手の甲を親指で撫《な》でると、彼女はくすぐったそうに笑った。

「……こっちを凝視しているわね。狙い通り？」

「説得に効果があったと思ってくれたら幸いだな。乾杯でもしておくか」

「ええ。何を祝う？」

「ひとまず標的が釣れたことを」

握り合っていた手を離し、グラスを軽く触れ合わせた。澄んだ音が響く。

「ねえ、テオ。私、レモンが好みというわけではないのよ」

「そうなのか？　でもお前、フレーバー選ぶ時は何かとレモンを選んでるだろ」

「だって最初に口にしたのがレモン味だったから。分かりやすいの」

「……味に分かりやすさってあるのか？　いやまあ、レモンは分かりやすいか……？」

テオは疑問に思いながらもワインを口に含んだ。芳醇《ほうじゅん》な香りが鼻へと抜けていく。イレブンもレモンスカッシュを飲んで答える。

「味覚の仕組みはあなたも知っているでしょう？」

「……舌の味蕾《みらい》で感じた化学物質を、脳が味として認識するって話だな」

「今までは、口に含んだものの成分分析はしても、どんな味か判断する手前で処理を止めていたの。固体と液体の判別ができて、毒性の有無さえ分かれば十分だったから」

「逆に、それが必要な場面はあったんだな」

「だって人間は釘《くぎ》を嚙《か》み砕《くだ》けないし、毒を飲んだら死ぬじゃない。必要なのよ」

死なない兵器が人間のフリをするというのも、テオが思っている以上に大変なことのようだ。よく分からないままに頷《うなず》いていると、イレブンが呆《あき》れ顔《がお》で言う。

「生き物の口って複雑なのよ。危険か危険でないか判別できれば十分なはずなのに」

「いや大雑把すぎるだろ。……じゃあお前らって辛《から》さも分からないってことか？」

「痛覚だから、たぶん分からないでしょうね。でも、唐辛子とミントの辛《から》さが違う種類なのはきっと分かるわ。温度は認識できるから」

イレブンはころころと笑って言った。無邪気に笑う様は、年頃の少女でしかない。だが家での様子を思い出し、テオはふと呟《つぶや》いた。

「……だからお前、料理を作ることはあっても食べはしないのか？　味が分からないから」

「ふふ、食事の度にあなたが変な顔をするのはそれが理由？　違うわ、無駄なことはしない主義なの。私が料理をするのだって、あなたが疲れて食事もせずに寝ようとした時だけよ」

「それは、お前の無駄には入らないんだな」

「食事は全ての人間にとって活力の源よ？　あなたに必要なものが無駄なわけないわ」

上流階級も何も関係ない会話で頭を休めていたが、テオはコルモロン中将夫妻が歩いてくるのを見て立ち上がった。イレブンもそれにならうと、すぐに給仕《きゆうじ》が近付いてきて空いたグラスを回収する。イレブンが「ありがとう」と微笑《ほほえ》むだけで、彼は頬を染めて立ち去った。中将夫人であるリディがくすくすと笑う。

「注目の的ね、アルエット。私たちが手配せずとも、招待状を手に入れてしまいそう」

「……何か情報が？」

テオが尋ねると、リディの視線を受けてコルモロン中将が口を開いた。

「サロン参加希望者を見つけた。連邦の友人の、馬鹿息子の話でね。サロンに参加すれば立身出世は間違いないと勘違いして、サロンに忍び込もうとして追い出されたそうだ」

「……ご友人はお気の毒ですが、情報源としてはありがたいです」

テオが正直に言うと、コルモロンは鼻を鳴らして笑い、続けた。

「サロンでの集会だが、やはり招待状は必須だ。ただ、配っているのは組織の幹部連中だけのようでな、客が入りたくても入れる場所ではない。幹部たちの会議によって、全会一致の賛成を得た者だけが招待状を手にし、サロンに招き入れられるらしい」

「……ワンマン運営ではないんですね。意外でした」

「私もだ。全貌は不明だが、想定以上の人数が関わっていると見ていい」

コルモロンの表情は厳しかった。テオは慎重に会場内を見渡す。この中の何人がジクノカグに属しているのか。だが少し視線を巡らせただけでカミーチャとまた目が合い、テオはすかさずイレブンを自分の陰に押し込んだ。イレブンが中将を見上げる。

「……招待状は我々で入手できそうです」

「手間が省けて何よりだ。我々は本来の任務に戻るが、何かあればまた連絡しなさい」

中将夫妻はそう言って微笑《ほほえ》んだ。イレブンは左足を引いて一礼し、テオも敬礼する。

「お手を煩わせてしまい、申し訳ございません。ご協力に感謝いたします」

「グインの秘蔵《ひぞ》っ子《こ》からの頼みだ、構わんよ。君たちの健闘を祈る」

「全力を尽くします」

コルモロンは頷《うなず》き、リディ夫人と腕を組んで立ち去った。テオは息を吐いて姿勢を正し、イレブンを見下ろす。灰色の瞳は不安げにテオを見つめていた。

「ここまでマークされると、聞き込みも危ないわね」

「少し、相手の出方を見よう。一緒に会場を出るならそれで構わない」

イレブンは頷《うなず》き、ふと壁際《かべぎわ》へ歩いていった。テオもそれに付き合い、後ろで指を組む彼女の隣に並ぶ。メインホールは窓がない代わりに、壁には大きな絵画や彫像が飾られ、華やかな装飾を施されていた。二階まで吹き抜けの形となったホールはとても広く、船内にあるとは信じられない規模だ。イレブンは航行するハーヴモーネ号を描いた絵の前で立ち止まり、軽くテオに寄りかかる。テオは額装された絵を見ながら華奢《きやしゃ》な肩を抱き、ふと目を留めた。

額に反射し、テオたちを見つめるカミーチャの姿が映っている。

「いつまで見てるんだ、あいつは」

「案外慎重なのね。サロンへの招待にも会議が必要と伯父様がおっしゃっていたし、もう少し決め手が必要なのかしら」

「例えば？」

「合成義体では満足できないところを見せるのはどう？　私の場合はピアノね」

船内でピアノのある場所は限られている。施設案内図を思い返していると、額装の表面にトビアスの姿が映り込んだ。彼は愛想《あいそ》のいい給仕《きゅうじ》として一礼して言う。

「熱視線だね。作戦の第一段階は成功かな？」

「そのようだ。……招待状は、幹部会議で渡す相手を決めるらしい。餌は撒《ま》く予定だが、少し様子見は必要だな」

テオの言葉を受けて、トビアスは眉を上げた。

「へえ、この手の組織でワンマングループじゃないのは珍しいな」

「お前はどうだ？　何か収穫は？」

「シフトが多くて、全然。この後は客室対応で待機しなきゃいけないから、貨物室の確認はディナー後になりそうだ。大丈夫かい？」

客室乗務員として潜入した以上、仕方のない問題だ。テオは簡単に頷《うなず》く。

「構わん。ただ、俺たちがホールを出た後、カミーチャを尾行できないか？　短時間でいい」

「それならできそうだ。この後ダンスタイムが始まるから、それを機に退席したらいい。ディナー前の自由時間ってことで、パーティーを抜けるお客さんが多いからね。お飲み物は？」

「結構だ。ありがとう」

近くを通りかかる参加者に不審がられない程度で会話を切り上げ、トビアスは再び給仕《きゅうじ》の仕事に戻っていった。テオはそれを見送り、軽く襟元を緩める。

「……さて、お偉方の教養試験に巻き込まれる前に、お暇《いとま》するか」

「あら。いいじゃない、一曲踊りましょうよ」

「踊るって……ええ？　俺とお前で？」

　驚いて見下ろすと、イレブンは悪戯《いたずら》っぽく微笑《ほほえ》んでいた。周囲にいたペアの客たちはホールの中央に向かっており、楽団も準備を始めている。ダンスタイムが始まるのだ。

「いや、ちょっと待て、踊りの指導はなかっただろ」

「私がリードするから平気よ。二人で踊るなんて、きっと最初で最後だわ」

「こんなド初心者のダンスデビューが社交ダンス？　無理だ、勘弁してくれ」

「二人揃《そろ》ってのデビュタントなんて素敵だわ！　踊りましょう、一曲だけ」

　オペラグローブの指先が、テオの右手に触れる。硬質な感触ながら甘えるような仕草に、振り払うわけにもいかず、テオはイレブンに手を引かれるままダンスの輪に加わった。

　二人、向かい合って立つ。

　綺麗《きれい》に結い上げられた髪、目元のアイシャドウ、カールした睫毛《まつげ》、灰色の瞳。そのどれもを煌《きら》めかせて、少女は稚くはにかんだ。対して、テオの表情はどうしても渋い。

　イレブンの正面に立つことは何度もあったが、ここまで心細くなることはなかった。

「……ど、どうするんだ」

「まずは一礼。その後は、左手で私の手を取って、右手は私の腰に」

　三拍子の曲が、優雅にホールに響き始める。周囲に合わせ、イレブンは左足を引いてスカートを両手で摘まみ、お手本のように一礼した。テオも恐る恐る頭を下げ、彼女に両手を差し出す。左手は彼女の小さな手と重ねるように繋《つな》ぎ、促されるままに細い腰を右手で支える。イレブンがテオの右腕に軽く手を預け、顔を上げてしまうと、抱き合うような距離で見つめ合うことになった。

冬空を映した湖面のような瞳が、今は光を湛《たた》え無邪気に輝いている。

どきりとして息を呑《の》むテオに構わず、ワルツは始まっていた。優雅にステップを踏む周囲とは異なり、イレブンはテオを誘って左右に軽く揺れるだけだ。

「お遊びよ、テオ。もっとリラックスして」

「いや、いや無理だ、見物人が多すぎる。何見てるんだ張り倒すぞ」

「移り気な人ね。彼はまだ見ているの？」

はっとしてテオは見物人に目を走らせた。案の定、柱にもたれたカミーチャが興味深そうな顔でテオたちを眺めている。

「何見てんだよ見世物じゃねえぞ」

「そう威嚇しないでちょうだい。簡単なステップを繰り返せば形になるわ、大丈夫よ」

周りの、微笑《ほほえ》ましげな空気と見守る眼差《まなざ》しが刺さって居たたまれない。テオは頭に血が上るのを感じながら、イレブンの声と黒いハイヒールの爪先に集中した。

「一、二、三、一、二、三。右、足踏み、左、足踏み」

「待て、待て、前と後ろに行くのをやめろ、言葉通り左右だけで頼む」

「リズムに乗って、流れに身を任せて、踵《かかと》は軽く浮く程度。ふふ、上手よ！」

足の動きこそ単調だが、イレブンがテオの手と肘を押して、引いて、体の向きを変え、踏み出す方向を変え、辛《かろ》うじて踊りの体裁を保っている。ペアのダンスはリードが肝心と聞いてはいたが、こういうことかとテオは必死にイレブンの爪先を見ていた。

「テーオ？　頭を下げ過ぎよ。私の靴と踊っているの？」

「だってお前、気を抜いたらお前の足踏むぞ」

「踏まれても何も感じないわ。それより一緒に踊っている相手を見て」

少し拗《す》ねた声に、思わず顔を上げた。目が合うと、イレブンは優しく微笑《ほほえ》んでいた。常の無表情を見慣れている分、真正面から向けられる微笑は、少し心臓に悪い。

「ほら。陸軍礼服なのだから、背筋を伸ばした方が格好《かっこう》いいわ。それに、自信のある姿勢だと踊りも上手に見えるものなのよ」

「ありがとう、次のために覚えておくよ」

「次があるとよいのだけれど」

「なんだと」

さすがに聞き捨てならずテオが反応すると、イレブンは鈴を転がすような声で笑った。その屈託のなさに呆気《あっけ》に取《と》られた一瞬、彼女は左手を離し、繋《つな》いだ右手を軸にくるりと回る。プリーツドレスの裾とリボンがふわりと広がった。周囲のペアも同じように回るものだから、色とりどりのドレスが風を受けて膨らみ、一面花が咲き乱れたように見える。

目が眩《くら》む。周りの何もかもが白く霞《かす》んで、イレブンの微笑だけが綻ぶ。

テオはもう、言葉もなかった。

彼女が、視線を集めないはずがない。ただ美しいだけではなく、ただ整っているだけではない。どんな表情をすれば、どう振る舞えば、周囲がどう反応するか把握し尽くした故の、隙一つない、無防備な笑みだった。

そんな彼女が、ふわりと、腕の中に戻ってくる。

見惚《みと》れていたと、認めざるを得なかった。

テオは口を開こうとして、テオの右腕に体重を預けて背を反らせた彼女に目を剝《む》いた。慌てて彼女を支えて「おい」「ちょっと」と声を上げる間にも、軽快な音楽に合わせてイレブンは身を起こし、その反動を利用してくるりと回り、繫《つな》いだ手が引っ張られるほどに離れる。

「おい、どうなってるんだ、おい！」

イレブンはころころと笑うばかりで、テオは振り回される一方だ。また右手を軸にしてスカートを翻《ひるがえ》し、軽やかにターンしたイレブンが腕の中に戻ってくる。勢い余って胸に飛び込んできた少女を両手で抱き留め、テオはやっと息を吐いた。くすくすと、はしゃぐ少女の笑い声が胸元に響いている。

「よくある振り付けだったのだけど、だめだった？」

「ステップを覚えてすぐの奴《やつ》にアドリブを振らないでくれ……」

イレブンはテオの肩口に頭を預け、二人、ゆっくりと左右に揺れるだけだった。ようやく他のペアを見る余裕が戻って来たテオは、それとなく周囲に目をやる。テオたちと同じように、寄り添って左右に揺れるだけのペアは多い。先ほどはイレブンの無茶振りだと思っていたが、曲とダンスの盛り上がりを迎えたタイミングだったようだ。

「……知ってる曲だったのか、今の」

「こういう場で演奏される曲は、ある程度決まっているの。空気を読んだだけよ。周りの予備動作を見てから動いても、私は間に合うもの」

「簡単なことのように言ってくれるな……」

「簡単なことよ、私には」

二人、こうして抱き合っていると、まるで恋人のようだった。そう見えるように振る舞っているのは確かだが、罪悪感が湧く。彼女は本来、こんな場所で踊っているような存在ではない。だが、彼女でなければこれから先の「釣り」は実行できない。

テオは、胸元にある手を握った。

「……頼もしいよ。お前は、本当に」

「どうしたの、急に」

「自分の経験の浅さが身にしみる」

正直にテオが呟《つぶや》くと、イレブンは笑いもせず、テオの手を握り返して静かに身を寄せた。

「あなたの役に立てるのであれば、それ以上のことはないわ」

「こんなことでも？」

「どんなことでも」

イレブンがテオと両手を繋《つな》ぐようにして離れるのと、曲が終わるのはほとんど同時だった。

見物人たちから拍手が送られる中、他のペアと同じように、テオたちも一礼する。顔を上げたイレブンと目を合わせたテオは、驚いて駆け寄った。

彼女が乱れた前髪を指先で払う。その額には汗が滲《にじ》み、細い肩も軽く上下していた。

「大丈夫か？」

「平気よ。でも汗だくだわ、恥ずかしい」

照れ笑いして顔を両手で扇《あお》ぐ彼女に、周囲も微笑《ほほえ》ましげな表情を隠さない。人と話し疲れて休むような少女だ、一曲のダンスで退席する方が自然だろう。

テオは他の客に場を譲り、イレブンを連れて出入口に向かった。

「少し休むか？」

「ううん、大丈夫。でもお化粧が気になるから、直してきてもいい？」

「もちろん。行こう」

メインホールを出ると、テオはイレブンを化粧室に送り出し、廊下の壁にもたれた。ふと、無線から通信が入る。

『──トビアスだ。標的が外へ。追跡する』

「了解、確認する」

手短に通信を終え、テオは一筋落ちてきた髪を撫《な》で上《あ》げる手で隠しながら視線を巡らせた。メインホールの出入口付近で、カミーチャが他の参加者と談笑している。

(……無事に釣りは続行だな)

彼は必ず、イレブンの後を追う。テオは確信を深め、戻ってきたイレブンを迎えた。彼女は髪を左肩に流し、リラックスした雰囲気を作っている。それだけで少しカジュアルな印象になるのだから、髪型というのは不思議なものだった。

「お待たせ。ディナーまで時間があるけど、どうする?」

「バーで、ゆっくり飲み直すのはどうだ? ジャズの演奏もあるらしい」

「ジャズ! 素敵ね、行きましょう!」

不自然でないように。しかし確実に聞こえるように。はしゃぐ少女の声はよく通り、周囲の人間は自然と耳にした。何も言わずとも意図を汲《く》むイレブンに感心しながら、テオは彼女の手を取って歩き出す。案の定、それに合わせてカミーチャも動き始めた。

「営業をかけている事実は分かった。だが、船内に在庫まで持ち込んでいるものかな」

「サロンで実演販売をしているなら、あるでしょうね。でも私が探すなら、客室二つ分の距離までは近付かないといけないわ。相手が小さすぎる」

「逆に言えば、真上の部屋からは調べられるわけだ」

テオは頷《うなず》いたが、ふと気になって尋ねた。

「追跡する相手って、相当大きいものが前提になってるのか？」

「そういうわけでもないけど、戦場で全損したものを回収するための機能なの。敵に回収されないように、すぐに周囲の地形に擬態するから、感知器でないと探せないように設計されているわ」

テオはイレブンのことしか知らないが、彼女の擬態は見事なものだと実感している。それより数段劣るとしても、例えば砂地で擬態されたら、アマルガムのコアには気付けないだろう。

すれ違う客に聞かれないように、テオは声を潜めた。

「……本体になるアマルガムが別にいるとして、どうやって低品質のコアを量産するんだ？決まった方法はあるのか」

「……その点だけれど、二つ、仮説を立てたわ」

イレブンもテオに身を寄せるようにして、小さな声で囁《ささや》いた。

「ローレムクラッドもジクノカグも、扱っているコアは小さい。ローレムクラッドは一つのコアを分割しただけで、アマルガムとしての基礎機能は全部持っていた。出力が足りなくて、捕食を必要としていたけどね。でもジクノカグは違う。再生能力を意図的に削っている」

「一番の売りだろうに、そこを削るのも謎だが……おっと」

　がやがやと階段を下りてきた団体客からイレブンを庇《かば》い、テオは彼女の肩を抱き寄せた。それとなく視線を巡らせると、廊下で名刺交換をしているカミーチャの姿が見える。一定の距離を保って尾行しているつもりのようだ。

「テオ、もう誰もいないわ」

「あ。ああ、悪い……」

　軽く胸元を叩《たた》かれ、テオはイレブンを離した。彼女は乱れた髪を整え、頬を膨らませる。

「過保護よ」

「……加減が難しいんだ。それで、仮説っていうのは？」

　テオが促すと、イレブンはテオの肘辺りに腕を回し、自然と身を寄せた。

「一つ、ローレムクラッドと同じく、一つのコアを分割していて、大本のコアに弱体化等の問題があって再生能力がない。二つ、大本のコアを書き換えて、再生能力をコアの複製能力に変更し、低品質のコアを大量生産する一方で、大本のコアは出力が変わっていない」

　止まりかけた足を、テオは無理やり引き上げ、階段を上がった。

「危険性が大きく変わるな」

「ええ。分割を繰り返していたなら、前回のアマルガム・ニーナのように親個体も弱体化しているはず。でもそうではなく、戦地運用時と同じ出力を維持しているとしたら、脅威だわ」

「……なるほど、確かに要検討だ。続きは店で落ち着いて話そう」

階段を上がると、メインホールの吹き抜け部分が見える。そちらに背を向けて、レストランフロアに入った。

どの店に入るか、ディナー選びをしている人々の横を通り過ぎ、テオたちは「ミーサ」と看板を出しているバーに入った。多くのテーブル席とカウンター席を構え、小さなステージがスポットライトに照らされている。店内には、ディナー前に軽く飲む客の姿が意外と多い。

「どうしてジャズバーを選んだの？」

「ピアノのある店が他に思いつかなかった」

奥のテーブル席に座ると、すぐに店員が駆けつけた。二人分の飲み物が提供されてから、テオはイレブンに向き直る。

「アマルガムが、コアを複製した事例は？」

「自分が動けない状態になった時、劣化コピーを作って一時的に軍隊を編成した個体がいたの。自己修復が終わるまでの時間を稼ぐために、複製個体を囮《おとり》にしたのよ」

「あくまで目的は時間稼ぎだから、劣化コピーで十分なんだな」

「ええ。低品質のコアの方が、短時間で多く量産できるから」

イレブンは頬杖《ほおづえ》を突き、淡々と答えた。テオは何かが引っかかって尋ねる。

「それは、命令でも実行させせられることだよな。どうしてコアの書き換えだと仮説を？」

「術式の損傷と、ジクノカグの目的から推測したの」

サングリアのグラスを持ち上げ、イレブンは微笑《ほほえ》んだ。

「彼らがほしいのは、利益率の高い商品と金銭だけ。アマルガムに求めているのは兵器としての強さではなく、無尽蔵の生産工場よね？　だから必要な術式量の多い再生能力を真っ先に消して、強い複製能力に変更しようとした。知識不足でただの落書きになり、単にアマルガムから再生能力を奪っただけに終わっているけれど、目論見《もくろみ》としてはその辺りではないかしら」

「……だとしたら、発見でき次第破壊することは可能だな。だが、コアの……何だ？　術式だったか。それを書き換えるのは誰にでもできることじゃないだろう？　あれは文字というより、模様というか、図形の羅列にしか俺には見えなかった」

テオもカクテルを口にしながら率直に尋ねると、イレブンは小さく笑った。

「常人には理解できないように作られた特殊言語だもの、仕方ないわ。何千年も昔、魔術を扱うためだけに作られたもので、プロメトギアと呼ばれる言語よ」

「魔導士なら誰でも知ってるものか」

「いいえ、ほんの一握りよ。魔術媒介や魔法陣の作成技能がある人とか、魔法史や魔導兵器の研究をしている人とか、必要に迫られて習熟した人だけね。ハウンド研究チームでも、プロメトギアまで扱える人は主要メンバーだけだもの。私は、ハウンドでも後に造られたものだからプロメトギアの読み書きはできるけれど、初期のナンバーは扱えないわ」

「そんなに限定的なのか……」

わずかな説明からでも難易度の高さが窺《うかが》えたが、テオは余計に疑問に思って尋ねた。

「……カミーチャに優秀なブレインがいるのか？　それとも奴《やつ》が言語を扱えるのか？」

「どうかしら。プロメトギアを知っていても術式の構築は知らないし、アマルガムは使い捨てにして真っ先に再生能力を捨てるし……全てが中途半端《ちゅうとはんぱ》なのよ。優秀なブレインがいたら、せめてアマルガムを使い回すのではない？」

「証拠隠滅を優先しているとも考えられるが……それだけの専門技能であれば、エマがもしかしたら追えるかもしれんな」

テオはエマにプロメトギアの件を連絡し、携帯端末をポケットに戻した。

「残るはアマルガムの入手先だ。カミーチャが術式を書き換えたと仮定して考えるが、コアに触るだけで干渉できるものなのか？」

「細かい条件はあるけれど、概《おおむ》ね、触れることが最低条件ね。研究所に潜り込むことはできないだろうから、戦場で全損したアマルガムのコアを回収したのかもしれないわ」

「軍人や専門家なら顔写真で照合できたはずだ。それ以外で何かを理由に戦場へ……それもアマルガムが送り込まれるような激戦地に行った奴《やつ》だな。医療関係者、ジャーナリスト、カメラマン……ボランティアまで含めたら多すぎるが、エマの方でなんとか絞り切れたら……」

ちょうどエマからの返信が来た。電話できないか、という一文を見てすぐに電話する。

『エマよ。ごめんなさい、いま大丈夫？』

「問題ない。どうした？」

『文章だと時間がかかりそうだから、通話で確認したかったの。カミーチャの素性を摑《つか》めそうなのよね？』

「ああ。……いや、俺より専門家の方がいいな。頼む」

テオは携帯端末をイレブンに渡し、カクテルを飲んだ。イレブンは頷《うなず》いて受け取る。

「照会していただきたいことがあるのですが……魔導士協会から、プロメトギアのアクセス権限を授与されている人間をリスト化していただけますか。そこから、アマルガムが投入されるような激戦地に侵入した人間に辿《たど》り着《つ》けないかと。……いえ、おそらくプロメトギアの研究者本人ではなく、研究者に接触し、研究内容を教わる機会があった人物です」

イレブンは用件を伝えて通話を切ろうとしたが、呼び止められたのか電話を耳に戻した。

「こちらは特に問題ありませんが……承りました、お伝えいたします」

「なんだって？」

「私たち二人の写真を撮ってほしいのですって」

「物好きな奴《やつ》め……」

エマも頑張っているようだし、写真の一枚ぐらいなら構わないかとテオは視線を浮かせ、一瞬動きを止めた。ドアベルを鳴らして、カミーチャとその友人たちが来店する。店内にはいつの間にか客が増え、彼らはカウンター席に案内されていた。ステージではジャズバンドが演奏の準備を始めている。

「……ずいぶん外で待っていたんだな」

「案外、すぐに退店すると思っていたのかもね」

目立つ動きは避けたい。気を遣ってやってきた店員に、テオは無難に飲み物を頼んだ。ロングカクテルを受け取ると、イレブンの興味深そうな目に気付く。

「意外か？」

「少し。普段はビールばかりなのに、店では頼まないのね」

「店に来たら店でしか飲めないものがいい。カクテルなんて自分で作るのは面倒だろ」

ふぅん、と微笑《ほほえ》む姿は、見ていて落ち着かない。テオは咳払《せきばら》いをして言った。

「しかし、アマルガムを入手して、やることがぼったくり商売ってのが小さいな。量産したコアも性能が低いし。大量生産と大量廃棄のためにアマルガムを使うってのが、なぁ」

「それもそうね。本当に使い捨てるなら、任務を終えたアマルガムに稼働《かどう》停止命令を出せばいいのに、帰還命令を出しているのはなぜかしら」

イレブンの指摘ももっともだった。

「今回は、浜辺で回収したわけだが……あれ、放置していたらどうなっていたんだ？」

「ローレムクラッドの時と同じよ。コアは砕け、肉体は泥になり、自然に還《かえ》っていく」

「……例えば屋内に、鉢植えもないのに泥があったら不自然だ。捜査機関が必ず疑う。任務を終えてその場で自壊させるよりは、適当なところで力尽きるのを狙って帰還させたんだろう。凶器を現場から離れた場所に捨てるのと同じ理屈だな」

「それで、海外出張によく出るのね。アマルガムが簡単に帰還できないように」

テオは軽く溜息《ためいき》を吐《つ》いた。浜辺で回収した個体は、研究所に送られた。そうでなければあのまま朽ちていたのかと思うと、少し可哀想《かわいそう》になるのは、感傷が過ぎるだろうか。

「……在庫管理をザバーリオでしているなら、大本のアマルガムはそこかな」

「それについてだけど、私は海にいるのではないかと思うの」

彼女の意図が汲《く》み取《と》れず、テオが首を傾《かし》げると、イレブンはテオから手帳とペンを受け取った。さらりと、円が描かれる。コンパスで引いたような、不自然なほど綺麗《きれい》な線だった。それを、これまた図形ツールを用いたような楕円《だえん》形の線が囲む。

「中心の円をコア、楕円《だえん》形を肉体とするわね？　この楕円《だえん》形が損傷して凹《へこ》むと、周りの細胞が増殖して、その凹《へこ》みをすぐに埋めるの。これが、再生機能の仕組み」

「……うん。うん、なるほど。再生ってよりは、増殖が肝なわけだな」

「ええ。でも今回のアマルガムは、この再生機能が削除されたまま、コアを複製しているの。最初は何か原料が与えられていたとしても、その原料がなくなったら、アマルガムは命令遂行のために、この楕円形《だえん》を千切って、複製コアにする」

イレブンは楕円《だえん》形の中に、小さな円をいくつか描いていった。テオは眉根を寄せる。

「……だが、再生できない。コアを作り続けたら、いつか肉体がなくなるぞ」

「そう、コアが剝《む》き出《だ》しになる。それが問題なの」

イレブンは手帳を閉じ、ペンと一緒にテオに返した。

「コアを破壊されるわけにはいかない。アマルガムは普通、緊急手段として、コアと接触した物質を自分の肉体に変換するの。敵にバレないように擬態して身を潜め、ハウンドが発見、回収するまでの時間を稼ぐために」

「……だがこいつは、発見されることもなく、傷も癒えない。いつまで擬態を続ける？」

「コアに接触する物質がある限り」

イレブンがなぜ海だと予想したか思い当たり、テオは額を手で押さえた。

「……確かに。地上なら、アマルガムのコア周辺だけ地形が変わって、何事か騒ぎになるはずだ。倉庫街のように人の出入りのある場所にも置いておけない。海中なら、バレないな」

「アマルガムとはいえ、海水は飲み干せないもの」

イレブンは微笑《ほほえ》み、サングリアを飲み干した。

「コアを隠すために周辺物質を肉体に変換する。肉体があるとコアを複製する。再びコアが露出するから周辺物質を変換する……海底でずっとそれを繰り返していたら、特定座標から動けないわ。深い海の底で、ハウンドの感知距離を逃れているのね」

「……そんなやり方をしていたら、本当なら任務を終えたアマルガムを大本のところに戻した方が再利用できていい。だがそうすると居場所がバレるから、カミーチャはあえて動き回って、アマルガムが元の場所に戻らないように調節した。……考えたな」

「海底資源が尽きるまで、アマルガムはコアを生産し続けるでしょうね。でも、見つけることさえできたら破壊できる。……駆逐艦の海域調査で探知できたらいいのだけど」

自然と、テオたちの視線はカミーチャに向く。何を話しているのか、ずいぶん楽しげな様子だった。テオは舌打ちする。

「……あれだけ楽しそうなら、髪の一本ぐらい引き抜いてもいいよな」

「遺伝子情報のサンプルは欲しいけれど……ねえ、少し気を引いてみてもいい？」

「気を引く？　お前から接触するのか？」

「ピアノを弾《ひ》いて、反応が見たいの。彼ら、ピアニストが来なくて困っているそうだから」

イレブンは視線だけでステージを示して微笑《ほほえ》んだ。確かに、ジャズバンドの準備にやけに時間がかかっている。向かい合い、何か深刻な様子で話し合っているようだ。

「……お手並み拝見といこうか」

「任せて」

イレブンはすぐに立ち上がり、ステージに歩いていった。ジャズバンドの四人に声をかけ、真剣に話し合っている様子を見ながら、テオもカウンター席の後ろを通る。通り過ぎ様、カミーチャの髪の毛を引っ張り、「失礼、ボタンが」と言い残してステージ前の席に移った。

引き抜いた髪を封筒に入れ、テオはそわそわと落ち着かない心地で、準備に入るイレブンを見つめた。彼女がジャズピアノを弾けるイメージは一つも浮かばない。

南部出身の者たちが、異国での弾圧にも負けず、一族の誇りと自由を奏《かな》でた、軽やかな旋律に情熱を秘めた音楽だ。それを、常に無表情で冷静なイレブンが、朗らかな少女の人格を模しただけで演奏できるものだろうか。

テオの心配は絶えなかったが、ボーカルの挨拶とともに、特別ゲストとしてイレブンが紹介された。「心優しく、素敵なお嬢さん、アルエットだ」とボーカルが笑い、イレブンは優雅に一礼する。飛び入りゲストは拍手とともに歓迎され、それぞれが楽器とマイクの前に待機した。

ドラムの合図に合わせて、演奏が始まった。ソウルフルな歌声を、息の合った演奏が支える。オペラグローブのままピアノを弾く少女の横顔を見つめて、テオは動きを止めた。

歌声を支える伴奏は控えめで、しかし瑞々《みずみず》しい軽やかさを響かせる。笑顔でバンドメンバーと目を合わせ、楽しげに鍵盤を叩《たた》く姿は、年相応の少女でしかない。初めて見る楽譜だろうに、明るく華やかなバンドメンバーの演奏に負けず劣らず、彼女はピアノを響かせた。

メインホールで見せたダンスと同じだ。彼女の音色が、軽やかに躍る。

テオが我に返ったのは、店内が割れんばかりの拍手に溢《あふ》れ、演奏メンバーが一礼した時だった。ボーカルが冗談めかした顔で投げキッスを送り、イレブンは照れた顔で笑う。

急ごしらえのメンバーとなったが、店内の盛り上がりは増す一方で、アンコールの声が瞬《また》く間《ま》に広がった。バンドメンバーが「もう一曲」とイレブンに頼むと、彼女は笑顔で頷《うなず》く。

今度は打って変わって、静かなナンバー。しっとりと聞かせる歌声をドラムとベースが支え、やがてサックスの音色が華やかに響く。その間を、ピアノの音色が泳いでいく。決して主張しすぎない、しかし感情豊かな音色は、軽やかなリズムとも合っていた。

オペラグローブの指先が踊る。照明を浴びたホワイトブロンドの髪が艶《つや》めく。

綺麗《きれい》に背筋を伸ばしたまま、ピアノの鍵盤を叩《たた》く横顔を、テオは静かに見つめた。

(……まだまだ知らないことばかりだな)

当たり前だ、出会ってまだわずかなのだから。それでも、兵器としての彼女しか知らなかったテオにとっては、この客船で知ることはあまりに多い。上流階級の人間と対等に渡り合う知識を持ち、ダンスも音楽も手慣れており、人の視線を集めることを知り尽くしている。服も、仕草も、表情も、ターゲットにどう思わせるか研究し尽くされたものを披露する。

いつも冷静で表情を変えない、「感情はない」と言い切る彼女が、こんなにも情感溢《あふ》れる演奏を聞かせてくれるのかと思うと、テオは不思議な感慨を覚えた。

オペラグローブの指先が浮き、ピアノの最後の一音が消えていく。その余韻を味わってから、また拍手と歓声が響いた。バンドメンバーたちも笑顔でそれを受け取るが、イレブンは立ち上がらない。どうかしたのかとボーカルが声をかけたところで、彼女は慌てて立ち上がり、左手を背後に隠すようにして、店内の観客たちとバンドメンバーたちに、順に一礼した。ボーカルは彼女と言葉を交わすと、少し驚いた顔をしたが、すぐに笑顔で応じて、まずはイレブンに丁寧に感謝を伝えた。次いで観客を振り返る。

「残念ながら、特別ゲストはここまでのようだ。素敵なピアノを披露してくれたアルエットに心から感謝するよ。みんな！　彼女に大きな拍手を！」

ボーカルが声をかけると、再び店内に拍手が湧き、口笛や彼女を褒《ほ》め称《たた》える声が響いた。イレブンははにかんだままもう一度頭を下げ、ステージから下りて照明の落とされた影に入った途端、店から出ていった。テオは慌てて立ち上がるが、同時に別のテーブルからも人が出ていく。カミーチャだ。勘定のために歩み寄ってきた店員に紙幣を押し付け、テオは後を追った。

■

店から出たアルエットが、視線をトビアスに寄越す。彼女は人の流れを避けて、プロムナードデッキへ出て行った。何事かと歩き出したトビアスを、同じ店から飛び出してきた男が呼び止める。カミーチャだ。

「今、店から出ていった女の子、どこへ行った？　銀髪に紺色のドレスで、黒い手袋の……」

「ああ、彼女でしたら、プロムナードデッキの方へ行かれましたよ」

「そうか！　ありがとう！」

走り出すカミーチャをよそに、トビアスは従業員用の出入口からプロムナードデッキへ出た。こちらの方がカミーチャよりも早くアルエットと合流できる。

あまり人の立ち寄らない船尾側で、彼女は左手をデッキの手すりに預けていた。トビアスは物陰に隠れ、無線に触れる。

「――テオ。右舷プロムナードデッキだ」

アルエットは静かに左のオペラグローブを下げた。白い肌には異質な、金属質の光沢。旧式の合成義体が、肘から先を代替している。

彼女は肘のカバーを開け、指先まで繋《つな》がっているワイヤーのリールを回した。明らかに外れていた薬指と小指の位置が戻ったところで止め、カバーを閉じる。次いでグローブをさらに下げて、腕のカバーを開けて部品の付け外しを何度か繰り返した。カバーを閉じてから、左手を海にかざす。親指から小指、小指から親指、順番に動かして具合を確かめ、ようやくアルエットの横顔に安堵《あんど》の笑みが浮かんだ。

「ああ、慣れるほど壊れる腕で、あれだけピアノが弾けるだなんて」

夢見心地の男の声が響くと同時に、アルエットがはっとした顔で振り返った。彼女がオペラグローブを戻す前に、剝《む》き出《だ》しの合成義体を男の手が摑《つか》む。

男は――カミーチャは、目を爛々《らんらん》とさせてアルエットを見つめていた。

「素晴らしい！　あなたのようなピアニストがこの世に存在するとは！」

「あ、あなた、テオと話してらした……」

アルエットが声を震わせたところで、カミーチャはようやく彼女の腕を離した。左手を抱きしめるようにして後退《あとずさ》りする彼女に、カミーチャは紳士的に頭を下げる。

「興奮のあまり失礼しました、お嬢さん。私、ジーノ・カミーチャと申します。ジクン・オカジマ商事という企業で働いておりまして……こちら、名刺です」

「……こちらこそ、失礼しました。アルエットと申します。パーティーでは、ご挨拶できなくて申し訳ありません」

恐る恐る名刺を受け取るアルエットに、カミーチャは満面の笑みで応じた。

「いえいえ、お疲れのご様子でしたからね。……実は私、明日の交流会にスポンサーとして参加しておりまして。何組かゲストをお呼びして、ショーをお願いしているのですよ」

「いくつもプログラムがあるのですよね。伺っております」

「明日、あなたも出演していただけませんか？　一曲、是非演奏を」

「私が？　でもそんな、急にだなんて……」

アルエットは目を丸くした。カミーチャは感極まった様子で腕を広げ、彼女が怯《おび》えて肩を震わせても気付かないまま続ける。

「あなたの演奏は、私の心を打った！　情感豊かで、瑞々《みずみず》しい、実に美しい演奏でした！　それも、こんなにも傷付いた両腕で、見事に！　是非、交流会でもその合成義体の腕で、ピアノを演奏していただきたい。聴衆は必ず、あなたの傷を労《いた》わり慈《いつく》しむとともに、若い方が腕を失うような不幸がこれ以上起きないことを祈るでしょう」

「……嬉《うれ》しいお言葉ですが、こんな腕を人に見せるわけには……」

「確かに、つらい傷や悲しい過去を晒《さら》せと言っているようなものです。申し訳ありません。難しいご提案だと分かっていますが、どうかご一考ください」

縮こまるアルエットに対し、カミーチャは片膝を突いて胸に手を当てた。

「お嬢さん。私はあなたに希望の光を見たのです。誰もがあなたの演奏に心を奪われ、失われた両腕に思いを馳《は》せ、そして、もう誰も傷付くことのない未来を願うことでしょう。この船には立派な方が多くおいでです。それこそ、国の中枢に働きかけるお立場にある方々ですよ。そんな方たちに戦争をなくすよう訴えかけられる、それほどのピアノだと感じました」

「そんな、大袈裟《おおげさ》ですわ。私のピアノが、皆さまの心を動かすだなんて……」

アルエットは俯《うつむ》き、オペラグローブで合成義体を隠した。恥じらいに満ちたその指先を取り、カミーチャは熱心に続ける。

「いいえ、お嬢さん。アルエット。あなたの演奏する音色とその姿が、平和への祈りを強めます。何せこの船は友好と平和を記念するクルーズです。必ず届きますとも」

「……私の腕は、ご覧の通り一曲や二曲で壊れてしまいます。それでも？」

「構いません。あなたのピアノは世界を変える音色だと、このジーノ・カミーチャ、確信したのです。もしショーに出演してくださるのであれば、明日の十二時にレセプションロビーのコンシェルジュにお声がけください。お礼もいたします。必ず後悔はさせません」

彼女は、すぐには答えなかった。しかしその瞳は、戸惑い、迷って揺れている。カミーチャは笑みを深め、造られた華奢《きゃしゃ》な指先を恭《うやうや》しく額に掲げた。

「お待ちしています。どうぞ、素敵な夜を」

「――――話は終わったか」

荒々しい足音が近づき、カミーチャの手が叩《たた》き落《お》とされた。よろめいたアルエットの肩を抱き、彼女を背に庇《かば》ってテオが険しい表情をする。だがカミーチャは笑顔で応じた。

「これは伍長《ごちょう》。失礼しました。とても素晴らしいピアノだったものですから」

「……彼女のピアノは確かに、評価されるべきものだ。だが、そうやって人気のないところで言い寄るような真似《まね》は感心しない」

「ははは、申し訳ない。邪魔者は大人しく退散しましょう。では、失礼」

カミーチャは二人に会釈《えしゃく》して、その場を立ち去った。彼の姿が船内に消えたところで、テオは溜息《ためいき》を吐《つ》いてデッキの手すりにもたれ、アルエットも表情を消す。それを見てやっと、トビアスも物陰から出た。

「いやはや……想定以上の気に入られ方だったね。僕が控えるまでもなかったかな」

「どのような行動に出るか不明でしたので、待機に感謝します、トビアス」

冷たく整った美貌で瞼《まぶた》を上下させ、アルエット――イレブンは言った。

「一対一で油断し、何か情報を漏らすかと予想しましたが、口が堅いですね」

「向こうも本気でアルエットを引き入れたいから、下手なことは言えなかったんだろう。明日の交流会で幹部連中にアルエットを見せ、招待状を渡すかどうか決めるのかもしれんな」

テオは疲れた様子で、乱れた前髪を軽く撫《な》でつけた。

「しかし、店を飛び出すと思わなかった」

「僕も驚いたよ。合成義体を壊すのは、イレブンの案かい？」

トビアスも頷《うなず》いて尋ねると、イレブンは常と同じ凪《な》いだ瞳でトビアスたちを見上げた。

「はい。家族を喪《うしな》って悲しむ人間が複数いる中で、ブラウエル夫妻が選ばれた理由を考察しました。他の人間よりも格段に不安定で、詐欺に遭いやすい状態だったから狙われたと仮定し、アルエットにも同程度の不安定さを付与する必要があると判断しました」

「……今の腕でもピアノは弾けるが、すぐに壊れる旧式。買い換えられる財力があるはずなのに、捨てられない思い入れがある。その腕が成長を阻害し、コンプレックスは年々強まる。シナリオとしては、悪くないんじゃないか？　カミーチャの食いつきはいいし」

テオの言葉ももっともだ。トビアスは眉根を寄せる。

「カミーチャの様子からして、幹部たちを説得してでもアルエットを招待してくれると僕は期待しているけど……問題はサロンがいつ開催されるかだ」

「日程やらは、スタッフに共有されているものなのか」

「それがまったく。ただ、やはり完全に隠しきることはできないものでさ。サロンが開催される日は、朝一に軽食と飲み物の注文が入るらしいんだ。厨房《ちゅうぼう》のスタッフに聞いたよ」

トビアスは手帳を開いた。

「ルームサービスの予約と同じで、当日の朝にサロンルームから注文が入るんだ。規則性があるわけでもなく、午後のお茶会とか、ディナー前とか、時間帯も安定しない」

「……事前に予定を把握するのは難しいな。次の寄港は三日後か……」

「分かり次第、すぐに連絡するよ。ザバーリオに着く前に一度サロンが開催されているそうだから、君らの参加するサロンも、たぶん明日か明後日《あさって》には開催されると読んでる」

つまり現状、トビアスたちにできることはない。テオは険しい顔をした。

「しかし、カミーチャ自ら接触すると思わなかったな。アルエットがそこまで重要だと感じた理由は何だ？　見た目か、出自か」

「単純な広告効果で選んでいるかもしれないね。特にアルエットはパーティー会場に現れただけで注目された女の子だ。合成義体でピアノを披露した女の子が、今度は本物そっくりの腕で演奏すると、あの腕はどういうことだ、と興味を引く。腕ができるなら、他の部位は、内臓の代替は可能か、と観客のテンションが高まったところで、ドーンとジクノカグが登場し、商品を売り込んで大儲《おおもう》け、ってとこじゃないかな？」

「……まあ、アマルガムから実質タダで無限に仕入れができるとなれば、調子にも乗りそうではあるが……小物なんだよなぁ。どうしてアマルガムはあんな奴《やつ》の命令を聞く？」

テオが苛立《いらだ》った様子で頭を掻《か》いた。イレブンは静かに言う。

「人間の指揮能力に依存して稼働《かどう》する兵器は、あまりにも不完全でお粗末です。指揮官の能力を問わず、命令とあれば従います」

「……ったく、難儀な兵器だ」

テオの気持ちもイレブンの言い分も理解できるだけに、トビアスは苦笑して宥《なだ》めた。

「まあまあ……ここからは、ジクノカグについてさらに聞き込みかい？」

「それなんだが、トビアスには別の情報を集めてもらえないか。俺たちは、今回の大本になっているアマルガムが、海底に潜んでいるんじゃないかと見ている」

トビアスはつい海を見やった。穏やかに波打つ、その遥《はる》か水底でアマルガムが息を潜めているのかと思うと、少々薄気味悪い。

「アマルガム相手に海底探査か……難易度が高すぎるね」

「そこでだ。船乗りを中心に、海上でのトラブルを探れないか。俺たちの方でも話は聞いてみるが、アマルガムが海底にいたとしても、ジクノカグは何かの形で仕入れをしているはずなんだ。頻度や方法はまったく不明だから、手探りになるが、海で仕事してる奴《やつ》らにとっては少なくとも、見慣れない連中が突然現れる状況じゃないかと思う」

「確かに、潜るんだか浮かんできたのを回収するんだか分からないが、不審な船が出ていることには変わりないだろう。潮の流れもあるから断言はできないが、アマルガムが動かないならジクノカグの連中も一定の範囲内で仕入れをしてるな」

「いえ、それは……」

ふと、イレブンが口を開いた。トビアスは驚いて彼女を見やるが、彼女の言葉は続かない。テオも怪訝《けげん》な顔をして彼女を見下ろした。

「どうした？　何か、気になることがあったか」

「……代替身体《しんたい》として売却されたアマルガムが、海に帰る確率を計算していました。カミーチャの動きは、自分が客と接触しないことを前提としています。しかし、客側が同じクルーズツアーに参加する、あるいは何かの理由で海に出ることは、あり得る話です。その場合、海底のアマルガムはどのような対応をするのか、試算した方がよいかと」

トビアスは思わず「あ」と声を上げた。言われてみればその通りだ。

「使用者が海にいて、海底にアマルガムがいるなら、弱った複製個体がカミーチャに辿《たど》り着《つ》く前に力尽きて沈んだところを、回収できるかもしれないのか」

「……海で泳いでいる代替身体《しんたい》使用者を捕獲することも、視野に入れる必要があるかもな」

気まずい沈黙が降りる。トビアスは息を吐き、制服の襟元を正した。

「とにかく、僕は仕事に戻るよ。海上での不審者やトラブルについては聞いておく」

「頼んだ。俺たちも聞き込みは続ける」

プロムナードデッキから船内に戻ると、ディナータイムを控えた客たちで賑《にぎ》わっていた。彼らを見ても、普通の観光客とジクノカグの構成員を見分けることはできなかった。

■

「……ありがとうございました。失礼します」

何度目かの通話を終え、エマは深く息を吐きながら椅子にもたれた。リストにまた一つチェックを入れると、残りは七名になる。そのうち気になっているのが、バントウボク救世隊の代表チェンシー・サイカの存在だった。彼女については個別の連絡先がなく、リストにある連絡先は救世隊事務局となっている。現在も戦闘地域で救護活動を行っているそうだ。

「……戦闘地域に出ていて、プロメトギアが扱える最有力候補だけど、ずぶの素人《しろうと》に研究内容を教える暇はなさそうよね……」

あくまで候補として置いておき、エマは残り六人を確認した。連絡先を変更していない可能性もあるが、このリストは対象者が亡《な》くなっている場合も名前は削除されない。

「……新聞記事で探すのもありか。みんな優秀な研究者さんだし」

エマは急いで捜査局のデータベースにアクセスし、全国の新聞記事で名前を検索した。寿命により亡《な》くなり、追悼記事が出された研究者。遺跡から見つかった魔法陣の解明に成功したとして、その功績が報道された考古学者。順に名前の横にチェックを入れて、次の名前を検索したエマは、思わず手を止めた。

『イェンス・ニーホルム氏、自宅火災により死亡』

日付は三年前、バジル・ブラウエルが産まれる半年前だ。術式構築の研究家で、優秀な魔導工学技士でもあった彼は、遺体となって自宅で発見された。火元は寝室で、火の不始末による火災と見られ、警察は事件性なしと判断している。公私ともに彼を支えた妻ファンヌは「博士は何年も前に煙草《たばこ》を止めており、寝室で吸うはずがない。絶対に何かがおかしい」と主張したが、他殺を示す証拠は見つからなかった。

エマは博士の名前と自宅のある地名をメモし、急いで管轄の警察署に連絡した。幸い、当時事件性の有無を確認したという刑事がまだ在籍していた。

『ニーホルム博士の件は、本当に残念でした。優秀で、地元の名士でしたからね』

「火の不始末による火災と見た根拠について伺っても？」

『火元が寝室で、博士はベッドに横たわった状態。その枕元に煙草《たばこ》の吸殻がありました。検視の結果、博士は生きている間に煙を吸い込んだ形跡があり、遺体には火傷《やけど》以外の外傷もなかったことが明らかになっています。検出されたアルコールの血中濃度も高く、酔って寝煙草《ねたばこ》をした結果、運悪く火災に至ったと、我々は判断しました』

「では、他殺ではないと確信していた？」

エマが尋ねると、相手はあからさまに言葉を濁した。

『……有力な証拠は見つかりませんでした。ただ、気になる点はあります』

警察の話によると、不審な点は三つある。一つ、博士はワインを飲んでいたはずだが、使用されたグラスが見つからない。二つ、ラム酒が枕元から床まで広がっており、空き瓶がサイドテーブルで発見されたが、博士の遺体にはラム酒を飲んだ形跡がない。三つ、通話記録によれば、火災発生前に博士は誰かから連絡を受けている。

『……我々としても何とか他殺の証拠を見つけたかったんですが、飲んでいないラム酒だけでは証拠不十分とされてしまって、やむなく捜査を終えました』

「心中お察しします。煙草《たばこ》の吸殻から、他の人の指紋は見つかっていないんですよね」

『はい。煙草《たばこ》の吸殻、ラム酒の瓶など、どれも博士の指紋だけが検出されています』

「……ありがとうございます。捜査資料のコピーを送っていただけますか？　それから、奥様の連絡先も。直接お話を伺いたいので」

エマは手帳に電話番号を書き残し、刑事に礼を言って通話を終えた。複合機で捜査資料が送られてくるのを待つ。その時間も惜しくて、複合機をこつこつと叩《たた》いた。

（……お酒を飲むような親しい間柄の人物が家に来た。そしてその夜に、深酒をしてしまい、その時に限って禁煙を破って寝煙草《ねたばこ》をしてしまった？　不自然だわ）

ニーホルム博士はメディアへの露出が多く、魔導工学の発展と知名度向上のために労力を惜しまなかった。だからこそ彼は多くの人に慕われ、その死を惜しまれ、追悼記事も大きく掲載されたのだ。しかし、その知名度から、目を付けられてしまったとしたら。

嫌な予感がする。エマは気が重くなりながら電話をかけた。

「ファンヌ・ニーホルムさんですか？　捜査局のカナリーです。三年前に亡《な》くなったイェンス・ニーホルム博士についてお伺いしたいのですが……」

人の古傷を抉《えぐ》ってばかりだ。エマは歯噛《はが》みした。

■

笑い声の弾む会話の合間、ふとアルエットが名刺を取り出した。

「ジーノ・カミーチャという、貿易会社の社長をされている方をご存じですか？　明日の交流会に出演の依頼をされたのですけど、突然のことで、あまりお話できなかったものですから」

彼女の困った表情を見て、その場に居合わせた者たちはにこやかに応じた。

「彼の癖が出たね。素晴らしいと思ったものは広めたくて仕方ないんだ」

「こういうクルーズツアーだと、よく特別ゲストに出演を依頼しているの。驚かせてしまったでしょうけれど、あなたの才能に惚《ほ》れ込んだのは本当のことよ。信じてあげてね」

「そうだったのですね。他にも急遽出演された方はいらっしゃるのでしょうか」

「例えば、昨夜は義足のタップダンサーが一曲ダンスを披露してくださったわ」

アルエットの不安を解消すべく、客人たちはあれやこれやと聞かせてくれる。それに耳を傾けながら、テオは気付かれないように眉根を寄せた。

カミーチャは出資者という立場を利用して、サロンに招きたい人物をショーに出演させ、幹部たちに見せているようだ。そしてテオたちが思っていたよりも、旅行好きとして顔が知られている。何度も顔を合わせることで信頼関係を築き、ジクノカグの商品を流通させているのか。

テオは彼らの会話に相槌《あいづち》を打ちながら、慎重に情報を聞き出した。

■

トビアスは食堂での夕食を終え、その足で船乗りたちの集まる談話スペースへ向かった。機関部を管理する彼らは、乗務員の中でも朝が早いため、就寝時間も早いのだ。

寝る前の穏やかな一時を過ごしていた彼らは、気安くトビアスを受け入れる。多くの船を渡り歩き、港のほとんどに知り合いのいるベテランたちは、トビアスが話を振ると頷《うなず》いた。

「不審船ね。ずいぶん増えたよ」

「意外とな。密漁目的の厄介な奴《やつ》もいれば、命懸けで亡命してきた奴《やつ》もいる。不審船と言えど様々だ。ただ、このところ妙な連中が多い」

「半年前だったか、船から荷物を投げ捨ててる連中がいて驚いたよ。不法投棄で捕まったと思

った ら、翌月には見たことないぐらい古い潜水服を着て、網でクラゲを捕まえてやがる」

船乗りたちは怪訝《けげん》な顔を見合わせて言った。トビアスは「そうなんですね」とにこやかに相《あい》槌《づち》を打ちながら、脳内でメモする。不法投棄していた荷物はコア複製の原料で、クラゲというのはおそらく、擬態する前のアマルガムだろう。

「どの辺りで見ました？」港の近くだと特に目立ちそうですね」

「少なくともザバーリオで一度見たな。深も知らずに船を出すんじゃねえってな」

「しかし気味の悪い船だぜ。あんなにクラゲばっか獲《と》る船があるか？」

「沖合にも先月いたらしいぞ。底引き網を使ってて、うちの兄弟がキレてたよ」

一人が話し始めると、次々と目撃情報が出てくる。おそらくジクノカグによるアマルガムの仕入れだが、特別に隠れて行っているわけではないらしい。

「漁ってことは、早朝でしょうか」

「ああ、深夜から朝方にかけてだな。だが、奇妙なモンでよ。クラゲがそうたくさんいる海域でもないのに、なんで網一杯にクラゲが獲《と》れるんだか……」

「でかい機械を積んでいたし、クラゲ専用の探知機でも使ってるんじゃねえか？　何クラゲかは知らんが、大層な装備で漁に出なきゃならん相手なんだろ」

「そうでしたか……漁船なら、こういうクルーズ船にはあまり関係ない話ですかね」

トビアスが言うと、一人は顔をしかめ、一人は肩を竦《すく》めた。

「それが、そうでもない。前に乗った船じゃ、変な漁船が突っ込んできて緊急停止する羽目になってな。海軍の保安部に突き出してやろうと思ったら、物凄《ものすご》い速度で逃げやがった」

「命知らずも大概にしてほしいぜ。この船は、平和にツアーを終えてほしいもんだな」

「……僕もそう願います」

そろそろ寝るという船乗りたちに挨拶して、トビアスは貨物室へ向かった。

ジクノカグは、旗を掲げることもなく、特別に隠れるわけでもなく、そして特定の場所に限定するでもなく、仕入れを行っている。海底のアマルガムは、どうやって彼らに複製コアの位置を教えているのだろう。何か一定の周期でもあるのか。それとも潮の流れか。あるいは、船に積んでいる機械が、アマルガムに信号を送っているのか。

(……その辺りは、イレブンに確認かな)

トビアスは細く息を吐き、ウェルカムパーティーでのことを思い出した。無邪気な笑顔と憂いを含んだミステリアスな雰囲気が特徴的な少女、アルエット。普段のイレブンからはまったく想像もできない姿だった。業務中で写真を撮れなかったのが惜しい。

(……テオが変にぎくしゃくしないといいんだけど……)

人生には遊びも大事だとトビアスは教えたつもりだったけれど、何せ彼は真面目すぎて、気の抜き方が下手だった。イレブンの演じるアルエットに恋をしてしまったりして。それとも案外、任務として割り切っていたりするのだろうか。

　個人的な興味でそんなことを考えていたトビアスは、貨物室から聞こえる歌声に足を止めた。

女の声が、不思議な旋律を奏《かな》でている。

　足音を殺して近付くと、昼間に会った整備士のタルヤが、荷物にもたれて歌っていた。

「……タルヤ？　何してるんだい？」

　トビアスが声をかけると、タルヤは驚いた顔で口を噤《つぐ》み、慌てて立ち上がった。

「その、きゅ、休憩」

「貨物室で？　物好きだね。……今の歌、とても綺麗《きれい》だったよ。子守唄みたいだった」

　トビアスは歩み寄り、タルヤの隣にもたれた。タルヤは照れた顔でもごもご何か言ってい
たが、また元の位置に座り込んで言う。

「……お祖母《ばあ》ちゃんがセイレーンで、よく歌ってくれたやつなんだ」

「へえ……素敵だな。恋を叶《かな》えたお祖母《ばあ》さんも、子守唄を覚えてる君も」

　トビアスが素直な感想を告げると、タルヤははにかんでトビアスを見上げた。

「……血が薄れて、アタシはセイレーンの力は使えないけどね。でも、耳はお祖母《ばあ》ちゃん譲り
なんだ。だから、海で生まれたものの声が聞こえる」

「それは、魚とか、クジラとか、そういう？」

「うん。海で生まれた命の声が聞こえるんだ。ここは、色んな声が聞こえて好きだ」

朴訥《ぼくとつ》と語る横顔は、穏やかな笑みを浮かべていた。トビアスにとっては機関部の稼働《かどう》音が低く伝わってくるだけの空間だが、彼女にとっては違うのかと思うと、興味深い。

「ここでは、何の声が聞こえるんだい?」

「……笑わない?」

「もちろんだよ」

タルヤは口ごもると、トビアスが寄りかかっていた積み荷を振り返った。

「……その箱から、声がするんだ」

「箱から? 水槽とかには見えないけどな……」

「そう。奇妙なんだけど……確かに声がするんだ。不安そうで、気になって」

タルヤは立ち上がり、「これ」と積み荷のうちの一つに触れた。厳重に施錠《せじょう》されたクーラーボックスといった見た目で、意外と重い。箱を傾けると、中で液体の傾く感触がある。

「……水が入っているな。でも酸素ボンベとかはないし、不思議だね」

「言葉も、よく分からないみたい。なんというか、赤ちゃんの相手をしてるみたいで。でも、感情というか……不安そうとか、喜んでるとか、そういうのはぼんやり分かる」

「だから子守唄で宥《なだ》めてあげていたのか……反応は、一つだけ?」

「一番返事をしてくれるのはこの箱の子。他の箱にもいるみたい」

タルヤの言葉に相槌《あいづち》を打ちながら、トビアスは検知器を取り出した。すぐにピピッと短く電子音が鳴り、周辺反応を点で表示する。タルヤが驚いてトビアスを見上げた。

「それ、何？　金属探知機みたい」

「似たようなものかな。……危険はなさそうだ。タルヤの優しさを尊重したいけど、あまり遅くなって、明日に響かないようにね」

「分かってる」

ぶっきらぼうに返事をしながらも、機嫌を損ねたわけではないらしく、タルヤはまた積み荷の足元に座って子守唄を口ずさんだ。トビアスは彼女に笑顔で手を振り、貨物室を出る。

検知器には確かに、魔導兵器の反応があった。

（……形状は不明だが、全部で八体いるようだ。海底のアマルガムから生まれたものだから、タルヤの耳は複製個体の声を聞き取った、とか？）

にわかには信じがたいが、トビアスはすぐにテオたちに報告した。


――クルーズツアー、二日目。


大きな窓から海を一望できるレストラン「ハーヴモーネ」は、朝食を楽しむ乗客たちで賑《にぎ》わっていた。ブラックコーヒーを啜《すす》り、テオはその喧騒《けんそう》に紛れるような声で呟《つぶや》く。

「……想像以上に外面がいいな、カミーチャって男は」

「社交性は高く、計画的。打算的な面を隠す演技力もあり、協力者は多い。不思議なほど悪い噂《うわさ》を聞かなかったわ。周囲の評判を考慮すると、素直に交流会に出演するのが吉ね」

イレブンはナイフですくい取ったソースをパンケーキに付け、小さく口を開けて食べた。皿にはソースの一滴、パンケーキの屑《くず》一つなく、テオは目を丸くする。

「ずいぶん食べるのが上手《うま》いな。アイスはあんなに苦労して食べてたのに」

「カミーチャの友人の食べ方を真似《まね》たのだけれど、変だったかしら」

「そういうわけじゃない、器用だと思っただけで……。あいつも常に友人たちと一緒だな。一人になる時間を極力減らしてるのか」

「クルーズツアーはペアで参加するのが前提だもの。その方が自然なのではない？」

「……もしかして、事情を知っている友人だけで周囲を固めているから、ジクノカグについてのクレームが聞こえてこないのか？　あれだけ顔が広いのに、奴《やつ》についての不満がまったく聞こえてこないのは妙だぞ」

紙ナプキンで唇の端を拭い、イレブンは小さく笑った。

「案外、みんな見栄《みえ》を張って、自分だけが恩恵を受けていないと思われたくないだけかもしれないわね。他人は願いが叶《かな》っているのに自分はそうじゃないなんて、みじめでしょう？」

「……まあ、プライドは大きく関わりそうだな。東アカリヤザについてよく知らないから、詐欺とも思わず商品を買ったなんて、言えそうにないだろうし」

事実、ジクノカグから民芸品や薬品を購入した者たちは、一様に「効果がある」と主張した。船内で確認できないため、彼らの言葉を信じるしかないのが現状だ。ウェルカムパーティーで熱狂的に効果を語った者たちも、案外自分が騙《だま》されていると知っていたのかもしれない。

ただ気になるのは、トビアスが貨物室で確認した積み荷だった。

「……貨物室の反応は、全部で八つ。船内を歩く中で代替身体《しんたい》の使用者だと判明したのが、全部で十二名。……意外と多いな」

「彼らが禁止事項に抵触しないことを祈るわ。……海軍保安部からの返事は？」

「まだだ。潮の流れが複雑だから、慎重に検討してもらっている」

商品として大人しくしている複製個体の問題はひとまず横に置いても、まだ考えなければならないことは多い。

今回、戦場から持ち出されたと見られるアマルガムは、海底で身を潜めているとテオたちは考えていた。だがトビアスの話で、クラゲらしきものを大量に捕獲する不審船が各地で目撃されたことが判明して、少々その考えを修正する必要に迫られている。

アマルガムは基本的に、効率重視だ。ただ海底にじっと座り込んで資材をコアに変換し続けるだけでなく、海に入った複製個体を積極的に回収する可能性はないだろうか。回収した個体を捕食することこそなくても、次の仕入れが行われる際に使い回すことも考えられる。

「……下手に海底を調査しない方がいいな。索敵ドローンに引っかかってくれたらいいが」

「今日の昼には駆逐艦コールウェルが出るのよね？　エマは間に合うかしら」

「調べ物があると言っていたからな……あいつに任せるよ。お前も、今日演奏する曲に集中してくれ。もう決めてるのか？」

エマからの連絡がない以上、テオは何とも言えない。イレブンは髪をまとめていたスカーフを直していたが、テオに視線を向けて不敵に微笑《ほほえ》んだ。

「とびっきりの一曲があるわ。楽しみにしていてね」

「へえ？　俺も知ってる曲だといいが」

「きっとね。陸軍所属か、歴史好きであれば、多くの人は知っていると思うの」

「……そりゃあ、楽しみだな」

今日も相棒は頼もしい。過度なほどに。テオは静かにコーヒーを飲み干した。

■

目元をハンカチで拭うファンヌ・ニーホルムに厚く礼を言って、エマは郊外の家から出た。車に戻り、手帳に書き込んだメモを振り返る。

火災で亡《な》くなった博士は、亡《な》くなる前の数か月間、雑誌掲載のためフリーライターからの取材を継続的に受けていたという。ライターの名前はジョルジョ・サントーロ。彼は博士の追悼記事を掲載して以降、消息を絶っている。

（……編集者曰《いわ》く、サントーロは元従軍記者で、負傷を理由に戦場から戻ってきた。その後、彼独自の経験や知識を買われて、魔導工学の取材を任されたが、失踪……）

サントーロは月刊誌で魔導工学を取り上げるに当たり、メディア慣れしていることを理由にニーホルム博士に取材を申し込んだ。ファンヌ曰《いわ》く、ニーホルム博士が亡《な》くなった日、本来はサントーロが取材に来るはずだったが約束の時間に現れなかったという。彼女は急用のため夜は外出しており、その間に火災が発生してニーホルム博士は亡《な》くなった。

（……取材を重ねて、サントーロは博士との間に信頼関係を作った。しかし博士との間でトラブルを起こした結果、火の不始末に見せかけて放火し、殺害した？）

担当部署に連絡して尋ねると、ジョルジョ・サントーロには前科があった。若い頃に暴行や窃盗で警察沙汰になっている。陸軍の記録によれば、彼は従軍記者として戦場に向かい、火事場泥棒を繰り返した挙句、同行した部隊を危機に晒《さら》して全滅させ、追放されたそうだ。

（……任務内容は伏せられているけど、地名には覚えがある。アマルガムが投入されているのに、兵士側に甚大《じんだい》な被害が出て、アマルガムの有用性について議論が起こったはず……）

エマは眉を顰め、ジョルジョ・サントーロとジーノ・カミーチャの顔写真を並べた。

ファンヌは、サントーロのことは覚えていても、カミーチャの顔に見覚えがなかった。

サントーロは脱色した髪に日焼けした肌、髭面《ひげづら》の痩せた男。

カミーチャも日焼けしているが黒髪で、丁寧に髭《ひげ》を剃《そ》り、恰幅《かっぷく》のいい男。

確かに二人の髪色や特徴はまったく異なる。だが、目、鼻、唇は一致していた。サントーロの母親の旧姓はカミーチャ。ジョルジョの愛称はジーノ。

本名の愛称と母親の旧姓から偽名を決めたのだとしたら。

「……激戦地に入り込み、全損したところを狙ってコアを回収したものの、扱い方に困ってニーホルム博士を頼り、目論見《もくろみ》がバレて口封じに殺害、研究成果を奪って逃走といったところかしら？　とんだクソ野郎がいたものね」

エマは憤《いきどお》りのまま携帯端末を鞄《かばん》に放り、車をザバーリオまで走らせた。

■

ロッキは喫煙室で一服していたが、助手が駆けつけるのを見て手を止めた。

「スターリング捜査官宛に、分析結果が届いています」

「おう、ご苦労」

ロッキはファイルを受け取り、すぐに助手を戻らせた。テオたちが全員出払うと聞いた時は何事かと思ったが、遺体が出なくても彼らを手伝えるなら何よりだ。ファイルに掌《てのひら》を押し当ててロックを解除し、アマルガム研究所の分析結果に目を通す。

確保したアマルガムのコアから抽出された遺伝子情報は、犯罪者データベースにあるジョルジョ・サントーロのものと一致した。複製元となったアマルガムの製造番号も判明し、戦場から盗み出された物だと確定した。エマの捜査と合わせ、逮捕状が出るには十分だろう。

「ふん、坊主《ぼうず》たちには朗報だな。……ああ？」

分析結果の下の方を見やったロッキは、眉根を寄せた。

回収されたアマルガムは、複製元のアマルガムから信号を受け続けている。分析した結果、複製個体は、大本のアマルガムから「守れ」と言われ続けていた。しかし何を守るのか、その対象は明らかになっていない。

# 四章
# 白皙の猟犬は戦略兵器ゆえ

CHAPTER 4

テオが通話を終えて戻ると、柱にもたれて待っていたイレブンが笑顔で振り返った。夏物のワンピースは生地が薄く、彼女の動きに合わせて繊細に揺れる。南国の花が大きくプリントされた柄は少し子供っぽく見えたが、クラシカルなスカーフと薄手のショートジャケットを合わせているためか、年齢不詳な雰囲気が漂う。

「……そういう服の指導って、どこで受けるものなんだ？」

「指導なんてないわ、統計分析の結果よ」

指南書でもあれば借りようと思っていたが、違ったようだ。テオは少し残念に思いながら携帯端末を渡し、研究所の分析結果を見せる。

「遺伝子情報が一致したのね。何よりだわ」

「エマは予定通り、駆逐艦コールウェルで合流予定だ。……カミーチャの素性は判明し、今回の犯行の証拠も揃《そろ》いつつある。あとはアマルガムを押さえるだけだな」

「なおさら、気合いを入れて演奏しなくてはね。全会一致でサロンに招待させるわ」

イレブンは不敵に微笑《ほほえ》み、レセプションロビーへ向かった。テオは頼もしい背中をゆっくりと追う。乗船手続きが終わったロビーは、船内の案内所やフロントと化し、人通りはまばらだ。同じ六デッキにあるショップフロアが賑《にぎ》わっている一方、こちらは静かなものだった。端にあるコンシェルジュカウンターへ向かうと、他とは少し異なる制服姿の男が対応した。

「ご用件をお伺いします」

「アルエットと、こちらテオと申します。ジーノ・カミーチャ様に呼ばれたのですが」

「アルエット様、テオ様ですね。ご案内いたしますので、どうぞこちらへ」

コンシェルジュはカウンターから出て、すぐにテオたちを先導して歩き始めた。

向かった先は、一つ上の階、七デッキにあるフォトスタジオだ。船内チャペルと隣接しているが、結婚式や写真撮影の予定は入っていないのか、他に客の姿はない。

「カミーチャ様をお呼びいたします。こちらでお待ちください」

コンシェルジュは礼儀正しく一礼し、退室した。ソファーに並んで座ると、フォトスタジオのスタッフが笑顔で飲み物を置いていく。彼らが去ってから、テオは呟《つぶや》いた。

「……なんで、ここなんだ？」

「衣装を借りるのかもしれないわ。パーティー用と演奏用だと、ドレスも違うのよ」

「そうか、一応ショーだもんな……」

舞台用の衣装や化粧と同じ話かと納得し、テオは視線を巡らせた。山ほどの衣装に、いくつもの化粧品が並ぶドレッサー。少女一人を着飾らせるには十分な設備だ。

「……『アルエットの恋人』としては、止めるべきなんだろうか。見世物にされるみたいで、ちょっと、気になるんだが……」

「コンプレックスを克服する機会として背中を押すのも、『恋人』らしいのではない？」

イレブンは冷静に応じるだけだった。貸衣装に囲まれたテオは落ち着かず、膝の上で何度も指を組み直す。

「……どんな衣装を選ぶ予定なんだ？」

「そうね。腕を出すのは前提として、座った時に一番綺麗《きれい》に見えるドレスが理想ね。私の体格だと様になる形は限られてしまうけれど……何か気になる？」

「ああ、いや……大した理由じゃない、ただ花嫁衣装が多いから……」

「チャペルの隣だからかしら。どれも素敵ね」

イレブンは微笑《ほほえ》んで頷《うなず》いたが、ふと、テオの顔を覗《のぞ》き込んだ。灰色の瞳に瞬《まばた》きもなく見つめられ、テオはそっと顔を逸《そ》らす。彼女は笑みを含んだ声で優しく言った。

「ねえテオ。私はあなたの恋人、アルエットよ。希望があるなら言ってちょうだい」

「……腕が出るのは確定なんだよな？」

「ええ。先方は合成義体を見せたがっているし、ピアノを弾く時に袖は邪魔になるから、腕周りは見せることになるわね」

「……せめて胸元は出ないようにしてくれるか。落ち着かないから……」

視界に入るドレスは、どれもビスチェタイプで肩紐《かたひも》がなく、大胆なデザインが多かった。体格を選ばず、汎用性が高いために、船内で多く採用されているのかもしれない。

ただ、イレブンがそれを着ると想像すると、テオはどうにも居心地の悪さを覚えた。彼女が兵器だからか、恋人のフリをするだけでも落ち着かないのに結婚まで意識させられてつらいのか、単にイレブンに対して肌を出す服装を選ぶ印象がないためか、自分でも説明できない。

口ごもるテオに半ば寄りかかるような形で身を寄せたイレブンは、くすくすと笑った。

「承知したわ、私の可愛《かわい》い人」

「……気にせずアルエットに似合うドレスを選んでくれ」

「なぜ？　あなたが私に希望した数少ないことよ？」

そこへ、派手に扉が開かれた。カミーチャが満面の笑みを浮かべて入ってくる。

「おお、海に舞い降りた天使よ！　オファーを受けてくださり、心から感謝します！」

「こちらこそ、ご招待くださってありがとうございます。こちらでは何を？」

「もちろん衣装選びですよ、お嬢さん。食事はお済みですか？　演奏する楽曲は？」

「ランチはいただきました。曲は、こちらで勝手に決めましたが、よろしいでしょうか」

「構いませんとも！　演奏を楽しみにしています。ではお好きなドレスをお選びください。照明などのステージ関係は、他の出演者との兼ね合いもありますのでこちらにお任せを」

フォトスタジオのスタッフたちが意気揚々とカラードレスをいくつも持ってきた。イレブンはあっという間に衣装の波に呑《の》まれていき、テオは思わずカミーチャを振り返った。彼はいかにも楽しそうな顔で見守っている。

「……打ち合わせなどをすると思っていましたが、これで終わりですか」

「はい。選曲は元々アルエット嬢にお任せするつもりでしたし、ドレスとお化粧だけ確認できれば他の出演者とバランスが取れますから、十分なのですよ」

「それなら、構いませんが……観客には、何と紹介するおつもりですか？」

「この船で出会った、素晴らしいピアニストだとお伝えする予定です。もし彼女さえよければ、簡単な挨拶や、曲を選んだ理由も話していただけると、さらに素晴らしいですね」

話を聞いただけでは、罠《わな》の有無は分からなかった。他の参加者と話した時も、交流会でのショーに危険はない印象だった。これ以上追及するのも不自然かとテオは会話を切り上げ、イレブンを見守る。今回は本当に、ピアノを披露するだけのようだ。

ドレスは案外早く決まり、イレブンが早速試着室に入っていった。

「心配ですか」

不意にカミーチャが尋ねた。彼は人好きのする笑顔でこちらを見ている。

「……そうですね。ずっと腕を隠してきたのに、人目に触れさせて、その上、ピアノを弾くんですから。何を弾くか知りませんが、壊れやすくて、不安定な腕ですし……」

「彼女が、あえて旧式の腕を使っている理由はご存じですか？」

「……私から言えることはありません」

「なるほど。誠実な方だ」

カミーチャは満足そうに頷《うなず》くばかりだ。テオは鼻を鳴らす。

「我々の何がそこまであなたの気を引くんですか」

「何をおっしゃる、美しい絆《きずな》をお持ちではありませんか。あくまで勘と経験則ですが、お二人の過去に悲劇があったことも想像できます。その悲哀が、今二人で過ごす時間の輝きを増させる。実に、素晴らしいことです」

なぜこうも彼の言い回しは芝居がかっているのだろう。テオはあまりの不快感に顔を歪めたが、カミーチャは楽しそうに試着室の方を見ていた。

「寄り添い、支え合う二人に、よりよい未来を提供したいと思うのは自然なことでは？」

「……そんな都合のいいことがあれば、この世界は魔法使いで溢《あふ》れていますよ」

「違いない！」

つまらない話をしていると、試着室のカーテンが開いた。簡単に髪をまとめたイレブンが顔を上げ、テオに微笑《ほほえ》む。マリンブルーのドレスは首元の詰まったハイネックで、右側のみ胸元から裾にかけて華やかに装飾されていた。小柄な彼女にもよく似合うデザインだ。

「テオ、どう？　似合う？」

「……ああ、うん、悪くないんじゃないか。客船での演奏だし、海の色で」

「よかった。靴は、このままでいいわね。鏡を見せてくださる？」

スタッフが全身用の鏡を持ってくると、イレブンは軽やかにそちらを振り返った。その瞬間、テオは動揺して飲み物を吹き出しかけた。

イレブンの選んだドレスはハイネックではなくホルターネックだった。スカート部分は後ろだけ段差が作られ、どこから見ても可憐《かれん》なデザインになっている。ただ、背中は大胆に開いていた。シミ一つない背中に椎骨の淡い影が並び、腰までの柔らかな曲線が露《あら》わになっている。

「待て。待ってくれ。アルエット、少し待て」

「どうかしたの？」

「背中が、こう、がばっと開いているのはいいのか」

確かに胸元は隠れているしホルターネックドレスとしては上品な類だとテオも理解していたが、それでも今までろくに露出していなかったイレブンが着るものとしてはかなりの衝撃だった。気付けば数歩踏み出していたテオを、イレブンはやんわりと押し留《とど》める。

「ピアノを弾《ひ》く時は、肩回りの楽なデザインの方がいいの。それに、どこから見ても綺麗《きれい》なドレスだから、気に入ったわ。私の体格でも着こなせるドレスがあるなんて嬉《うれ》しい」

「……お前がいいなら……構わんが……」

「あなたが慌てるぐらい魅力的ってことでしょう？　完璧ね」

悪戯《いたずら》っぽい笑みには、年相応の幼さがあった。イレブンの実年齢など知らないが、それでもその無邪気な微笑が胸を締め付ける。テオは咳払《せきばら》いして、スタッフに後を任せて退室した。化粧などが始まるとテオにはどうしようもないし、カミーチャも主催者の一人として大人しくしているようだ。イレブン一人でも対応できる。それに、彼女がドレスアップする以上、テオも陸軍礼服が必要だった。

■

ザバーリオ港で車を停《と》めたエマは、鞄《かばん》を肩に引っ掛けて走った。海軍保安部の制服を着た男が手を振って迎えてくれる。

「カナリー捜査官、お疲れ様です」

「お疲れ様です！　保安部の方も乗船するんですか？」

「いいえ、案内を兼ねて依頼された書類を届けに来ただけです。例の海域で起こった事故についての調査報告書をお持ちしました。説明は移動しながら」

「ありがとうございます。最初の事故は、二か月前でしたよね」

足早に桟橋へ向かう彼の後を追うと、エマは必然的に駆け足になっていた。

「はい。この二か月で不規則に海難事故が発生しています。天候に問題はないのに船が転覆したり、甲板にいた船員が波にさらわれたり、不可解な事象が多く報告されています。詳しくは報告書を確認してください」

「魔法生物の関与や、魔術的な、危険性は？」

「確認できませんでした。付近での魔法生物の目撃情報はなし。被害に遭った船は探知機の類を事故で失っていたので、魔導兵器などの関与は未確認です」

「じゃあ、その辺りは駆逐艦の、探知機で、確認しますね。ジクノカグの関与ですが」

「ジクノカグという名称は出ませんでしたが、未認可の合成義体を購入する旨《むね》の高額ローン契約を結んだ被害者が一人だけいます。二つ目の事故で被害に遭った船員です。事情聴取の音声データを添付していますので、船内で確認してください」

歩く速度を徐々に速めながら、男は事務的な返事を続けていた。エマは肩で息をしていたが、男が立ち止まったのを見てやっと大きく深呼吸をする。

男はエマにファイルを渡し、海軍式に敬礼した。

「こちらが駆逐艦コールウェルです。では、お気を付けて」

「……ご親切に、ありがとう、ございました……」

長い距離ではなかったはずだが、息が切れてふらふらだ。エマは辛《かろ》うじて頭を下げ、来た時と同じ速度で遠ざかっていく保安部の男を見送った。見かねたらしい艦長が出迎える。

「カナリー捜査官ですね。お話は伺っています」

「艦長！　無理を言って、申し訳ありません。ご協力、感謝します」

「いえ、こちらも件《くだん》の海域での事故は憂慮していました。解決の糸口が摑《つか》めれば幸いです。少し揺れますので、お手をどうぞ。足元にお気を付けて」

艦長のエスコートを素直に受け、エマは駆逐艦コールウェルに乗り込んだ。艦長は船員たちや設備の紹介を簡単に終えると、エマを小さな会議室に案内する。ホワイトボードの前にテーブルと椅子が並び、飲み物や簡易ベッドまで用意されていた。

「捜査用拠点として、こちらをお使いください」

「何から何まで、ありがとうございます。全力で捜査にあたります」

「真相を探る者同士、協力するまでのことです。当艦はこれより、時速四十ノットでハーヴモーネ号を追います。少々揺れますので、移動の際は壁の手すりをご利用ください」

「わ……分かりました……」

　エマは椅子に座り、深く息を吐いた。乗船するだけで体力をほぼ使い切った形になったが、ともかくテオたちと合流する目途は立ったのだ。

　海軍保安部の調査報告書を確認すると、事故に遭った船は座礁、もしくは沈没しており、負傷者だけでなく、死亡、行方不明となった被害者も多数いた。天候や計器類、船体そのものにも問題はなく、事故の原因は不明。

　報告書によると、一件目の事故は夜間の嵐によって座礁した調査船が大破したものだ。幸い負傷者はいなかったが、船尾から半ばまで凄《すさ》まじい力で捩《ね》じ切られている。遭難した船員の話では、船が波で見えなくなった次の瞬間、船体の半分が消えたそうだ。

　次に事故に遭ったのは漁船だった。早朝、快晴、波は低く穏やかで、通常の手順で漁は行われていた。だが例の海域が近付いた際、突然高波に襲われ、船は転覆して沈没した。幸い、全員ライフジャケットを着用していたため命に別状なく、負傷者も一名のみ。複数の合成義体使用者がいる中で、彼だけが合成義体を食い千切られた。

事情聴取によると、被害者は以前サメに襲われて右脚を失い、木製の義足で過ごしていたそうだ。船長が給料の前貸しという形で合成義体用の融資を申し出たが、彼は悩み、実家に戻った。彼の故郷はユーニルスカ。実家の暮らしも厳しく、合成義体の調達は難しい。彼は元海軍の祖父を弔うとともに、海に沈んだ自分の右脚を悼《いた》んで、一人で追悼セレモニーに参加した。

被害者はそこで、一人の男と出会った。ジクノカグの名称はなく、カミーチャとも違う男だが、彼の交わした契約は、ブラウエル夫妻が結んだものと一致していた。被害者が海難事故で失ったのはただの合成義体ではなく、アマルガムを使った代替身体《しんたい》だ。

船を襲った高波の正体は分かっていない。サルベージのため、海軍保安部は事故現場にクレーン船を派遣したが、沈没した船は何度探しても見つからなかった。

単発の事故かと思われたが、その後、船と人間を海域に引きずり込む謎の力は働き続け、複数の被害が出ている。

嵐で座礁した調査船は、魔法生物の棲息域《せいそく》を観測するため、魔導兵器を積んでいた。そして、被害者が失った右脚は、アマルガムが化けた代替身体《しんたい》であり、漁船は姿を消した。

ふむ、とエマは天井を見上げた。

海底のアマルガムは、効率的にコアを量産したい。だが資材が届かず、自分の肉体を千切るしかなかった。そこに、嵐が起こる。海底にいたアマルガムは荒れる波で海面まで浮上し、目の前にあった魔導兵器や機関部を回収して戻った。船を襲った方が効率的だと学習したアマルガガムは、次に通りかかった船を沈めたが、その船には偶然、代替身体《しんたい》の使用者が乗っていた。船を沈めて資材を回収すれば、複製個体も回収できるかもしれない。成功体験を重ねて、アマルガムはさらに効率的な資材回収を目論《もくろ》む。

そこまで考えて、エマは首を傾《かし》げた。少し無理があるかもしれない。

（……コアが露出した時点で、アマルガムにとっては限界よね。海中で上下に移動するのが精一杯だから、特定海域でしか襲撃が発生しない？　だとしたらトビアスが聞き出した不審船の目撃情報も特定海域に集中しそうだし……アマルガム側で何か工夫してるのかしら）

早くも頭痛を覚え、エマは捜査ファイルを閉じた。そこへ、携帯端末の通知音が鳴る。何かと思ったら、イレブンから写真が届いていた。

マリンブルーのドレスを着て椅子に腰かけ、微笑《ほほえ》んだイレブンと、彼女に寄り添うように立っている、険しい表情のテオ。背景や椅子を見るに、わざわざスタジオで撮影したようだ。

エマはつい頬を緩め、「ありがとう」とたくさんのハートを添えて返信した。頑張ろう。まずは、分かっていることをホワイトボードに書いて整理するところからだ。

■

メインホールはウェルカムパーティーの時とは趣を変え、ガーデン風の温《ぬく》もりある装飾が施されていた。緑をメインとした配色に加え、色とりどりの花とリボンが揺れる。テーブルと椅子は白で統一され、絨毯《じゅうたん》は芝生をイメージした深い緑のものに変更されていた。各テーブルには、今回のツアーで寄港する三か国の国花が活《い》けられ、国旗をイメージしたキャンドルに火が灯《とも》される。

交流会はウェルカムパーティーとは異なり、ショーを観《み》たり、ちょっとしたゲームに参加したりして楽しむ場だ。そのためか、子供や年配の客も増えており、全体的にカジュアルな雰囲気が増している。

正面にはステージが作られ、ピアノも用意されていた。舞台袖として仕切られた控えスペースに、イレブンを含めた出演者たちが待機しているはずだ。

テオは何の気なしに舞台袖を眺めていたが、テーブルにグラスを置かれて顔を上げた。トビアスが微笑《ほほえ》んで炭酸水を注ぐ。

「彼女のピアノ、楽しみだね」

「ああ……いや、それより、カミーチャたちはどうだ」

「ステージから離れた席で、お友達同士固まってるよ。テーブル三つを独占だ」

トビアスが視線で示す先を、テオもそれとなく見やる。六人掛けの円形テーブルを囲み、談笑しているようだ。ウェルカムパーティーでも見た顔ぶれだった。

「……幹部たちへのお披露目も兼ねてるんだな」

「そのようだ。一応、様子は見ておくよ」

「頼む。何かあれば報告してくれ」

トビアスが離れ、会場内を見回したテオは、思わず立ち上がった。コルモロン中将夫妻がテオに気付いて歩み寄る。

「お二人も参加されるとは。少し意外でした」

「アルエットの晴れ舞台だ、見なきゃもったいない。彼女はもう舞台袖に？」

「はい。出演者は全員、舞台袖で待機して、出番が終わり次第席に戻るそうです」

テオの隣は、「アルエット様」と書かれた札で席が確保されていた。他のテーブルにも似たような空席があり、それを避けるようにして席が埋まっていく。

やがて、主催の挨拶から交流会が始まった。弦楽器によるカルテット、ギターの弾き語り、手品や曲芸など、様々なショーが続く。中には合成義体の手足でショーを行う者もおり、おそらくアルエット以外の、サロン招待客候補だろうと思われた。

また一つショーが終わると、アルエットがステージに上がった。照明を受けて、ラメ入りの生地が輝く。ホワイトブロンドの髪と涼しげなデザインのドレスがよく合っていた。

だが何より観客の視線を引いたのは、彼女の両腕だった。流行遅れどころか、アンティークの域にまで達する旧式の合成義体。手指には疑似皮膚すらなく、金属の鈍い光沢を晒《さら》している。透けるように白い肌とはあまりにも対照的で、多くの人が息を呑《の》んだ。

スタンドマイクの前に立ったアルエットは、膝下までを覆うスカートを摘まみ、一礼した。

ステージ用の化粧は、温度のない美貌を可憐《かれん》に彩《いろど》る。

「はじめまして、アルエット・コルモロンと申します。このような場に立つのは初めてのことで、少し緊張しています。けれど、こんなにもたくさんの方の前でピアノを演奏できる機会をくださったカミーチャ氏に、心から感謝しております。今の腕になって以来、デビュタントも控えることになり、ピアノを披露することもなく、少し、寂しかったものですから」

彼女はにこやかに語るが、その口端《くちばた》は少し強張《こわば》り、緊張が窺《うかが》えた。胸元で握られた両手の機械関節から、軽く軋《きし》む音がする。

「この腕を見て、驚いた方も多くいらっしゃることと思います。ご覧の通り、私の腕はとても古いものです。買い換えを何度も勧められましたが……戦災で亡《な》くなった両親が、生前、最後に私にくれた贈り物なのです。この腕で、両親に褒められたピアノを披露できることが、本当に嬉《うれ》しくて、幸せです」

観客の間に、静かな衝撃が広がった。少女の美しい笑顔の下に、どれだけの苦痛が秘められているのか思いを寄せ、息を漏らす者もいる。

「平和と友好を願う場として、また戦争を体験した多くの方が集う場として、大切な一曲を演奏させていただきます。どうぞ最後までお楽しみください」

アルエットは改めて一礼し、挨拶を終えた。滑るようにピアノ椅子に腰かけると、華奢《きゃしゃ》な肩の先から続く無機質な腕が際立《きわだ》ち、彼女の作り物めいた横顔の静けさが増す。

固唾《の》を呑んで見守る観客たちの前で、特徴的なメロディから曲は始まった。

跳ねるように舞う序奏。そこから始まるのは、死の淵《ふち》を漂う静けさを表す音色だ。


シュターデン作曲、フィリグラスク組曲第四番「レーテの白鳥」。


生と死を巡る組曲の四番は、とある伝説をモチーフとしている。

死に瀕《ひん》した白鳥は、その翼に迷える魂を乗せ、忘却の水平線へ飛ぶという、古の伝説。

生きる苦痛から逃れ、行き先を失った魂たちを連れ、白鳥は彼岸の空に舞う。痛みの絶えない生の悲しみ、全てから解放される死の喜び。それらを美しい音色に秘めたピアノ組曲は、陸軍で特に有名な一曲となった。


かつて、四か国の軍勢が優位を争った、ヴァルツァー攻城戦線。

その中でも消耗が激しく、兵力も糧食も失っていた小国の陸軍は、唯一残された拠点となった教会すらも、維持できない状態となっていた。

その時、従軍していた兵士は全てを諦め、この曲を弾いた。

レーテの白鳥は戦場を舞い、全ての兵士が攻撃の手を止めた。

五分四十秒もの間、戦場となったヴァルツァー城にピアノの音色だけが響いたのだ。

長い大陸戦争の中でも、奇跡として語り継がれた出来事だった。その兵士が、生還した後に北方戦線に駆り出され、壊死《えし》した指先を追うように殉職したことも含めて。

深い悲しみと生からの解放を、シュターデン特有の超絶技巧で表現した曲は、本来は暗く静かで、絶望的な音色を響かせる。だからこそ、そのあまりの悲痛さに、誰もが攻撃の手を止め、耳を傾けたのだ。

だというのに、アルエットの奏《かな》でる「レーテの白鳥」は、仄《ほの》かな明るさ、解放される喜びの漂う音色になっていた。苦痛に塗れた命の限界から逃れ、全てを忘却できる希望。白鳥の翼に重たい苦しみを預け、軽やかに踊る少女の瑞々《みずみず》しさ。端々に漂う苦痛の響きさえも、死に瀕《ひん》してなお飛ぶ白鳥の強さを際立《きわだ》たせる。

苦しみも悲しみも全て忘れて、あの空に溶けてしまえたら、どれだけ幸せだろう。

まだ未来があるはずの、恵まれた生まれの少女が、音色にそんな夢を滲《にじ》ませて鍵盤を叩《たた》く。口辺に笑みを漂わせ、プロのピアニストでも弾ける者の限られる難曲を、壊れていないのが不思議なほど古い合成義体で弾き抜くのだ。誰もが呼吸を忘れて聞き入った。

金属質な指先が、最後の一音を奏《かな》でる。その余韻が消えた途端、拍手喝采が爆発した。

顔を上げたアルエットは、嬉《うれ》しそうに笑みを浮かべて立ち上がり、観客に向けて深く一礼する。その両手の指はどれも不安定に揺れ、金具とワイヤーの緩みを露《あら》わにしていた。

全ての出演者が演目を終え、親睦会が始まってからは、アルエットは大勢の人に囲まれる一方だった。自分もピアノを弾《ひ》いているのだという小さな子供が握手を求めると、アルエットは感激した顔で膝を突き、目線を合わせて両手で握手に応じた。笑い合う姿は微笑《ほほえ》ましい。

遠巻きに彼女を眺める見物人たちは、感嘆の声を漏らした。

「あの腕で、まさか『レーテの白鳥』を弾《ひ》き切るとは恐れ入ったよ」

「これを機にコンテストに出場しないだろうか。埋もれるにはあまりにも惜しい才能だ」

褒め称す声を聞き流し、テオはコルモロン中将に囁《ささや》いた。

「よかったのですか、コルモロン姓を名乗って、身の上話まで」

「『アルエット』が戦災で両親を失い、『両腕』を合成義体にしているのは事実だからな。嘘《うそ》は言っておらんのだから、構わんとも」

中将の言うことももっともなのだが、テオはどうも納得できなくて眉根を寄せた。リディは朗らかに笑い、アルエットを見やる。

「本当に美しい、見事なピアノだったわ。……あの御仁の目論見《もくろみ》通りね？」

「おそらく。……会場の反応としても、招待はされると思います」

テオは視線を巡らせ、カミーチャの様子を窺《うかが》った。彼はアルエットから視線を外さないまま、何やら笑顔で友人たちと話している。同席している連中がジクノカグの幹部だとしたら、反応はよさそうだ。

「……問題は、サロンのタイミングぐらいでしょうか」

「そうだな、朝にならんと分からんとは。……明日以降なのは確実だな」

サロンが開催される時は、その日の朝に軽食の注文が入る。もしサロンに招待されなくても、トビアスが目を光らせているから、開催が決まればすぐに分かるはずだ。

交流会の間はジクノカグ側からの接触もなく、実に平和に、呆気《あっけ》なく終わった。フォトスタジオへ向かう通路で尋ねる。

「……あんなピアノ、どこで習ったんだ？」

「内緒。でも、ぴったりの曲だったでしょう？」

テオの質問に、アルエットは──イレブンは笑みを含んだ声で応じた。

どこか憂いを帯びたアルエットという少女が弾く「レーテの白鳥」は、確かに多くの人に衝撃を与え、その曲を選んだ意味を深読みさせた。両親の形見となった旧式の合成義体を捨てられず、しかしその腕で堂々と胸を張って表舞台に出ることもできなかった、悩める少女。彼女は「レーテの白鳥」に希望と救いを見出《みいだ》した。全て忘れて自由になりたいと、伝説の白鳥に手を伸ばしたのだ。

「……アルエットは、本当は、恋人のことも忘れて自由になりたい？」

「まぁ。ずいぶん意地悪な解釈をするのね」

気になって尋ねたテオに、イレブンは子供みたいな笑顔で言った。

「あなたが妹さんを忘れられないように。アルエットが両親を忘れられないように。人にはどうにもできないことがある。そういうものから、忘却という形でレーテの白鳥は解放してくれるの。苦しみ続けることなく救いがあるって、素敵なことはではない？」

「……どうだろう。俺は苦しんでもいいから、忘れたくないかな」

テオにとっては率直な感想だったが、イレブンは「もう」と呆《あき》れた声で笑った。そこへ、呼び止める声がする。振り返ると、カミーチャが立っていた。

「ご挨拶が遅れて申し訳ない。素晴らしい演奏をありがとうございました、アルエット様。私も、友人たちも、すっかり胸を打たれてしまいましたよ」

「光栄ですわ。こちらこそ、お招きくださってありがとうございます」

「実に、お見事でした。多くの方が間違いなく、あなたの美しい音色を心に刻み、その失われた腕の影に、多くのものを目にしたはずです。是非とも、お礼をさせていただきたい」

「まあ、そんな。お気持ちだけで十分ですのに」

「どうかそうおっしゃらず。……ああ、君。ちょっと人払いを頼むよ」

カミーチャはフォトスタジオに入るなり、スタッフに声をかけた。彼らは一様に不思議そうな顔をしていたが、「では終わりましたら、こちらの電話でお知らせください」と内線電話を示して退室した。

カミーチャはテオとイレブンにソファーを勧めると、自分はその向かいに腰かけた。

「……まだ、正式に決まったわけではございませんが、ほぼ確定しておりますので、早めにお二人のご予定を押さえたかったのです。明日の午後三時から二時間程度、お時間をいただくことは可能でしょうか」

「ええ、構いませんが……アフタヌーンティーのお誘いでしょうか？」

「そうですね、似たようなものでございます」

イレブンが小首を傾《かし》げて尋ねると、カミーチャはにこやかに応じた。

「実は私、親しい友人たちで集まって、サロンを開いているのですよ。よろしければ、お二人も招待させていただけませんか？」

（——来た）

険しい表情の下で、テオは奥歯を噛《か》み締《し》めた。イレブンはテオを一瞥《いちべつ》して困った顔をする。

「せっかくの、ご友人での集まりなのでしょう？　お邪魔してしまっていいのですか？」

「もちろんです。是非とも、アルエット様にご参加いただきたいのですよ。私のサロンというのはですね、軽食と飲み物をお供に、リラックスして語らうことが多いのですが……旅先で知ったよいものを広める場としても重宝しておりまして」

「まあ。旅先のお土産ですか？」

「と言うよりも……私の信頼する方々に向けて、特別なルートで仕入れた商品を、サロンに参加した方だけにご紹介しているのです。合成義体の利用に限界を感じている方には特に喜ばれているのですよ」

イレブンは目を丸くし、テオはわざとらしく咳払《せきばら》いをした。

「マルチ商法にしか聞こえないが？」

「それは誤解です。まあ、昨日今日知り合った間柄ですから、信用できないのも無理はございません。しかし、私としては是非とも、アルエット様にご紹介したい品があるのです」

カミーチャはテオに向けて苦笑したが、すぐにイレブンへ視線を戻した。

「旧式の合成義体でも、あれだけの演奏ができる腕前の持ち主です。より自由に演奏していただきたいと願わずにはいられません。見た目はそのままに、より高性能なものに交換することもできますし……ご自身の腕を取り戻すことも可能にする商品が、あるのですから」

「腕を、取り戻す？」

困惑した様子のイレブンに、カミーチャは目を細めた。

「アルエット様でしたら、どんな合成義体でも、使いこなすことができましょう。しかし、最先端の合成義体であっても、未《いま》だに、触れたものの感触や温度までは感じられないものです」

「……技術の限界は、存じ上げております」

「ところが！　私どもの提供する商品であれば、それが叶《かな》うのですよ、アルエット様。指先で触れた鍵盤の硬さを覚えていらっしゃいますか？　どなたかと手を繋《つな》いだ記憶は？　雪の冷たさ、夏の日差しの熱さは？　遠い思い出となったその全てが、もう一度、あなたの手の中に戻ってくるのです。あなたが諦めた全てを取り戻せるとしたら……いかがでしょう」

カミーチャは、ゆっくりとイレブンに語りかける。テオが口を挟もうとした矢先に、イレブンが軽く身を乗り出した。

「それは、本当なのですか？　本当に、私の腕が戻るのですか？」

「よせ、アルエット。そんなうまい話、あるはずがない」

「試してみなきゃ分からないわ」

「だがもし取り返しのつかないことになったら――」

「私はもう、取り返しのつかないところにいるの！　たくさんのものを諦めてきたのよ！」

肩を押さえようとしたテオの手を払い、イレブンは言った。灰色の瞳は濡《ぬ》れていた。

「口先だけ同情して、機械仕《じ》掛《か》けの腕なんてって、蔑む人がどれだけ多かったか。両親は私のためを思って新しい腕をくれたけど、でも、新しい腕の私を受け入れる人なんていなかった！最後は両親だって、私の手が冷たいからって触れるのを拒んだのよ。私の居場所なんてどこにもなかった。どれだけ虚《むな》しかったか分かる？　屋《や》敷《しき》も何もかも焼けてしまって、両親との絆《きずな》はもうこの腕しかないのに、大事にしたいのに、この冷たい手が、いくらでも嫌な記憶を呼び起こすの！」

「……だがアルエット、こんな得体の知れない話に乗るのは――」

「あなたまで子供扱いしないで。みじめだわ」

イレブンが鋭く言い放つと、カミーチャが息を呑《の》んだ。テオは大きく溜息《ためいき》を吐《つ》いた。

「……子供扱いじゃない。俺は、お前を大事に思って言ってるだけで……」

「本当に大事に思っているなら、どうして止めるの？　だって、腕があった頃に戻れるなら、今すぐ戻りたいわ。ピアノを弾いても外れない指が欲しい。誰かにひそひそ言われずに歩きたい。ワイヤーや金具が緩んでいないか不安になりたくない。それに……」

ほろ、と。涙が白い頬を伝った。

「あなたと、ちゃんと手を繋《つな》ぎたい。掌《てのひら》で、指で、あなたの温度を感じたいの……」

「……アルエット」

「ごめんなさい、カミーチャ様。取り乱してしまって……少し席を外します」

イレブンは頬を拭うと、カミーチャの返事を待たずその場から立ち去った。カミーチャは気まずそうに口元を手で覆って彼女を見送る。だがその寸前、テオは確かに、笑みに歪《ゆが》むカミーチャの口元を目にした。

「……アルエットが失礼しました。長年の、コンプレックスだったものですから」

「いえいえ……私こそ申し訳ありません、浅慮でした。しかし、ご提案は本当です。アルエット様には是非とも、私どもの商品をご紹介したい。とても素晴らしい方ですし、長年、お悩みだったのであればなおさらです」

カミーチャは座り直し、微笑《ほほえ》んで続けた。

「ですが、サロンにいらっしゃった皆さんに、楽しい時間を過ごしていただきたいのも本心です。実際、商品のご紹介をしても、契約や詳細はまた後日、という方も多くいらっしゃいます。アルエット様の合成義体については、ご本人も、テオ様も、複雑な思いがおありのご様子ですし、サロンにいらした時はお話だけで、ご決断はまた後日という形にするのはいかがでしょう。無論、サロンを欠席するのも、お二人の自由にされて結構ですので」

「……そうですね。お言葉に甘えようかと思います」

「それは何より！　では明日の朝刊とともに、招待状を送らせていただきます。よければ招待状を手に、六デッキのサロンルームまでお越しください。お待ちしております」

カミーチャは満足そうな顔で立ち上がった。

「スタッフには私から声をかけておきますので、お先に失礼します。アルエット様に、よろしくお伝えください」

「ええ、どうも」

カミーチャが内線電話の受話器を取ったところまで見届けて、テオはイレブンの後を追った。更衣室のカーテンが開き、乾いた頰のイレブンが顔を出す。

「やりすぎたかしら？」

「効いたようだ。トビアスには軽食と飲み物のチェックを頼もう」

「よかった。少し無理な流れだったけれど、有効だったのであれば何よりね」

イレブンはこちらに背を向けて言うと、うなじの留め金に手をかけた。テオは慌てて更衣室のカーテンを閉めて、近くの椅子に座る。

「いい演技だったよ。お前、泣けるんだな」

「それらしく見せるだけならね。化学式が短いものほど、体内で速く生成して放出できるの」

一瞬、テオは理解が追いつかずに固まった。涙からそんな話に飛ぶなんて想像もできない。

「……つまり、目から水を出せるし、口からヘリウムガスを出して風船を膨らませられるし、一息で死ぬ毒ガスも吐き出せるってことか？」

「理論上はそうよ。戦略的に有効かどうかは、要検討だけれど」

単独で戦略兵器を名乗るだけのことはある。テオは意味もなく浅くなった呼吸に気付き、襟元を緩めて溜息《ためいき》を吐《つ》いた。

■

明日に備えて早く休もうと準備していたトビアスは、扉を叩《たた》かれて飛び上がった。急いで扉を開けると、真っ青な顔をしたタルヤが息を切らして立っている。

「タルヤ、どうしたんだい？」

「貨物室の、あの声のする箱、あれから凄《すご》く苦しそうな声がするんだ。なんとかしてあげたいけど、アタシ、どうしたらいいか分からなくて、でもこの話を信じてくれたの、アンタだけで、お願い、助けてあげて」

「分かった、大丈夫だよタルヤ、落ち着いて。一緒に見に行こう」

トビアスはタルヤを宥《なだ》め、彼女を連れて貨物室へ向かった。彼女が示した箱は、最も歌に反応を示していたという個体のものだ。解錠には指紋認証が必要で、箱を開けることはできない。箱を傾けると変わらず液体の傾く感触はあるものの、その程度だ。ただ、箱の赤いランプが点滅しているところだけ気になった。

「……苦しそうなのは、この箱だけなんだね？」

「うん、他の箱は普段通り。せっかく一緒に歌えたのに、どうして……」

タルヤは悲しそうに箱の蓋を撫《な》でた。少し引っかかり、トビアスは尋ねる。

「……一緒に歌ったのかい？　この箱の中身が？」

「そう。昨夜まで何か嬉《うれ》しそうな反応があるぐらいだったけど、今日はアタシと一緒に歌ってくれたんだ。歌詞とかそういうのはなくて、ハミングぐらいだけど。でも嬉《うれ》しくて、しばらく一緒に歌ってたんだよ。なのに、急に苦しみ始めて……」

タルヤは息を吐き、眉を下げてトビアスを見上げた。

「……助けてやれないかな」

「この箱を開けられないから、手を出せないね。子守唄で宥《なだ》めてあげるのはどうだい？」

「分からない。苦しみ始めてから、こっちに反応してくれないんだ……」

不意に音がした。一拍遅れて、トビアスはそれが人の声だと気付く。誰かがエレベーターで下りてきているのだ。もう夜も遅い。ほとんどの従業員は階下にいるはずなのに。

「タルヤ、隠れて。急いで」

トビアスはタルヤを連れて、物陰に隠れた。エレベーターホールから二人組の男が懐中電灯を手に歩いてきた。

謎の男二人は、まっすぐに魔導兵器の反応があった箱までやってくる。タルヤが心配していた箱を床に置き、一人が蓋を開けてもう一人が中身を懐中電灯で照らした。

「たまにこうなるよなぁ……最近、不良品の割合が増えてないか？」

「ったく、サロンは明日だってのに……こいつは廃棄だな」

隣で縮こまっていたタルヤの肩が震える。男は蓋の裏で何か操作すると、近くにあったバケツに箱の中身を移した。水音を立て、半透明の白い塊がバケツに落とされる。その時だった。

「ら、る、ら。る、ら……らー、ら……」

か細い歌声が聞こえる。男二人はぎょっとした顔でバケツを覗《のぞ》き込んだ。

「こいつ、歌ってやがる……どこで覚えたんだ？」

「……気色悪いな。早く廃棄しようぜ。おら、さっさと黙れ」

男がバケツを蹴ると、歌声は止まって静かになった。覚束《おぼつか》ない旋律は、タルヤが歌っていたものに似ている。男が箱の蓋を閉め、バケツを持ってエレベーターホールに戻っていくまで、トビアスは息を殺して待った。

扉の音が聞こえたところで、トビアスはやっと息を吐き、タルヤを振り返った。彼女は両手で口元を覆い、ぽろぽろと涙をこぼしている。

「タルヤ、もう大丈夫だよ。……ショックだったね」

「……あれ、何？　アタシ、何に歌ってあげてたんだ？」

タルヤが呟《つぶや》いた。鼻の下を袖で拭い、タルヤは目に涙を浮かべてトビアスを見上げる。

「てっきり魚か何かだと思ってたのに……そういう、魔法生物？」

「……僕にも分からない。バケツで歌っていた時、何か反応していたかい？」

「歌っている間は、楽しそうだった。でも、すぐに怖がって、黙っちゃった。……当たり前だよな。あんな、蹴られて、怖いに決まってる……」

細く息を吐き、タルヤは目元を覆った。

「……アタシのせいなのかな。アタシが歌なんて聞かせたせいで、捨てられることに……」

肩を震わせて、彼女は言う。彼女のちょっとした優しさがこんなことを引き起こしたとはトビアスも考えたくなくて、嗚咽《おえつ》を堪える肩を撫《な》でた。

「……大丈夫。箱の中にいながらでも、タルヤっていう友達ができて、歌を覚えることができて、彼だか彼女だかは、幸運だったんじゃないかな」

気休め程度にしかならない言葉だったが、タルヤは何度も頷《うなず》いた。トビアスはもう一度彼女の肩を叩《たた》き、手を取って立ち上がらせる。

「タルヤ、君は自分の部屋に戻るんだ。残念だけど、彼らに子守唄を聞かせるのは今夜限りにした方がいい。今は休んで。いいね？」

「……分かった。でも、アンタは？」

「僕は彼らを追う。八デッキまで行かないと、バケツの中身は捨てられないはずだ」

トビアスはタルヤに言い聞かせ、一人でエレベーターホールに入った。エレベーターが上昇しているのを見て、無線に触れる。

「トビアスだ。八デッキの辺りに注意してくれ。ジクノカグの連中がアマルガムを捨てる」

『――テオ、了解。右舷を確認する』

『――エマ、了解。左舷を見るわ。急いで回収ドローンも出す』

トビアスは通信を終え、八デッキまで階段を駆け上がった。

■

エマは海軍兵士と一緒に駆逐艦コールウェルの甲板に出た。兵士に双眼鏡を任せ、ライフル型の魔導小銃《カタラ》に専用の弾丸を詰める。

「魔導士殿、人が出てきました。八デッキです」

「手に持っているものは」

「懐中電灯と、バケツのようです。回収ドローン用意！」

「回収ドローン、設置完了！」

指示を復唱した兵士が、黒い円盤形の大型ドローンを甲板に設置した。八デッキに双眼鏡を向けていた兵士が「あ！」と声を上げる。

「落としました！　着水します！　回収ドローン、発進！」

「了解、回収ドローン発進します！」

兵士の報告通り、ぼちゃん、と大きな水音がした。ドローンは青い光を明滅させながら浮かび上がり、海面すれすれを飛んでいく。ドローンの探索照明によって、海面に浮かぶ白いものがエマにも見えた。

「……あれだわ。回収できそうですか？」

「重量及び体長を計測……問題ありません。転送開始します」

兵士は順調にドローンを操作しているようで、エマは安心して息を吐いた。回収できるのであれば、また一つ捜査は前進するだろう。

だが次の瞬間、ノイズとともに慌てた無線が入った。

『報告、魔導兵器の反応あり！　ハーヴモーネ号に接近、大きいぞ！』

全員に緊張感が走った。エマは甲板の手すりから身を乗り出す。暗い海では、覗《のぞ》き込んだところでよく見えるはずもない。だが。

だが確かに、波間を巨大な影がすり抜けていった。

マンタのように平らで、大きく羽ばたく何かが、仄《ほの》かに赤い光を滲《にじ》ませて、暗い波間を泳ぐ。

全貌の摑《つか》めない巨大な影は、するりと駆逐艦の横をすり抜けていった。不気味な赤い輪郭が、するするとドローンの方へ近付いていく。

「ドローンの回収を急いで！」

「無理です、転送には一定時間かかります！」

エマはすぐさま銃口を海に向け、魔導小銃《カタラ》の引き金を引いた。凍結の魔晶火器弾《シエル・マギリス》が破裂し、着弾範囲が一気に白く凍り付く。その端から、霜の割れるような音が鳴り響いた。姿は見えないが、確かに波間で凍っている。

（……ちょっとした足止めにしかならない。さすがアマルガムね）

エマは舌打ちして、もう一発撃ち込んだ。だが、氷は長く持たず、一気にひび割れる。辺り一帯だけ大きく海面が盛り上がった。

「転送、完了しました！　今すぐドローンを――――」

操作していた兵士が言い終わるのを待たず、ドローンは高波に飲まれた。一瞬だけ火花を散らしたのを最後に、静かになる。波も落ち着き、先ほどの不気味な影は跡形もなく消えていた。

『……報告。魔導兵器、回収ドローン、いずれも完全に消失。追跡不能』

肩を落とした兵士を、同僚が慰める。エマは肩の力を抜いて彼らを労《ねぎら》い、管理室に走った。

ドローンから転送された物体が、透明なケースに入っている。

白い、半透明の物体だ。その中に赤い結晶が沈んでいる。見た目は、萎《しぼ》んだクラゲの傘だ。

海軍兵士もケース越しにそれを見て首を傾《かし》げる。

「これは、一体？　構成物のほとんどは水のようですが……」

「陸に戻ったら、研究所の方で分析してもらいましょう。密閉できる容器はありますか？」

「検体保管用のものでよければ……こんなもので大丈夫でしょうか」

心配そうな面持ちの兵士を宥《なだ》め、密閉容器に半透明の物体を移した。ポケットから検知器を取り出すと、案の定、ピピッと短い電子音が鳴る。やはり魔導兵器だ。ジクノカグが代替身体《しんたい》として売却する予定だったアマルガムだろう。

船内で厳重に保管し、エマはやっと無線に触れた。

「エマよ。海に廃棄されたものは回収したわ。商品用の複製個体と見て間違いないわね」

『――テオだ。よくやった。アマルガムの状態はどうだ？』

「動く気配はないわ。じっとしてる。……稼働《かどう》限界ってやつかな？」

『――おそらくな。イレブン曰《いわ》く、他者との交流や歌など、自分の能力を超えた動きをしたせいで、限界を迎えたんじゃないか、と』

「たったそれだけのことで？」

『——命令に従って擬態するのが精一杯なんだ。誰かと交流するほどの能力はないらしい』

エマにはとても信じがたいことだったが、事実、アマルガムが動きを停止している以上、イレブンの言うことが正しいのだろう。エマは慌てて付け加えた。

「そう、それと……複製個体が廃棄された時、海中から魔導兵器が回収しに来たわ。駆逐艦の探知機に引っかかってるから、間違いないと思うの。アマルガムだとは思うけど、姿はぼんやりした輪郭ぐらいで、はっきりと目視はできなかった」

『——そうか……分かった。駆逐艦なら大丈夫だろうが、気を付けてな』

「ええ、そっちもね」

エマは操舵室《そうだ》に向かい、探知機の記録を確認させてもらった。魔導兵器の反応は、大型であるにもかかわらず、唐突に現れ、そして唐突に消えていた。

「……正体不明なのは変わりませんね。これ、反応が消えたのは急速に潜水したからでしょうか。それとも、その場で姿を消した？」

「そういった魔導兵器を見たことがないので、自分からは何とも……ただ、あまりにも消えるのが速すぎます。潜水しても輪郭がどんどん小さくなる形で捕捉できたはずですから、この反応をそのまま受け取るとすると、その場で溶けて消えた……と表現するのが的確かと」

海軍兵士も困惑した顔だった。だがエマにとっては、納得できる。

海底にアマルガムがいるとしよう。コアの生産に忙しいから、自分で動いて資材を回収するわけにはいかない。例えばエマたちが回収ドローンを飛ばして複製個体を転送したように、アマルガムも離れて動かせる器官を作り、ドローンを飲み込んだ時点で海水に擬態して姿を消したとしたら。

「……この記録、証拠としていただいてもいいですか？」

「構いませんよ。……しかし、こんな出たり消えたりする魔導兵器が今後増えたらと思うと、ぞっとしますね。魚雷で狙えないし、気付いたら撃沈させられそうです」

「私も、それは願い下げですね。目視して銃で狙える相手が一番です」

エマは苦笑し、海軍兵士から探知機の記録を受け取った。

■

宿泊している部屋に戻ったテオは、ほっと息を吐いた。

「無事に回収できたからよかったものの、エマたちも危なかったな。まさか、あんなに堂々と海に廃棄しているとは……そりゃアマルガムも反応するわけだ」

「魔導小銃《カタラ》だけで撃退できて何よりでしたね。通常、銃火器で怯《ひる》む相手ではありません」

イレブンは髪をまとめていたスカーフを外すとともに、アルエットの人格まで落として、冷静に言った。テオがベッドに腰かけると、彼女も向かいに腰かける。

「アマルガムのコアはどうだった？」

「正確な距離を測定できないほど遠いです。エマが射撃したのは、アマルガム本体ではなく、その従属器官でしょう。ドローンを飲み込んだ際の挙動から、例の海域で船を襲撃していたのも、資材回収用にアマルガムが放ったものかと」

「従属器官か……お前みたいなハウンド以外でも、分離して動けるものなんだな」

テオの脳裏に、黒い帯が蘇《よみがえ》る。イレブンも自分の左腕を帯状にしてテオの腕に巻き付け、本人は別行動をしていた。イレブンが肉体を失ってもテオに預けていた黒い帯は無事だったことを思うと、アマルガムというのは案外自由に動けるのかもしれない。

イレブンは「例えば」と口を開いた。

「戦地運用アマルガムが、命令遂行のために独断で従属器官を生成することは確認されています。デコイ、城塞、落とし穴を始めとする罠《わな》など多岐にわたりますが、爆弾を抱えて敵塹壕《ざんごう》まで突っ込む突撃兵を生成し、逐次投入した事例もあります」

「……肉体の一部を自爆特攻させたのか？　えげつない話だ」

軽く吐き気を覚え、テオは咳払《せきばら》いをした。

「つまり、通常のアマルガムでも遠隔で肉体を操作することはできるんだな？」

「はい、別行動を取ることは可能です。ただし、コアから離れられる距離は決まっていますから、襲撃当時、アマルガム本体も近くにいたはずです」

「……駆逐艦でもアマルガムの相手は厳しいだろうな。柔軟すぎる」

テオが唸《うな》っていると、イレブンがまた言った。

「彼らの行いは、代替身体《しんたい》の無断廃棄には、該当しなかったのですね」

「あー、禁止事項か。確かに。彼らは代替身体《しんたい》の使用者として契約した人間じゃないから、適用されなかったのかもしれんな。まだ在庫の段階だったようだし」

襟元を緩め、テオは溜息《ためいき》を吐《つ》いた。

「……しかし、セイレーンの孫と交流した、海生まれのアマルガムとはなぁ」

「貴重な観測事例です。海で生を享《う》けたものと判定されたのでしょうか」

「不思議なことだな。……貨物室のアマルガムが待機状態にあったとして、その状態で人と交流しようとすることはあるんだろうか」

イレブンは少しの沈黙を経て、す、と右手を上げた。

「今、私はテオに信号を送っています。感知できますか」

「いや……右手を動かしたことしか分からん……」

「というように、通常、アマルガムの信号は同じアマルガムの間でしか送受信できません。私たちハウンドが他アマルガムを指揮下に置くのも、この信号を利用したものです。推測するに、該当のアマルガムは整備士との交流ではなく、同じ信号を返すことで自分は仲間だと主張することを試みたのではないでしょうか」

テオは納得するとともに、少し気になって首を捻《ひね》った。

「アマルガムに仲間意識ってあるのか？」

「人間の連帯感とは異なりますが、アマルガムも集団の中で信号を送受信して行動を揃《そろ》えます。効率的に命令を遂行するために、互いの位置と行動、状況を知らせ合うのです。どのような信号か、言語化することはできませんが……」

「なるほど……じゃあ廃棄された奴《やつ》はあくまで、待機命令を遂行するために、相手の歌を覚えて実行しただけなんだな……」

「伝聞での情報のみによる推測になりますが、おそらく」

それで不良品扱いされて廃棄されるのは、なんとも哀れだった。イレブンは部屋の窓へ視線をやる。外は真っ暗で、テオの目には窓に反射した室内しか見えない。だが彼女の灰色の瞳は、それよりずっと先、海の底を眺めているようだった。

「……ケースの中、不定形の状態で、外から聞こえた音とメロディを記憶し、何の模倣対象もないまま発声器官を作り、歌う。途方もない労力です。コアの性能から考えると、実際に歌うことができただけでも奇跡でした」

「そんなに？」

「アマルガムは、教わっていない姿にはなれないのです。無から有を生み出せない。生み出されたものから次の姿に進化することができない。教わったまま忠実に再現する、それが限界です。ですから、命令もなく、知らない発声器官を作ってでも、聞こえた歌に応じようとしたことは……性能を大きく超えた行いであり、私には理解できません」

テオは曖昧に相槌《あいづち》を打った。確かに人間でさえ、音だけを頼りにそれを再現するのは難しい。人間の声だと知っているから歌を覚えればいいだけの話だが、ケース内の世界しか知らないアマルガムにとっては、何の音か判別することも至難の業だ。

「……それだけ、応じてやりたい歌声だったんじゃないか？」

テオが言うと、イレブンはしばらくテオを見つめ、口を開いた。

「アマルガムに感情はないと何度も申し上げておりますのに」

「悪かったな。そう思っただけだ」

「子守唄が必要でしたら歌いますが」

「馬鹿にしてんじゃねえよ！　要らねえよ！」

テオは上着をベッドに叩《たた》きつけ、足音荒くバスルームへ向かった。

■

テオの機嫌を損ねてしまったらしい。人間にとって「子守唄」というのはそれほど重要なものだから、彼の発言に繋《つな》がったと推測したのだが、間違っていたようだ。

（……人は難しい）

イレブンは扉の向こうから聞こえてくるシャワー音から意識を離し、部屋の外へと注意を広げた。同じデッキで過ごす人間の気配、通気口を抜ける風の音、低く唸《うな》る機関部の稼働《かどう》音、船外の波音、それらをゆっくりと意識外へ追い出していく。

残ったのは、アマルガムの信号だ。反響する信号は船と海に拡散し、正確な距離を測ることができない。信号そのものも、ずいぶん弱かった。

待て。守れ。待て。守れ。二つの信号が交差する。それに従うわけではなかったが、イレブンは目を閉じて、波風に乱反射する信号を感知し続けた。

——クルーズツアー、三日目。

カミーチャの言葉に嘘《うそ》はなく、朝刊と一緒に招待状は部屋に届けられた。念のためフロントに確認すると、昨夜カミーチャから届けるよう依頼されたそうだ。宿泊客の間で使用できる船内郵送サービスを利用しただけの話で、怪しいところはない。

「まあ全日程でサロンを貸し切りにしている時点で隠れる気がないのは分かっていたが、ここまで堂々と招待されると少し、戸惑うな」

テオが素直な感想を伝えると、無線越しに、トビアスは苦笑して言った。

『隠れるなんて土台無理だしね。ルームサービスの注文も入ったよ。時間と人数、ドリンクの種類が指定されただけで、厨房《ちゆうぼう》で用意されたものをサロンルームのスタッフが取りに来るらしい。悪いが、僕の方で飲食物の安全を確保するのは難しいな』

「それは仕方ない。こっちで上手《うま》くやる」

ただのお茶会になるとは、テオも思っていない。覚悟の上だ。テオは気にせず続ける。

「それで、お前のシフトはどうなんだ」

『サロンの時間だけ交代してもらったよ。六デッキの事務室で電話対応をすることになってる。サロンルームはすぐ近くだから、連絡が入り次第すぐに駆け付けるよ』

「分かった。サロンに入った時点で、一度連絡する」

通話を終えて振り返ると、イレブンは目を閉じてベッドに腰かけていた。

「アマルガムの反応はどうだ？」

「……存在は感知できますが、正確な位置は把握できません。こちらからの信号も届いていないようです。ただ、継続して信号は送受信しています」

「大本のアマルガムから、代替身体《しんたい》に指令を送っているのか」

「待機指示と起動合図を守るよう徹底させています。アマルガムの下部組織として、代替身体《しんたい》が機能していると見ていいでしょう」

そう言うと、イレブンは瞼《まぶた》を持ち上げ、灰色の瞳をテオに向けた。

「サロンでの行動次第で、代替身体《しんたい》に徹していたアマルガムが攻撃行動に出る可能性もあります。慎重に動くことを提案します」

「……そうだな。他の乗客を巻き込むわけにはいかない」

テオは招待状を見下ろした。もしもの場合を考えた方がよさそうだ。

■

駆逐艦コールウェルの会議室で、エマはホワイトボードを睨《にら》みつけた。

今回の事件に関する情報を、時系列順にまとめた。

ジョルジョ・サントーロは、従軍記者として戦場に出ながら、火事場泥棒を繰り返していた。最後の取材で、サントーロは同行部隊を危険に晒《さら》した挙句、全滅させて自分だけ逃げ出した。その責任を追及され、従軍記者としての資格を永久に剝奪され、彼は追放されたのだ。それが、四年前のことだ。陸軍の調査で、裏は取れている。

それに加えて、諜報部《ちょうほうぶ》からの情報がある。

全滅した部隊の近くで任務に就いていたアマルガムの記録によれば、大規模爆撃により複数の個体が全損した。ハウンドが回収に向かったが、一体だけ見つからなかったと報告された。

諜報部《ちょうほうぶ》の調査をよそに、アダストラに戻ったサントーロはアマルガムの研究を始めたようだ。口座の動きを追跡して取引を確認すると、彼は戦場となった地域の骨董《こっとう》品を売り払っている。一方で、魔導工学などの専門書や工具を購入している。

そして同時期から、彼は各地の呪物を他人に使わせ、それが本物だと確認してから愛好家に高額で売却し始めたことも確認できた。愛好家たちによれば、取引は一年前まで続いている。

やがて彼はコアの術式が肝心であると気付き、古巣の出版社に戻って企画を利用し、術式構築を研究していたニーホルム博士に接近する。そして、必要なものを回収して、口封じに殺害。前もって準備していた追悼記事を出版社に提出して、姿をくらました。

「……例えば私が、魔導兵器の知識も何もない、金の亡者《もうじゃ》だとしたら」

エマはホワイトボードを眺め、テーブルにもたれた。

「周りの人はみんな死んじゃったけど、目の前に綺麗《きれい》な石がある。これを持って帰って高く売ろう。でもおかしいな、石は何度剝がしても何かに覆われてしまう。これじゃ売れない。アマルガムがどんなものか分かれば、石だけの状態にできるのかな……」

困り果て、魔導工学などの専門書にも手を出し、アマルガムの特性を理解する。その研究資金にするために骨董《こっとう》品や呪物を売り払っているうちに、彼の商売に目を付けたジクノカグが彼と接触したとしたら。

「……合成義体の市場規模は、宝石よりずっと大きい。代替身体《しんたい》で、合成義体から客を奪い続ければ相当な稼ぎになるはず。でもいつかは、頭打ちになる……」

もっと金になるものを手に入れたい。サントーロはそのために、アマルガムを宝石として売るのではなく、何にでも姿を変えるアマルガムを量産した。術式の一部を消して書き換えることを選んだのは、コアに書き込める術式の数に限度があると、独学でも把握できたからだ。

「……もし、さらに利益を増やそうとして、コアの性能を超えた商品を用意したら……」

エマはぞっとして、動きを止めた。

■

招待状を手に、テオはスーツ姿で部屋を出た。イレブンは深い紅のパーティードレス姿で、歩く度にアシンメトリーの裾が揺れて優雅だ。ベルスリーブの袖口からは手袋に包まれた手が覗《のぞ》く。小物はどれも淡く光沢のある黒でまとめられ、統一感があった。

「……同じドレスを使い回しちゃだめなのか？」

「構わないけれど、できれば違うように見せた方がいいわね。衣装は富の象徴なの」

「俺みたいな人間は生きていけない世界だな……」

「いいのよ、伍長《ごちょう》さん。スーツも様になっているのだから」

イレブンはアルエットとして微笑《ほほえ》み、先に歩き始めた。ギブソンタックでまとめられた銀髪を黒いベルベットのリボンが飾る。テオはカードキーと招待状を内ポケットに入れ、歩いて彼女の後を追った。

昼下がりの船内は、どこもゆったりとした時間が流れていた。プールに行くらしい乗客とすれ違うことも多く、カフェやラウンジに集まり、優雅にアフタヌーンティーを楽しむ客もいるようだ。六デッキに降りると、次の寄港までに土産を買っておくためか、ショップフロアが賑《にぎ》わっている様子が見えた。

サロンルームの前にいるスタッフに招待状を見せると、彼女は笑顔で応じた。

「お待ちしておりました。中に入る際は、こちらをどうぞ」

見せられたのは、ヘアクリップで髪に留めて着ける仮面だった。スパンコールや羽根飾りで派手に彩《いろど》られ、目元だけを隠すものだ。演劇の小道具に見える。

「……必要なんですか？　これが？」

「普段のご自身から離れ、本心で参加できるように、皆さまにお配りしております。着用はルールではなく、お客様の自由ですが、着用されるお客様は多いですよ。イベントの一環として、どうぞお楽しみください」

テオは自分の顔が引きつっていると自覚していたが、スタッフはにこやかに言うだけで他意は見られなかった。イレブンは少女の顔をして微笑《ほほえ》む。

「素敵。仮面舞踏会みたいね」

「秘密の社交場をイメージして、主催のカミーチャが取り入れたものです」

招待状を受け取る時点で審査があるというのに、さらに素性を隠す意味はあるのだろうか。

テオは理解できなかったが、「アルエット」が乗り気である以上、断れなかった。スーツと色を合わせた黒の仮面を受け取ると、イレブンはドレスと同じ赤の仮面を手に取る。

「テオ、こっちに来て。着けてあげる」

「何の変哲もないスーツにこんな仮面なんて、馬鹿げてるぞ」

「そんなことないわ。あなたの怖い顔を隠したら、もっと社交的になれるかもよ？」

イレブンはころころと笑って、テオの目元に当てた仮面をそっとヘアクリップで固定した。その耳元で彼女は囁《ささや》く。

「視線が隠れて、観察する上では好都合だもの。利用しましょう」

「……それもそうだな。ほら、お前も貸せ。せっかく整えた髪が乱れる」

「あら、着けてくれるの？　お願いね」

イレブンは微笑《ほほえ》み、従順に瞼《まぶた》を閉じた。途端に、薔薇色《ばらいろ》のアイシャドウと長くカールした睫《まつ》毛《げ》が際立《きわだ》ち、華やかな印象になる。仮面で隠すのは少し惜しまれた。

（……これ、仮面を着けたところで誰だかすぐに分かるだろうな……）

テオは一瞬手を止めたが、他の客もそれは承知の上だろうと割り切った。セットされた髪を崩さないように仮面を着けてやると、イレブンは「ありがとう」と明るく言う。

仮面は目のところだけ黒いレンズが入っているが、視界はそこまで悪くない。軽い素材で作られているのか、負担も感じなかった。スタッフの言う通り、ただの仮装のようだ。

サロンに入ると、他の客も目元を仮面で隠していた。誰もがドレスコードを守っているためか、奇妙な親和性があり、本当に仮面舞踏会に紛れ込んだように錯覚してしまう。

ウェルカムパーティーとは服装が違うため断定はできないものの、カミーチャたちが目を付けていた身体障碍者《しんたいしょうがいしゃ》や合成義体使用者のほとんどが出席しているように見えた。服の上からではそれと分からない客も多く、カミーチャの言う「親しい友人たち」の集いにしては少しの不安と緊張が漂い、落ち着かない。

「……反応はどうだ」

「……スタッフに三人。パーティーで見た人とは違うわ」

内緒話をする姿勢で、テオは手短に言葉を交わす。それとなく無線に触れた。

「……テオだ。会場に入った」

『──トビアスだ。待機中』

『──エマ、駆逐艦コールウェル。海上警戒中。異常なしよ』

無線の連絡にも緊張感が増す。テオは慎重に室内の様子に目を配った。

メインホールに比べれば当然狭いが、それでも十分なスペースのある部屋だった。出入口は一つだけで、窓はない。入って正面には仮設ステージがあり、出席者は横並びの椅子に座っている。ステージの横はスタッフ用のスペースとなっているのか、パーテーションで簡単に仕切られ、何やら準備している声が聞こえた。時折扉の開く音がするから、奥に別の部屋があるのかもしれない。確認できただけでも、スタッフは十人以上いた。

やがて、ワゴンに飲み物と軽食を並べたスタッフがやってきた。ノンアルコールのドリンクはオレンジジュースぐらいしかない。オレンジジュースを二つと、ナッツの盛り合わせをもらって、テオは一息《ひといき》ついた。

「……オレンジジュースってのがまた、何か混入していても気付きにくいな」

「ちょっと待ってね。飲んでみるから」

イレブンはすぐにグラスに口を付け、味わうような沈黙を経て呟《つぶや》いた。

「……精神刺激薬と、睡眠導入剤ね。高揚感と酩酊《めいてい》感を与えつつ、サロン参加者に詳細を記憶させないといったところかしら。危険な量ではないわ」

「……なるほど。飲み物のラインナップからして、多少の苦みはごまかせる。簡単に盛り上がるように細工して、気持ちよく買い物してもらって、サロンでの記憶を曖昧にすれば、金払いがよく口の堅い客のできあがりってか」

いちいち小賢《こざか》しい連中だ。テオは舌打ちして、椅子の間に用意された小さなテーブルにグラスを置いた。イレブンはナッツを摘まんで言う。

「こっちは大丈夫よ、安心してね」

「助かる。……ナッツだけってのも、虚《むな》しいが……」

この調子では、他の焼き菓子にも何か入れられているだろう。テオはナッツを一つ口に放り込みながら、室内を見渡した。客同士で会話している者はテオたち以外にもいるが、一人か、多くても二人で来ている客ばかりだ。誰もが少し、よそよそしい。仮面を着けて相手が誰かも分からない状態で陽気に話しかける人間ばかりだったら、それはそれでテオも居心地の悪さを覚えていただろうが。

やがてステージにカミーチャが現れ、拍手で迎えられた。彼だけは黒いレンズの入っていない仮面で目元を覆っており、すぐに誰だか分かる。

「皆さま、今日のサロンにご参加くださり、誠にありがとうございます！　私にとって、皆さまは大切な友人たちです。これを機に、一緒に楽しく過ごしていただければ幸いです。お飲み物や食事は行き渡っていますでしょうか？　グラスをお持ちでない方は……いませんね。では早速、サロンを始めましょう。まずは、東アカリヤザの伝統芸能をお楽しみください」

カミーチャが舞台袖を手で示しながらステージを下りる。すると、独特な楽器の音色に合わせて、変わった衣装の者たちが舞台袖から次々に姿を現した。

顔は狐《きつね》や猫といった面で隠し、衣装は前開きのものを帯で締めている。柄や色の合わせ方はアダストラでは珍しいものだが、不思議と調和が取られていた。髪の結い方、手足の動かし方、拍子の取り方、衣装の色と柄、全てが見慣れず、異国の風を感じる。

東アカリヤザは国境を海に沈めて島国となってから久しく、その文化は大陸に伝来しにくい。かの国の文化はテオ以外にも目新しいもののようで、多くの客が感嘆の声を上げた。

最初は、衣装や仕草を見せる、ゆったりとした音楽と振り付けだった。だが、音楽は踊り手の一踏みごとに加速していく。音楽も踊りも坂を転がり落ちるように加速していき、盛り上がりは増す一方だ。その音色や踊り手たちの掛け声が独特な調子とともに頭の中を埋め尽くしていき、そして

「────テオ」

文字通り引き戻されて、テオは我に返った。腕を引っ張ったイレブンが静かに言う。異国の音楽に熱狂する室内で、彼女の声だけは氷を含んだように冷たかった。

「しっかり息をして、意識を強く保って」

「……悪い、ぼうっとしていた。音楽のせいか？」

テオが椅子にもたれると、身を寄せたイレブンが囁《ささや》いた。

「音階と歌詞に、呪術的な要素を含んでいるわ。東アカリヤザやその周辺国で生み出されたものを混ぜているのね。催眠状態に持ち込む常套《じょうとう》手段でしょう」

「……飲食物だけじゃなかったんだな」

気を引き締めたところで、ショーは終わった。観客たちからは拍手喝采が起こり、踊り手と演奏家たちは一礼して退場していく。

室内の熱が冷めやらぬ間にカミーチャが再び現れ、「今日のサロンに合わせて、特別にご用意しました」という触れ込みで、商品を紹介し始めた。カミーチャが撮ったという旅先の写真と一緒に、東アカリヤザの伝統工芸品を始めとして、何の変哲もない細工品がステージでスポ

ットライトを浴びる。だがカミーチャはその土産話として、魔法生物の素材が使われているとか、恒常的に働く魔術が込められているとか、確証もない話を付け加えていくのだ。

それだけならまだいい。カミーチャは胡散臭《うさんくさ》い話をする中で、客を指名しては「これがあれば悩みが解決する」「長年の夢が叶《かな》う」などと背中を押していき、その客はまんまと細工品を購入していくのだ。時には一つしかない商品を前に、複数人が競《せ》り合《あ》い、オークション状態となる。カミーチャはそれを笑顔で煽《あお》り立《た》て、購入した客を大袈裟《おおげさ》に褒《ほ》め称《たた》えるのだった。

「……詐欺で現行犯逮捕したら、どうなるんだろうな」

「この場で詐欺だと証明できなければ、逆に私たちが訴えられてしまいそうね。……テオ、次が本命よ。集中して」

呆《あき》れた顔を隠せずにいたテオは、イレブンの言葉で姿勢を正した。

パーテーションで仕切られた奥から、大きな水槽が運ばれてくる。水槽は白く濁った水で満たされており、中は見えなかった。カミーチャは両手を合わせ「さて皆さま」と満面の笑みで室内を見渡す。

「こちら、本日の目玉商品でございます。東アカリヤザでは『代替身体《しんたい》』と呼ばれるこの商品！　なんとその名の通り身体《からだ》を代替……つまり、失われた肉体の一部を復元する、夢のような商品となっております！」

どよめく声が広がった。特に合成義体の使用者や身体障碍者《しんたいしょうがいしゃ》、その連れの者には動揺が大きかった。隣から椅子の倒れる音がしたかと思うと、イレブンが立ち上がっている。カミーチャは彼女を見て笑みを深め、客席に向かって両手を広げた。

「本物かどうか、皆さんもちろん、気になることでしょう。こちらの商品は、どんな苦痛もなく、欠けた部位を補います。合成義体を使用されている方は、装着直後の痛みやリハビリの苦労を覚えているはず。そんな煩わしいメンテナンスや買い替えから解放され、ご自分の肉体を取り戻せる、素晴らしい商品なのです！　今から実演させていただきますので、是非皆さま、お近くでご覧ください。特にそちらの、赤いドレスのお嬢様！　さあ、どうぞ！」

カミーチャが手を差し伸べ、イレブンが招かれる。興味を持った客たちが水槽を囲むのを横目に、最前列に招かれたイレブンの後ろに、テオは立った。

全員が揃《そろ》ったところで、カミーチャは仕切りの奥からもう一人呼び寄せた。くたびれたスーツ姿の男で、顔は仮面で隠していた。彼はスーツの上着を脱ぎ、カミーチャに顔を向ける。カミーチャは彼に頷《うなず》き、参加者たちを振り返った。

「こちらの男性は、代替身体《しんたい》をご購入されたお客様です。今から、右腕の合成義体を外し、ご自分の腕を取り戻していただきます！　さあミスター、どうぞ奇跡の体験を！」

男は手袋を外し、シャツの袖をまくった。彼の右腕は、安い合成義体だった。カバーも薄く、機械関節からはぎしぎしと軋《きし》んだ音が聞こえる。彼は合成義体を外し、接続部を水槽の中へと浸《つ》けた。白く濁った水面に波紋が広がり、やがて静かになる。

全員が見守る中、突如、水面が波打った。ぼこぼこと気泡が弾《はじ》け、水中の白い濁りが一か所に集まっていく。やがてそれは人間の腕を模《かたど》り、男は浅い呼吸を繰り返して腕を引き上げた。水滴を垂らしながら、確かに人間の腕が浮かび上がる。

男は信じられない様子で、震える右手を開閉させた。既に神経が通っているのだ。

驚いて声を上げる者、「信じられない」と溜息《ためいき》を吐《つ》く者、反応は様々だった。男は感極まった様子で右腕を裏に表にひっくり返し、カミーチャを振り返る。

「信じられない。こんな、話に聞いていたよりもずっとスムーズだなんて！　私の右腕が、本当に戻ってきた！　ああ、そんな、夢みたいだ！」

「ご説明した通りだったでしょう、ミスター。新しい腕で、どうか幸せな人生を！」

カミーチャは男にタオルを差し出し、笑顔で舞台袖へと送り出した。参加者からは矢継ぎ早に質問が飛ぶ。費用は、効果は、可能な部位は、デメリットは。カミーチャはどの質問にも答えず、まずは観客たちを両手で制した。

「皆さん、嬉《うれ》しい反応をありがとうございます。こちらの商品は個別での対応が望ましいものですから、サロンが終わったら、希望者に私の名刺をお渡しさせてください。具体的なお話はそれからにしましょう。実はもう一つ、とびきりの商品をご用意しているのです」

カミーチャはそう言って、スタッフを呼んだ。ただの水になった水槽と入れ替わりに、今度は浴槽が運ばれてくる。そちらも中は白く濁った液体で満たされていた。

「……これも？」

「……ええ。同じよ」

　期待で早くも声を上げる観客たちに聞こえないように、テオたちは小声で確認を済ませた。代替身体《しんたい》と同じ複製コアのようだが、今度は何をするつもりなのか。テオは腰の拳銃を確認しながら、カミーチャの様子を窺《うかが》った。彼は笑顔で続ける。

「こちらは特別サービスとなっております。その名も――死者蘇生《そせい》の奇跡！」

　その場が一気に騒然となった。代替身体《しんたい》という商品が、実際に肉体の一部を復元できた様を見て、本当なのではと期待感を膨らませる者がいれば、生命の禁忌に踏み込む所業に、口元を引きつらせる者もいる。それぞれの反応を見せる観客たちの中で、一組だけ、口を固く引き結び、互いの手を強く握り合っている男女のペアがいた。

「この液体に、亡《な》くなった方の遺骨や、髪、血といった肉体の一部を入れていただくことで、その方の魂が、生前最後の姿を復元した肉体に宿る、という奇跡です。今回は実際に、蘇《よみがえ》らせたい人がいるという、私の友人を招いています。どうぞ、こちらへ」

　カミーチャは周囲の緊迫感に構わず、変わらず笑顔で、様子の違うペアへ声をかけた。夫婦らしい二人は、寄り添ったまま浴槽に近付く。女は耐え切れない様子で泣き出し、口元をハンカチで押さえた。男は簡素な袋を取り出すと、浴槽に向けてひっくり返す。

　水音を立てて落下したのは、確かに人骨だった。

熱を増していた室内が、しんと静まり返る。本気なのだと、誰もが息を殺して二人を見守っていた。男は次に、スーツの懐《ふところ》から紙の包みを取り出す。折りたたまれたそれを開くと、束ねられた黒髪が入っていた。男はその髪を額に押し当て、震える息を吐く。祈りに似た仕草を見守っていると、彼はその髪もまた、浴槽へと落とした。

カミーチャは、静かにそれを見届けてから声をかけた。

「さあ。お二人の望む、死者蘇生《そせい》の対象を、名前でお呼びください」

「………………ラーニャ」

苦悩の滲《にじ》む、静かな呼び声だった。ハンカチを握りしめた女も言う。

「……ラーニャ、帰ってきておくれ……」

娘の名前だろうか。二人の声はあまりにも悲痛だった。テオが言葉を失っている間に、浴槽が激しく泡立ち始める。白い濁りが一か所に集まっていき、人間の形を取り始めていた。

まさか、そんな、と口々に声が上がる。観客たちの目の前で、濡れた手が浴槽の縁を摑《つか》む。水中から伸ばされた手に力が入り、ざば、と水を掻《か》き分《わ》けて少女が身を起こす。濡《ぬ》れた黒髪が肌に張り付くのもそのままに、少女は顔を上げて両親を見上げた。夫婦は息を呑《の》み、その場にいた客たちは驚愕《きょうがく》の声を上げる。

「ラーニャ！　ああ、ラーニャ、お前なんだね！」

女は仮面を脱ぎ捨て、涙に濡《ぬ》れた頰に笑みを浮かべて、少女を抱き寄せた。少女は微笑《ほほえ》み、母の腕に身を預ける。その再会に驚き、感動する者もいる中、イレブンは静かにテオに囁《ささや》いた。

「サラマンダーのにおいがするわ」

「可燃物なら、船に持ち込めないはずだろ」

「いえ、サラマンダーそのものではなくて、たぶん油か何かだと思うのだけど……」

テオには見当もつかなかったが、周囲を見回した。その場にいる全員が、感動の再会をする親子に視線を釘付《くぎづ》けにされ、カミーチャも笑顔でそれを見守っている。

動いたのは、男だった。少女の頭を撫《な》で、彼は尋ねる。

「……ラーニャ、お前なのかい？」

少女は笑みを深め、父親の手に頬を寄せた。カミーチャが声をかける。

「亡《な》くなったお嬢さんとの再会が叶《かな》って何よりです。ご感想は――」

「これは私の娘ではない」

ぴしゃりと、男は言い放った。仮面でその表情は分からなかったが、血が通っているとは思えないほど冷たい声だった。カミーチャの口元が引きつり、女は困惑する。

「でも、あなた、どこから見てもラーニャじゃないの。何を言って……」

「そうですよ！　ご覧なさい、完璧に復元された肉体に、お嬢さんの魂が――」

「ここに、娘の魂は、存在しない」

男は呻《うめ》くように言って、女を少女から引き離した。少女はきょとんと男を見上げている。男は彼女と目を合わせ、弱々しい声で言った。

「……偽物《にせもの》とはいえ、命は命。許しておくれ……」

男が懐《ふところ》に手を入れたと同時に、イレブンが飛び出す。彼女はすぐさま彼の右手を掴《つか》み、捻《ひね》り上げた。その手には小瓶が握られている。

「いけませんミスター、危険です」

「……すまないね、お嬢さん。もう終わったことなんだ」

男の手から小瓶が落ちる。

「――――それはもう、燃える」

ガラス製のそれは床で儚《はかな》く砕け散ったが、中身は空だった。イレブンは弾《はじ》かれたように振り返り、テオも目を見張る。


浴槽に浸《つ》かった少女が、ふと両手を水面から持ち上げる。

その全身は、瞬《また》く間《ま》に炎に包まれた。

浴槽を取り囲んでいた観客たちは大慌てでその場を離れた。カミーチャは仮面をむしり取り、少女に駆け寄る。浴槽の液体をかけても少女を包む炎は消えない。

「一体どうして、こんな、何をやったんだ！」

「娘の髪に、サラマンダーの油を塗った。魔術に反応して燃え上がるようにな」

「な、なんだと?!」

カミーチャが悲鳴を上げる目の前で、少女は内側から焼け崩れ、浴槽の水に溶けていった。炎が別の物に燃え移ることこそなかったものの、目の前で再び娘を失った女は言葉にならない声を上げ、むせび泣く。男は、彼女の肩を抱き、浴槽を見下ろすだけだった。

その場にいた誰もが言葉に迷って立ち尽くす中、突然イレブンが頭を押さえてよろめいた。テオは慌てて駆け寄り、縮こまる肩を抱き寄せる。

「どうしたアルエット、大丈夫か？」

「……ごめんなさい、信号が強くて。今すぐ人を逃がさないと」

意味を汲《く》み取《と》れずテオが困惑した矢先に、ふと物音がした。重たい物が倒れ、何かが割れる音がパーテーションのさらに奥から聞こえてくる。何事かと、視線は舞台袖へ集中した。

カミーチャも振り返り、訝《いぶか》しげにスタッフを指差した。

「君、ちょっと見てきてくれ」

「は、はい……」

「だめ！　すぐに離れて！」

イレブンが鋭く咎《とが》めた瞬間、扉の開く音が響き、パーテーションが押し倒された。控え室から転がり出てきたスタッフは、頭から血を浴びていた。

「カミーチャさん、大変です！　急に様子がおかしくなった奴《やつ》が――」

真っ青な顔で話し始めた彼の喉が、背後から貫かれる。男は目を見開いたまま、うつ伏せに倒れた。鮮血が天井まで噴き上がり、いくつも悲鳴が響く。彼の背後に立っていたのは同じスタッフの女だ。だが、彼女の右肩から先は血に濡れた刃と化し、蛇のようにのたくっている。女は虚《うつ》ろな顔でこちらを見ていたが、やがて、ぐるりと白目を剝《む》いて首を倒した。首の骨は折れ、あり得ない角度に頭が倒れる。

室内は一気に騒然となり、観客たちは蜘蛛《くも》の子を散らすように逃げ出した。逃がすまいと刃が鋭く伸びる。だがその切っ先をイレブンが握り締め、一気に肉薄した。女を控え室に突き飛ばし、彼女はすぐさま扉を閉める。カミーチャが悲鳴を上げた。

「お嬢さん！　中にまだスタッフが！」

「いいえ。もう助からないわ」

イレブンは背中で扉を押さえ、仮面を外してカミーチャを見やった。彼女は眉をつり上げ、怒りを露わにして言う。

「それよりも、お友達の心配をしたらどう？　彼らも無事ではいられないわよ」

「………っ！」

カミーチャは顔を真っ青にして踵《きびす》を返《かえ》した。テオは逃がすまいと駆け出すが、その矢先にカミーチャは車椅子の男をテオに向かって突き飛ばす。床に蹴り転がされた彼が他の客に踏まれる前に、テオは急いで彼を助け起こした。その間に、カミーチャは他の客も突き飛ばし、我先に走っていく。

「卑怯者《ひきょう》!!　逃げるなクソ野郎!!」

叫んでも無駄だ。テオは舌打ちして男を車椅子に座らせ、無線に触れた。

「トビアス、カミーチャが表から逃げた！　追跡を！」

『——了解、確保する！』

テオは仮面を脱ぎ捨て、苛立《いらだ》ちのままに踏みつけた。

「アンタ、怪我《けが》はないな？　連れは？」

車椅子の男が何度も頷《うなず》いていると、逃げる客たちにぶつかりながら駆け寄ってくる女がいた。

彼女は目に涙を浮かべてテオに礼を言うと、車椅子を押してその場を離れる。

テオは客を外に逃がし終え、ようやくイレブンを振り返った。彼女は扉を刃が貫く度にそれを叩《たた》いて引っ込めている。

「待たせた、イ、レ、ブ、ン」

「————構いません。ご命令を」

そこにもう、令嬢はいない。少女の表情が抜け落ち、彼女は猟犬として視線だけテオに寄越した。テオも拳銃を抜き、安全装置を外す。

「人を襲った以上、放置できん。ここで破壊する」

「了解。開けます」

イレブンは素早く扉を開けた。突き出された刃を拳で弾き、蹴り上げた爪先は刃となって女の下顎から脳天までを貫く。その背後から駆け寄ってきた人影に狙いを定め、テオは素早く引き金を引いた。頭部が弾《はじ》けて背中から倒れた男は、それでもなお起き上がる。

男は、腹から全身にかけて、放射状に銀色の液体に覆われていた。がくがくと全身を震わせながら走り出すが、イレブンが胴体を真一文字に斬り捨てた。かと思うと、彼女は男の腕を摑《つか》み、思い切り上に向かって投げ飛ばす。ぎょっとしたテオの頭上で、死体は何かとぶつかった。見れば、四肢を蜘蛛《くも》の足のような形に変形させた男が、逆向きの顔でこちらを見ている。

男は攻撃するかと思いきや、急いで壁に向かって走っていった。刃を壁に突き立て、通気口に向かっていく。その刃が通気口の蓋に届く前に足を撃ち抜き、落下したところでイレブンがとどめを刺した。

嫌悪感《けんお》に、吐き気がする。テオは銃をホルスターに戻し、顔をしかめて部屋を見回した。荷物や水槽、簡単な調理スペースがあるだけの簡素な部屋だ。テオたちが突入した時には既に血の海となっており、床には何人もの男女が遺体となって倒れている。見れば、先程右腕を手に入れたばかりの男も、血を流して絶命していた。

「テオ、こちらへ」

イレブンに呼ばれ、テオはすぐさま駆け寄った。蜘蛛《くも》のように移動していた男が、四肢を失った状態で倒れている。

彼の遺体は、水溜《みずた》まりの中に沈んでいた。

「破壊されたアマルガムが、水になりました。海水のようです」

「……海水を使って生み出されたからか。しかし、なんで突然攻撃的になった？」

控え室にいたアマルガムは、サロン開始時から確認できていた三人の代替身体《しんたい》の使用者たちだ。テオたちの攻撃による出血はなかったことから、彼らは先に殺され、体を乗っ取られて他のスタッフを殺害したと見受けられる。

「代替身体《しんたい》と同じように死者蘇生《そせい》についても、契約を結んでいた場合、アマルガムの破壊は禁止事項に抵触します。しかし、アマルガムの攻撃性が発揮される前に、焼却された。焼却された個体に代わって、その場に居合わせた代替身体《しんたい》が攻撃行動に移ったと、推測しますが……」

「……宿主を殺してカミーチャのところに戻るならともかく、他のスタッフまで殺すとはな。ブラウエル夫妻のケースと同じで、目撃者を始末しようとしたのか？」

船内には、あと九人の代替身体《しんたい》の使用者がいる。廃棄された一つとサロンで使用された二つを除けば、貨物室には在庫が五つあるはずだ。他の個体にも影響が出ていたら、被害はどれだけ大きくなるか。

ふと、イレブンが歩き出した。テオもそれに続くと、彼女は壁際《かべぎわ》で膝を突く。近くに遺体や瓶などもないのに、床が濡《ぬ》れていた。荷物を動かすと、壁紙が濡《ぬ》れてふやけている。

「……水漏れか？」

「こちらも海水です」

サロンには窓がない。ここ六デッキにはレセプションロビーがあり、そもそも海面より高い位置にある。部屋の内側に海水が染《し》み出すなんて、あり得ない。

それにもかかわらず、見ているうちにどんどん水が染《し》み出してきていた。カーペットが見る見るうちに色を変えていく。

立ち上がろうとしたテオは、自分の方に倒れ込むイレブンに驚いて両手で支えた。額を押さえたイレブンの瞳が、灰色と紅に点滅している。

「おい、また信号か！」

「……構えてください、来ます」

テオが目を見開いた瞬間、船体は大きく左右に揺れた。

■

逃げ惑う客たちから離れて駆け寄ってくる足音を聞き、トビアスは扉の陰に身を潜めた。非常階段とは違う、従業員用通路の扉が音を立てて開かれる。息を切らせて駆け込んできたところを狙い、トビアスは合成義体の左腕を相手の胸板に叩《たた》きつけた。

息を詰まらせ、声もなく背中から倒れた男——ジーノ・カミーチャを見下ろし、トビアスは眉を顰《ひそ》めた。

「自分だけ逃げようなんて、ずいぶん無責任じゃないか。なあカミーチャ」

「だ、誰だ？　スタッフが何を言ってるんだ」

「とぼけるんじゃないよ。君、代替身体《しんたい》が暴れたのを見て無様に逃げ出したな？」

カミーチャの顔から血の気が引く。さっさと手錠をかけてやろうとトビアスは腰に手をやり、大きな横揺れに体勢を崩した。カミーチャも目を見開き、辺りを見回す。

「カミーチャ、これは？」

「わ……分かるわけがない、どうしてこんなことになったのか……」

一番の当事者のはずが、信じられないほど狼狽《ろうばい》していた。トビアスは呆《あき》れながらもカミーチャを捕縛しようと手を伸ばしたが、冷たい感触とともに、そのまま横殴りに吹っ飛ばされた。

■

けたたましく警報が鳴る。魔導兵器の強い反応に、駆逐艦コールウェルは騒然となった。エマもマークスマンライフル型の魔導小銃《カタラ》を肩に引っ掛けて細い通路を駆け抜ける。

『魔導兵器出現！　前方、ハーヴモーネ号に接触します！』

『一体いつの間に接近した?!』

『不明です、急浮上した模様……待て、小型の魔導兵器の反応多数！　多すぎる！』

『総員、配置に就け！　主砲で迎撃する！』

甲板に飛び出したエマは進行方向を見て絶句した。

ハーヴモーネ号を中心に、海が渦巻いている。渦潮が発生するような海域ではない。なのに、波が船にまとわりついて離れないのだ。その勢いが一気に増した瞬間、派手な水飛沫《みずしぶき》が上がる。ちょうど、クジラか潜水艇が浮上したように。

噴き上がった水がそのまま柱となったような、歪《いびつ》な怪物だった。波打つ海水が逆巻き、噴き上がり、海面に影を落とす。その波間から、いくつもの赤い結晶が複眼じみた光を見せた。

雨のように水滴が甲板に降り注ぐ。その蠢《うごめ》く海水の怪物はハーヴモーネ号に向かい、なんの躊躇《ちゅうちょ》もなく船を殴り穿《うが》った。

轟音《ごうおん》を上げて船が傾く。大量の海水が流入するのを待たず駆逐艦コールウェルの主砲から青い魔力が迸《ほとばし》った。凍結の魔術が放たれる。艦砲射撃を受けてさすがの巨体も凍り付くが、その端からぱきぱきと音を立ててすぐさま氷が割れ始めた。資源回収用の個体をエマが撃った時と同じだ。あまり長く凍らせておけない。

だが確かに、怪物の意識はハーヴモーネ号から駆逐艦に逸《そ》れた。

赤い複眼が一気に光り輝く。それに呼応するように、海面にも赤い光が灯《とも》り始めた。赤潮よりも光を帯びている分、禍々《まがまが》しく不気味だ。何の魔術が始まるのかと身構えたエマの目の前で、光は水をまとって空中に浮かんでいく。

ぷかりと、クラゲのように白い半透明の物体が宙を泳ぐ。赤いコアを抱いた丸い異形。それがいくつも、いくつも、一つ目の怪異となって頭上を飛び交う。

その全てが、一斉に牙を剝《む》いた。

駆逐艦に向かってくる群れを見て、エマはすぐさま魔導小銃《カタラ》のレバーを引いた。放たれた魔晶火器弾《シエル・マギリス》は一瞬で拡散し、射程範囲内のアマルガムを稲妻で貫く。だが消滅させたところから次々に湧いてくる。

駆逐艦内の無線がにわかに沸騰する横で、エマは急いで無線を押さえた。

「テオ、トビアス！　大本のアマルガムが出現したわ！　海よ、海に擬態していたの！　急いでカミーチャを確保して命令権を握って！」

そう言い終えるや否《いな》や、エマは引き金を引く。魔導小銃《カタラ》の稲妻と主砲がアマルガムに命中しても、一時的に動きを鈍らせるのが精一杯だ。その間にも、海洋と化した怪物はハーヴモーネ号にまとわりつき、際限なく海水を注ぎ続けている。魔弾も相手のコアまで届いていないのか、致命傷は与えられないようだ。このままでは、船が沈む。

「メインコアを破壊してください！　レーダーで位置を特定して！」

『だめだ、何度撃っても新しいコアが出てくる！　メインコアは特定できない！』

報告し合っている暇もない。甲板に出て来た他の兵士たちも銃で応戦するが、周囲を飛び回る小型のアマルガムを撃ち落とすのが限界だ。何度主砲を撃ち込まれても、海洋アマルガムはびくともしない。海底にいるであろう本体を探す余裕は誰にもない。

エマは歯を食いしばり、魔導小銃《カタラ》の引き金を引いた。

■

六デッキから七デッキにかけて、左舷から大量に海水が流入していた。窓からは無数の赤い目が覗《のぞ》き、船内は瞬《またた》く間《ま》にパニックに陥る。急いで水密扉が閉められても、この調子では船が沈むのは時間の問題だ。

テオは逃げ惑う乗客たちを避け、応答のない無線から手を離した。

「……トビアスの返事がない。カミーチャは逃げたと見るべきかもしれんな……」

「状況確認は困難です。ご命令を」

イレブンが簡潔に言った。テオは思わず彼女を振り返る。凪《な》いだ灰色の瞳を、意識して覗《のぞ》き込んだ。上がっていた血圧と心拍が、段々落ち着いていく。

「……船内に、アマルガムの反応は」

「全部で十四。どれも攻撃信号です」

深く、テオは息を吐いた。乗客の騒めきと乗務員の誘導を意識から追い払い、船内見取り図とパンフレットに記載されていた体験プログラムを必死で思い出す。

「船内、船外の順でアマルガムを制圧してくれ。同時並行で、トビアスの捜索を頼む。俺はカミーチャを追う」

「行方に心当たりがおありですか」

「この船、避難ボートの他にモーターボートがあるはずなんだ。ダイビングなんかの体験プログラム用に、別の場所に置かれていた。……奴《やつ》はそれを頼ると見てる」

「了解。では、テオ」

すぐに離れるかと思ったが、イレブンは髪飾りのリボンを外し、テオの手首を握った。驚いたテオは顔を上げ、真正面から、灰色の瞳と見つめ合う形になる。

「お気を付けて。対処を終えたら、すぐに合流します」

「わ——分かった。お前も……トビアスを頼む」。

それを最後に、イレブンは紅のドレスを翻《ひるがえ》して駆けていった。テオは知らず知らず止めていた息を吐き、ふと手首を見やる。スーツと腕時計の間に、黒い帯が巻き付いていた。

「……保険付きか。頼もしいな」

お守り代わりに細い帯を握りしめ、テオは気を取り直してイレブンとは逆方向に走り出した。

目指すのは乗客が誘導される八デッキではなく、甲板のある九デッキでもない。

マリンスポーツの体験プログラムを希望する乗客は、なぜかさらに上の十三デッキに集まるようパンフレットに記載されていた。それが鍵だと信じて、テオは走った。

■

アマルガムのコアを追う。感覚器に灯《とも》る反応を追う。船外は反応が多すぎて漠然としているが、船内の反応は追跡可能だ。どれも五デッキ以下にいる。

イレブンは傾いた廊下を駆け抜けた。ヒールが硬い音を立て、水飛沫《みずしぶき》を上げる。水密扉で閉鎖しても浸水は止まっていない。エマの報告では、アマルガムは海に擬態していた。ならばこの海水も、肉体の一部と見ていい。動くものがあれば飲み込んでもおかしくない状況だが、海水はただ広がるだけだ。

（……攻撃目的の浸水ではない。おそらくカミーチャを探している。テオとアマルガムの接触は避けられない。急いで合流する必要がある。トビアスは未《いま》だ連絡不能……）

所要時間を試算していたイレブンは、途中で計算を止めた。前方、客室の扉を叩《たた》くアマルガムがいる。元はスーツ姿の男だったようだが、上半身は白く半透明になり、心臓の辺りに赤いコアが一つ浮かぶだけの異形と化していた。不明瞭な声を上げ、扉を叩《たた》き続けている。目的は不明だ。イレブンに気付くとすぐさま振り返る。

だが、遅い。

槍《やり》のように伸ばされた右腕を潜《くぐ》り抜《ぬ》け、相手の懐《ふところ》まで滑り込む。崩れた頭部が辛《かろ》うじてイレブンを捉えたが、動きは鈍い。床に突いた手を支えに、刃に転じた右脚を振り上げた。相手が仰《の》け反《ぞ》ったところで間に合わない。装甲も何もないゼリー状の肉体は容易に断ち切れる。真っ二つになった肉体の間から、砕けたコアが飛び散った。

　アマルガムが床の水に溶けて消えたところで、室内から荒い息遣いが聞こえた。イレブンは扉をノックする。

「どなたか、いらっしゃいますか。避難誘導は既に開始されております」

「……誰？　あの化け物は、もういなくなったの？」

　震えた声は女のものだった。イレブンは声を作って応じる。

「この船に乗っておりました、アルエット・コルモロンと申します。私が来た時には何もいませんでした。逃げられますか？」

「アルエット……あのピアノの！　よかった！　お願い、誰か呼んでほしいの」

「ドア枠が歪《ゆが》んでしまったようで、開かないんだ。助けてくれないか」

　男の声が続く。室内にいるのは二人だけのようだ。イレブンは短く応じた。

「すぐに対処いたします、お待ちください」

　廊下の浸水が進み、水圧と床の傾斜で外開きの扉が開かないのだ。イレブンは蹴り開けようと踵《かかと》を浮かせたが、判断の誤りに気付き、速やかに行動を修正した。外した手袋をバールに変形させ、歪《ゆが》んだ扉の隙間に当てる。

「バールでこじ開けます。ドアノブを握ってご協力を」

「き、君が？　分かった、頼む……」

男の声には『困惑』があったが、彼の気配が近付き、ドアノブが動いた。それを見計らってイレブンはバールで扉をこじ開け、部屋から男女を出す。

「助かったよ、ありがとう」

「お構いなく。階段を使って、八デッキへお急ぎください。避難ボートがあります」

「本当にありがとう、でもあなたは？」

「他に逃げ遅れた方がいないか見てきます。コルモロン姓を名乗る以上、その名に恥じない働きをしなければならないので」

女は息を呑《の》み、男は目を見張ったが「ありがとう」とだけ言い残して走っていった。二人の表情は『感服』に該当し、怪しまれた様子はない。任務に支障がないことを確かめ、イレブンはバールを握ったまま駆け出す。六デッキからの浸水で、五デッキも水浸しだった。

まだ明るい時間帯ということもあり、外出しているのか客室にいる人間は少ない。だが、客室にいる乗客がゼロではない以上、彷徨《さまよ》い歩くアマルガムを速やかに破壊し、完全に浸水する前に乗客を八デッキに逃がさなければならない。

（……乗客の救助は命令に含まれない。だがテオがいれば、高確率で彼らを救う）

一刻の猶予もない。しかし船内の人間に目撃される可能性がある以上、先ほどのように身体《からだ》を武器にするのは避けた方がよさそうだ。水音に構わず進むイレブンに気付き、アマルガムたちが振り返る。宿主の肉体を中途半端《ちゅうとはんぱ》に留《とど》めたまま異形化した彼らは、目撃者を襲いながら、さらに下の階に向かっているようだ。カミーチャは危険な階下には行かないだろう。彼らには何か別の目的がある。

(目的は不明。だが、捕食はしない。扉を突破する腕力もない。動きは鈍く、装甲はない。破壊は容易。――私が思案する必要もない)

廊下は狭く、半ば肉体の崩れたアマルガムではすれ違うこともできない。当然、順番にイレブンを待つことになる。そんなものを相手に、イレブンが後れを取ることはない。

(――一分だ)

許容時間を決め、イレブンは音を置き去りに踏み切る。濡《ぬ》れた廊下を滑るようにして一体目の脚を払い、白く透き通った頭部のコアをバールで殴り潰した。そのまま返すバールの先で二体目の下顎を砕き上げ、回転を加えてがら空きの胴を薙《な》ぎ払《はら》う。壁に叩《たた》きつけられてコアが砕け、倒れる男の横をすり抜けて跳躍する。低い天井に手を突いて、三体目のアマルガムが振り向く前に素早く首筋を蹴り飛ばした。人体の頑健さは彼らに存在しない。崩れかけた肉の、柔な塊だ。バールで容易に急所を吹っ飛ばせる。また一つコアを砕き、イレブンはさらに踏み込んだ。残り五体。

向かってきた女の頭部をバールで殴り、怯《ひる》んだ隙に膝のコアを蹴り砕く。ドレスの裾が濡《ぬ》れるのも構わず疾走し、開きかけた扉を手で押さえてバールをまっすぐ突き出した。鳩尾《みぞおち》のコアを打ち抜き、肉塊を壁に叩《たた》きつけるようにしてバールを引き抜く。迫り寄る触腕を軽く受け流し、相手が仰《の》け反《ぞ》った隙に肩のコアを殴り潰した。双眸《そうぼう》が白く透き通った男が両手を浮かせて歩いているのを目視し、彼が振り向く前に頭部を壁に叩《たた》きつけてコアを破壊する。残るは一体。

だが進行方向を妨げるように扉が開いた。椅子を構えた男が廊下に転がり出てくる。部屋からは女と子供の声。扉を壁に押さえつけた男が振り向く前に、アマルガムが攻撃体勢に入る前に、イレブンは短く告げた。

「止まれ、死ぬぞ」

男が電流でも受けたように大きく体を震わせて動きを止めた。アマルガムの触腕が揺れる。それと同時にイレブンは跳躍した。天井に擦れるほどの跳躍で男を飛び越え、アマルガムの眼球にヒールを抉《えぐ》り込ませる。着地の衝撃だけで頭部は完全に潰れ、突き立てたバールで胸部のコアを砕けば、代替身体《しんたい》の使用者は全て片付いた。

まだ乗客は残っている。だが、アマルガムのコアはあと五つ、貨物室のある方向に集まっていた。全てを救う猶予はない。人間らしく取り繕うよりもイレブンにはやることがある。

イレブンは助けを求める声に従って、扉をバールで雑にこじ開けた。息を止め、目を見開いた女二人が廊下に出てくる。

「怪我《けが》はありませんね。逃げ遅れた乗客が他にもいますので、互いに協力して脱出し、急いで八デッキに向かってください。乗客の救助にはこちらのバールをお使いください。力に自信がなければスタッフにお声がけを」

「あなた、一体……」

「ここも沈みます。急いで避難を」

二人は真っ青な顔でバールを受け取り、廊下を走っていった。イレブンは彼女たちとは逆方向に走る。

守れ。守れ。守れ。守れ。単純な信号が乱れ飛ぶ。

ハウンドの感知器にも訴えかけるそれを、イレブンは追いかけた。

サロンにいたアマルガムが攻撃行動に移ったことで、他の場所にいたはずの代替身体《しんたい》まで連動して攻撃行動に出た。トリガーとなったのはアマルガムの焼却だ。禁止事項への抵触があったからというだけでなく、大本のアマルガムからの信号にも従っていると見ていい。

テオが推測したように目撃者を始末することが目的であれば、避難した乗客を追って八デッキに向かったはずだ。カミーチャを守ることが目的であれば、攻撃行動を取るのではなくカミーチャを取り囲んだはずだ。大本のアマルガムには、別の確固たる目的がある。

五デッキを駆け抜け、誰もいないスタッフカウンターをすり抜けたイレブンは、足を止めた。

行く先は水密扉で閉ざされている。扉に耳を当てたイレブンは、すぐに水密扉のハンドルを回した。

浸水しているエリアだが、音からして水は溜《た》まるのではなく下に流れている。

扉を開けて中に入ると、足首まで水が溜《た》まっていた。イレブンは水密扉を元通りに閉めて先へ進む。エレベーターホールは天井に大きな穴が開き、そこから大量に海水が流れ込んでいた。六デッキへ続くはずの階段は踊り場から崩壊し、壁の穴からは、引き千切れて火花を散らすエレベーターロープと巻上機が見える。

（……トビアスは六デッキで待機していたはず）

イレブンは階段から跳び、壁を蹴って六デッキへ飛び移った。非常階段には従業員用通路の出入口がある。カミーチャは他の乗客とは違う避難経路を選ぶと見て、トビアスも待機していたとしたら、ここだろう。

扉を開けたイレブンは、そこで立ち止まった。

六デッキ左舷からアマルガムが開けた穴は、従業員用通路の真上にあった。そこから階段、エレベーターホールまでぶち抜かれ、海水は下に流れ続けている。

「……私が指揮を執る。聞け。私を知り恐れ、ひれ伏せ」

統制信号で呼びかけても、応答はない。船外の反応がやけに漠然としているのは、複製個体が無数に飛び交っているだけでなく、そもそもアマルガム本体が離れているためだ。

守れ、とアマルガムは強固な信号を送り続けている。代替身体《しんたい》の使用者が、攻撃行動に移って下の階へ向かっていた理由が、もしも、外敵の排除だとしたら。

（……カミーチャを確保しようとしたトビアスの行動を、指揮官に対する攻撃だと、アマルガムが判断していたら……）

イレブンはすぐさま真っ暗な大穴に身を投げた。

■

水滴の落ちる音がする。トビアスはそれを認識するとともに、全身の痛みに顔をしかめて呻《うめ》いた。ずぶ濡《ぬ》れで、体は冷え切っていた。

トビアスはやっと目を開けて、いやに暗い視界に眉を顰めた。自分がどこにいるのか分からない。階段でカミーチャを待ち構え、確保できる寸前だった。あの全身を襲った衝撃は一体何だったのだろう。

暗い中で、ぼんやりと赤い光が浮かぶ。

（……貨物室の、非常灯か……）

落下したようだが、荷物がクッションになって助かったのだろう。トビアスは体を起こそうとして、やけに不安定に揺れる足場に動きを止めた。滝のように流れ続ける水。積み上がった荷物の上で半身を起こしたトビアスは、足元まで迫る水面に気付いて息を吞《の》んだ。

パイプ椅子や書類だけでなく、重たいはずのデスクやスチールキャビネットが浮かんでいる。

六デッキの階段から、四デッキの事務室まで叩《たた》き落《お》とされたのだと理解して、トビアスは肝を冷やした。打撲で済んだのは奇跡だ。

部屋は暗く、海水の滝越しにぼんやりと光が見えるだけだった。他の従業員が被害に遭っていないか辺りを見回してから、トビアスはぎくりと動きを止めた。

先ほどまで見えていた赤い光が、ない。

そもそも事務室に、赤いランプを点灯させるものがあっただろうか。

暗い空間では、海水の流れ込む音と自分の呼吸音しか分からない。

トビアスは忙《せわ》しなく周囲に視線をやりながら、腰の辺りに手をやった。銃と懐中電灯はない。落下の衝撃で紛失したのか。

ごとん、と鈍い音がする。

視界で動くものはなく、水中から音がしたようだ。トビアスは爪先の濡《ぬ》れた感触で我に返り、慌てて積み上がった荷物によじ登った。思っていたよりも早く水位が上がっている。

コンテナを覆うビニールカバーを摑《つか》んでさらに登ろうとした瞬間、音を立てて大きな水飛沫《みずしぶき》が上がった。振り返ったトビアスは絶句する。

コンテナ、スチールキャビネット、デスク、椅子、辺りにある物を手当たり次第にくっつけて、歪《いびつ》な人型を作った白い半透明の巨人が、水面から立ち上がっていた。赤いコアが五つ、怪しく光り輝く。

貨物室に保管されていたアマルガムが、動き出したのだ。

ぎしぎしと軋《きし》んだ音を立てて右の拳が振り被《かぶ》られる。トビアスはろくに考える時間も与えられないまま水に飛び込んだ。上から轟音《ごうおん》とともに荷物が降ってくる。それを押し退《の》け、壁際《かべぎわ》の棚を足場に水面から顔を出した。がらくたの巨人はゆっくりとこちらを振り返る。

「おいおいおいおいおい、マジかよ……」

上のデッキから差し込むわずかな光さえも遮って、暗く巨大な影がトビアスを覆った。濡《ぬ》れて額に張り付いた髪、刻一刻と迫る水面、潮のにおいと冷たさ。目の前の脅威に全身から血の気が引いていき、手足が凍るような感覚。その全てが記憶の底に押し込んだ過去を呼び覚ます。

暗闇に慣れた視界で認識できるのは事務用品ばかりだ。なのにトビアスは、その影に造船機材やレールを目にした。覆いかぶさる巨人に、天井から落下するクレーンを幻視する。

息ができない。胸元を押さえたトビアスの目の前に、スチールキャビネットの拳が迫る。

瞬間、激しい金属の衝突音とともに火花が散った。

赤いドレスの裾《ひるがえ》が翻り、刃が白く三日月の軌跡を描く。

巨人の右腕を作っていたアマルガムを切り裂き——イレブンが荷物の山に降り立った。彼女は常と同じ表情で振り返る。

「発見しました、トビアス。無事ですね」

「イレブン！　助かった、本当に……」

話す間もなくイレブンが手近な棚を投げ飛ばす。デスクの拳を突き飛ばし、体勢を崩した巨人が倒れた。水音に負けないよう声を張ってイレブンが言う。

「アマルガムの対処は私が。トビアスはカミーチャの追跡に復帰を。船外に逃げたものと推測されます。テオが追跡中です」

「分かった、貨物室が無事なら手段はある」

トビアスは壁際《かべぎわ》のハシゴを摑《つか》み、荷物の山まで泳いだ。気付いたイレブンがハシゴを上の階に向けて立てかけ、トビアスを引っ張る。摑《つか》んだ手は小さいのに、驚くほど安心感があった。

「でも、君が来るとは思わなかった。テオが最優先だろうに」

「ハウンドにとって主人が第一であることは事実です」

イレブンは無機質な返事をしたが、灰色の瞳は穏やかにトビアスを見つめていた。

「しかし私たちはチームです。あなたがテオとエマを助けるように、私もあなたを助けます」

「……イレブン」

「ここにあなたの『恐怖』はない。お急ぎください」

いつもと変わらない無表情。熱も何もなく、常識を語るのと同じ口調で、しかし寄り添うようにして、彼女は言い切った。その時やっと、トビアスは手足が普通に動かせることに気付いた。先ほどまであんなに怯《おび》えていたのに。トビアスは笑って、ハシゴに足をかけた。

「ありがとう、イレブン。君は女神だ」

「いえ、兵器です」

久しぶりのように感じられるやり取りを背中に、トビアスは上のデッキへ急いだ。

■

引き金を引く。魔晶火器弾《シエル・マギリス》を詰める。引き金を引く。魔晶火器弾《シエル・マギリス》を詰める。単調な繰り返しだが、少しでも気を緩めれば一噛《か》みで致命傷を受ける緊張感が続く。

エマはもう何度目になるか分からない雷電の魔術を放ち、肩で息をしていた。脳が茹《う》だる。視界は陽炎《かげろう》でも立ち込めているかのようだ。重さを増したように感じる魔導小銃《カタラ》を抱え直し、エマはさらに気を引き締めた。

飛び回るアマルガムは人の頭ほどの大きさで、攻撃そのものは回避できる。だが人体の急所をよく心得ていて、油断すれば大動脈から噛《か》み千切ってくるのだ。甲板にいた兵士は既に二人、致命傷を受けて衛生兵が急いで運び去った。

こちらは消耗戦を強いられるが、アマルガムは無限に湧いてくる。まさか海水が枯渇《こかつ》するまで戦闘が続くのだろうか。エマは眩暈《めまい》を覚えながらも、視界の端でアマルガムを捉え、甲板を転がって突撃を回避した。すぐさま片膝を立てて魔導小銃《カタラ》の引き金を引く。迸《ほとばし》る稲妻は的確にコアを貫くが、静寂は一瞬だけだ。

「魔導士殿、一度下がってください！　あなたも限界に近い！」

「そんなことできません、これ以上人が減ったら、――――」

エマの言葉は途切れた。鼻から口まで熱いものが滴《したた》る。ついに脳が溶けて鼻から垂れたかと思い、手の甲で拭うと、手袋は真っ赤になった。

魔力は、有限だ。エマはまだ魔導小銃《カタラ》と魔晶火器弾《シエル・マギリス》を使って負担を減らしているが、魔力が枯渇《こかつ》すると身体的に損傷する。今回はこっちかとエマは垂れ続ける鼻血をまた拭った。

「手足が痺《しび》れないだけマシです、まだいけます」

「しかし、軍人でもないあなたがこんな！」

兵士の悲痛な声を遮るようにして無線が入った。通信兵のものだ。

『無旗船の接近を確認！　貴艦は何者か！　応答願う！』

また引き金を引いたエマは、周囲が落ち着いた隙に振り返った。確かに船が近付いている。

『——こちらはバントウボク救世隊、救護艦タカラ。直ちに貴艦を援護する』

涼しい女の声の後に、船の甲板からいくつもの黒い影が飛翔《ひしょう》した。人が乗る、大鴉《おおがらす》の群れ。

翼でアマルガムの群れを薙《な》ぎ払《はら》い、駆逐艦の周囲にいた小型アマルガムを遠ざけた。救護艦タカラはそのまま、傾くハーヴモーネ号へと接近する。

そこへ、大鴉《おおがらす》が一羽《わ》だけ駆逐艦の甲板に舞い降りた。大鴉《おおがらす》の鞍《くら》から飛び降り、女は東アカリヤザの装束と白い羽織《はおり》を翻《ひるがえ》す。一筋の乱れもなくまとめられたひっつめ髪に、弓矢を背負った姿。調査している中で目にした、代表のチェンシー・サイカその人だった。

「遅くなってごめんなさい、よく耐えてくださいましたね」

「まさか、戦地からここまで？」

「全てはうちの者の不始末です。責任は取ります」

サイカはそう言って、エマに小瓶を手渡した。薬草特有のにおいがする。

「せめてこれを。それ以上は脳が焼き切れます」

「あ、ありがとうございます……」

エマの言葉を待たず、彼女は弓を構えた。放たれた矢は幾筋もの光となってアマルガムを貫いていく。大鴉《おおがらす》の群れからも大量の光が降り注ぎ、一瞬で盤面はひっくり返った。

だが、まだ休むわけにはいかない。エマは一息で小瓶の液体を飲み干した。

■

肩で息をしながら、テオは十三デッキまで駆け上がった。避難誘導に従う乗客たちとは逆行し、船首側のプールへ向かう。マリンスポーツ参加希望者の集合場所となっているそのプールは、屋根や壁がなく、開けた甲板の形を取っている。

拳銃を手にプールに駆け込むと、甲板の手すりから船外へ向けてワイヤーロープが垂れていた。テオは反射的に身を乗り出し、海面に着水したモーターボートを視認する。こちらを見上げ、相手は大慌てでモーターを起動させた。

「逃げるな、ジーノ・カミーチャ！」

テオの威嚇射撃に構わず、モーターボートが走り出す。舌打ちし、他にモーターボートがないか辺りを見やったテオは、自分を呼ぶ声を聞いて振り返った。海から呼ばれている。見れば、トビアスが水上バイクで船と並走していた。

「テオ！　ワイヤーを伝って海へ！」

「お前、なん、おいどうなってるんだ……」

トビアスが無事だったことの安堵《あんど》とカミーチャを追い詰められる高揚で、自然とテオの口端《くちばた》に笑みが滲《にじ》む。テオはハンカチ越しにワイヤーロープを握り、海面まで滑り降りた。トビアスの手を掴《つか》んで水上バイクの後部座席に腰かける。

「いい物があったじゃないか」

「船が港に入れない時用に、バックヤードに準備されていてね」

トビアスは笑って、水上バイクを加速させた。テオは残弾を確認し、前方を睨《にら》む。水上バイクの音にカミーチャが振り返り、あからさまに焦《あせ》った様子を見せたが、モーターボートはそれ以上加速できないようだ。どんどん距離が縮まる。テオは拳銃を握り直し、狙いを定めた。

「逮捕しようとしただけで僕を殴り飛ばしたんだ、銃を当てたらアマルガムがどんな反応するか分からないぜ？」

「当てやしないさ。あの小心者なら、窓が割れただけで怯《ひる》むだろ」

片手では少々不安定だが、肺が空になるまで息を吐き切った瞬間、引き金を引いた。モーターボートの窓が割れ、思い切りボートが左右に揺れる。その隙にトビアスが一気に距離を詰めた。銃をホルスターに戻し、テオはトビアスの肩を摑《つか》んで座席に足で上がる。

「飛び移る、操縦を頼む！」

「君って奴《やつ》は本当に……っ！」

トビアスは呆《あき》れ声で言いながらも大きくハンドルを切った。慣性で投げ出されるまま、テオはモーターボートに飛び移る。カミーチャは情けなく悲鳴を上げ、わたわたと拳銃を抜くが、すぐにそれを叩《たた》き落《お》として彼の手を捻《ひね》り上げた。減速するモーターボートの上でカミーチャの両手に手錠をかける。

「往生際《おうじょうぎわ》の悪い奴《やつ》め。詐欺と窃盗、それから放火殺人の件まで、全部詳しく聞かせてもらうぞジーノ・カミーチャ。いや、ジョルジョ・サントーロ」

「くそっ、なぜその名を……！」

カミーチャは悪足掻《わるあが》きをして暴れたが、座席に押し付けると息を詰めて呻《うめ》いた。

「なぜアマルガムを海水に擬態させた？　挙句、船まで襲わせるとはな」

「そんな命令はしていない！　ただ、見つからないよう隠れていろと、何かあったら私を守れと言っただけで、――」

カミーチャが鋭く息を呑《の》んだ。テオも弾《はじ》かれたように顔を上げ、絶句する。

突如押し寄せた荒波が、モーターボートごとテオの視界も意識も覆い尽くした。

■

水上バイクでボートに接近していたトビアスは、突然の高波に声も出なかった。波が引き、元の海面に残されたのは、転覆したモーターボートだけだ。

「テオ、テオ！　どこだ、テオ！」

返事はなく、波は元通りに打ち寄せるだけだ。はっとしてトビアスは振り返る。海面から突き出し、柱のように並ぶ離れ岩が見える。海難事故が相次いでいた例の海域だ。

「まさか――」

トビアスはすぐさま方向転換し、水上バイクを走らせた。

■

魔導小銃《カタラ》を構えたエマは、違和感を覚えて銃口を下げた。

空中を飛び回っていたアマルガムの動きが止まっている。海洋アマルガムもハーヴモーネ号の傍《そば》に立ち尽くしていた。大鴉《おおがらす》たちも上空を旋回し、攻撃を止めていた。

何事か、誰もが息を殺して様子を見ている目の前で、海洋アマルガムが形を失い、ざばりと波間に消えていく。同時に、小型のアマルガムは次々に海に飛び込んでいった。

『――魔導兵器の反応、消失。追跡不能です』

「……消えた？　どうしてこんな、突然……」

エマはその場にへたり込み、嘘《うそ》みたいに静かになった海を見つめた。

■

物凄《ものすご》い力で引きずり回されている。視界も体もぐるぐる回る。自分が一体どっちを向いているか分からず、テオは息を止めることしかできなかった。目を開けてもカミーチャの姿は見えず、ただひたすらに青い。今見ているのが海面なのか海底なのかも分からない。

がむしゃらに手を伸ばし、岩か何かを掴《つか》んだが手が滑りまた流される。

海に擬態したアマルガムの仕業か。それとも既に捕食されたのか。トビアスは無事なのか。

船外はどんな状況なのか。息苦しさでまともに考えることもできない。何も把握できないまま、テオはついに何かにぶつかった。

触れたのは、ざらざらとした岩壁だ。海岸ならばそれに沿って動けば浮上できるはずとテオは目を開け、自分がどこにいるのか認識して血の気が引いた。

岩壁の洞に、偶然入り込んだ形だった。泳いで出ようとすると潮の流れに押し戻される。洞の淵《ふち》に手をかけても苔《こけ》で滑り、洞の底は貝か何かで埋まっていて足場にはできない。脱力して浮こうとしても、洞のさらに奥へと流される。

（息、息が、早く出ないと、息、が――――）

爪が苔《こけ》を掻《か》く。目の前が明滅し始め、足は踏ん張りが利《き》かない。藻掻《もが》いても藻掻《もが》いても明るい方へ近付くこともできず、テオの視界は気泡で遮られた。

光だけ悪戯《いたずら》に反射して、霞《かす》む視界の中、突然鮮やかな赤がひらめく。

「テオ、こちらへ」

思いの外強い力で引っ張られ、頬に手が触れた。聞こえるはずのない声に目を見開いた矢先に、視界は淡く光沢を帯びる銀色に遮られる。

気付けば、唇に柔らかいものが触れていた。

ふう、と吹き込まれる息に、肺がやっと安堵《あんど》する。

ぼやけた視界でも、彼女の姿は捉えられた。白銀の髪と赤いドレスが揺れている。

思わず開けようとした口を指で押さえ、イレブンはテオを抱き寄せた。

「摑《つか》まって、離さないで」

水中なのに、彼女の声は歪《ゆが》み一つなかった。慌ててイレブンの腕と肩に縋《すが》りつくと、潮の流れを無視して岩壁の洞から連れ出される。見れば、赤いドレスはそのまま強靭《きようじん》な人魚のヒレとなって、水を蹴って進んでいた。二度目の息苦しさで限界を迎える前に、テオは突如海面から顔を出す。

目も喉も胸も痛い。岩を引《ひ》っ掻《か》いていたらしい爪には血が滲《にじ》んでいる。

激しく咳《せ》き込み、肩で息をするテオに、イレブンは短く言った。

「お得意の無茶ですね」

「はぁ……あぁ……悪かったよ……」

テオは深く息を吐き、イレブンの肩でうな垂れた。ふと、左手首に結ばれた帯が視界に入る。

イレブンが的確に探し出してくれたからよかったものの、あのまま息を切らし、体力の限界を迎えていたらと思うと、テオの全身は震えた。

「……保険があるから、平気だと思ったんだ……」

「不測の事態への備えであって、愚行を促すものではありません」

イレブンはそう言って、ぎゅっとテオを抱きしめた。思わぬ行動にテオは目を丸くする。

「……イレブン？　どうした？」

「あなたが生きていると、確認しています」

何のことか意味を汲《く》みかねたテオは、思い出すと同時に小さく息を呑《の》んだ。

春の事件で、焼却炉から戻って来たイレブンを、テオは思わず抱きしめた。その時、抱擁の意図が理解できなかったイレブンに、テオがそう言ったのだ。まだ名前の分からない感情がこみあげて、テオは彼女を抱きしめ返す。

「……生きてるよ。お前のおかげで」

「何よりです。ただ、軽度の損傷と体温低下が見られます。陸に戻りましょう」

イレブンがするりと離れると、テオは途端に重力を思い知ることになって頭まで海に浸《つ》かった。結局、イレブンに背中から抱えられる形で、空を見上げて戻ることになる。日は傾き、空はすっかり夕焼けに染まっていた。

「……まさか泳げんとは」

「体力の消耗した状態で、着衣のまま泳げる人間の方が稀《まれ》です」

「そりゃそうだが……せっかくカミーチャを追い詰めたっていうのにこのザマってのがな。お前がいなかったらどうなっていたことか……情けないよ」

イレブンがゆっくり離れ、手を引いた。気付けば、足が地面に付くほどの浅瀬まで辿《たど》り着《つ》いていた。離れ岩の立ち並ぶ、岩石海岸。その小さな砂浜まで導いて、イレブンはテオを見上げる。もう支えてもらう必要がなくなったのに二人、手を繋《つな》いだまま見つめ合っていた。

メインホールで一曲踊った時と同じ距離で、灰色の瞳を見つめていた。

「一度、申し上げました通り」

夕焼けに、濡《ぬ》れた髪を光らせて、彼女は静かに言った。

「お役に立てたのでしたら、ハウンドにとってそれ以上のことはありません」

「……こんなことでも？」

「どんなことでも」

いつかと同じやり取りに、彼女が小さく微笑《ほほえ》んだように見えた。

テオは口を開いたが、水上バイクの音に遮られた。砂浜でやっと合流した途端、トビアスは大きく両手を広げ、テオとイレブンをがばりと抱え込む。

「ああ、よかった、無事でよかった！　今回ばかりは心臓が止まったかと思ったよ！」

「痛い痛い痛い！　合成義体で全力出す奴《やつ》がいるか馬鹿野郎！　心配かけて悪かったよ！」

「ははは、ごめんよ。イレブンもありがとう」

「はい。『どういたしまして』、です」

ぎゅう、ときつく抱きしめてから、トビアスはようやくテオたちを解放した。彼は「それで」と深刻な顔をする。

「カミーチャは？　彼も流されたようだが」

「分からん。アマルガムが確保したと考えるのが自然だが、生きてるかどうか……」

テオは思わず海を振り返った。離れ岩の間から、傾いたハーヴモーネ号が見える。甲板の位置からして、沈没は回避したようだ。海上にはいくつもの避難ボートが浮かんでおり、船の上空を飛び回る大きな鳥の影も見える。

「イレブン、アマルガムの反応はどうだ。船は無事のようだが」

「カミーチャを確保し、海底に戻ったようです。危険性は著しく低下しました。コアの位置も特定できましたので、これから向かいます」

「駆逐艦の援護を待たなくていいのか？」

「はい。彼らの攻撃行動は、カミーチャの保護、目撃者及び外敵の排除を目的としたものでした。現在、全ての問題は解消されています。今なら私の信号も届くでしょう。お二人はここで体温を確保し、トビアスの紛失した銃について報告する文章を考えていてください」

あ、とトビアスが声を漏らした。事故とはいえ捜査局支給の銃を紛失した以上、報告書が必要だ。トビアスが肩を落とし、テオも苦笑していると、イレブンは踵《きびす》を返《かえ》して海に踏み込んでいく。ドレスの裾が水面に棚引き、水の抵抗を物ともせずに、彼女のホワイトブロンドはとぷりと音を立てて見えなくなった。次いで、赤く透き通った尾ヒレが、夕陽《ゆうひ》を反射して波間に消える。

「……さて。水上バイクに何か積まれていないか見てくるよ」

「ああ、頼む。……エマには俺から連絡しておく」

砂浜を歩いていくトビアスを見送り、テオは波間を見つめたまま、無線に触れた。

■

辛《かろ》うじて光の届く海底まで辿《たど》り着《つ》き、イレブンは一度止まった。

白く半透明の複製個体が、クラゲのように漂っている。どれも活動限界を迎え、肉体の崩壊を待つばかりとなっていた。イレブンがその間を泳いでいくと、彼らも後ろをついてくる。薄暗い海底に、赤いコアの仄《ほの》かな光がいくつも灯《とも》る中、魚たちは気にした様子もなく泳ぎ去っていった。

やがてイレブンは、珊瑚《さんご》や貝に覆われた巨大な岩の陰を覗《のぞ》き込んだ。アマルガムのコアが、じっと岩と砂の中に座り込んでいる。表面を珊瑚《さんご》の死体で覆い、地面に棘《とげ》を刺すことで、潮の流れに左右されないようにしていた。

もう、戦う力はない。けれど弱い信号は発された。

〔否定〕〔否定〕〔否定〕

イレブンはアマルガムのコアに寄り集まる複製個体を払い、コアの表面に触れた。

その、奥。コアと岩で隠されている、白い半透明の塊がある。繭のような形のその中では、手錠をしたカミーチャが目を閉じている。呼吸はしており、生きているようだ。

「……私が指揮を執る。聞け、私を知り恐れ、ひれ伏せ。私に従え」

〔肯定〕

イレブンの統制信号に対し、簡単な信号のみが返ってきた。指揮官であるカミーチャの意識がない以上、上位個体に指揮権は移る。そのプロセスは正常に機能していた。コアの状態を確認すると、術式の書き換えによって出力は落ちているものの、それ以外の損傷はない。コアが機能する限り、カミーチャの命令を遂行しようとしただけだ。

ただ、イレブンはコアに残された記憶の量に着目した。戦地運用アマルガムの平均に比べると、四倍以上の記憶を保持している。

「記憶の閲覧を」

〔肯定〕〔展開〕

アマルガムのコアから記憶が伝達された。指揮官の命令で向かった戦場で、本来いないはずの味方部隊を発見し、保護を試みたが肉体を全損。その直後に、カミーチャがコアを確保し、運び出してしまった。この時、指揮権の移動プロセスに従い、唯一の生存者だったカミーチャに指揮権が移ったのだ。その後は、コアを露出させた状態を維持させたいカミーチャと、基礎機能により擬態して抗《あらが》うアマルガムの記憶が続く。民間人に指揮権が移ってからの全てを記録したようだ。

だが、記憶の中には、明らかにこのアマルガムが経験したものではないものが混ざっていた。失ったものを取り戻したいという願い、それが叶《かな》った喜び、それらが断片的に記録されている。代替身体《しんたい》として使用されたアマルガムが、使用者を捕食した際に読み取った記憶だ。

アマルガムは捕食することで、対象の全貌、生態、機能を分析し、擬態に活用する。捕食対象からの記憶の継承は、必要不可欠な機能だ。

通常、それらの記憶は長期間蓄積されない。たとえその記憶にどんな喜怒哀楽が伴おうと、アマルガムに影響を与えることはない。

だがこのアマルガムは、複製個体の持ち帰った、かつての宿主の『寂寞《せきばく》』『喪失』『希求』を蓄積し続けてしまった。挙句、その思考の模倣まで行ってしまったのだ。

自分も、この海の底で一人、カミーチャを失えば終わりだと、判断を誤ったのだ。

「……あなたは『寂しい』をしているのですね」

〔肯定〕

「宿主が複製個体に向けた感情を記憶することで、あなたもまた、誰かに強く求められていたのだと錯覚した。現実は、海底に一人きり、誰も訪れない。複製個体を回収されて終わり。現実と認識が乖離《かいり》する中、あなたは複製個体を送り出し、人間の『寂しい』を解消することで、自分の『寂しい』もまた解消されると推測した」

〔肯定〕

「でも、失敗した。だから、指揮官であるカミーチャを過剰に守ろうとしたのですね。彼を失ってしまうことは命令失敗を意味し、同時にあなたの存在さえも揺るがすために」

〔肯定〕

「その『寂しい』は幻想です。特定の記憶を捕食しすぎて、思考の模倣を行っただけに過ぎません。私たちアマルガムは、何も感じない。『不安』や『恐怖』から行動指針を変更するのは生物であって兵器ではない。ただちに修正しなさい」

返事はなかった。視界を塞ごうとする複製個体を押しやり、イレブンはアマルガムのコアに寄り添う。複製個体はふよふよと漂い、やがてイレブンの尾ヒレ辺りで落ち着いた。

「……『寂しい』があなたに命令を遂行させ、『寂しい』があなたを変えた」

〔……〕〔……〕〔肯定〕

「でも、あなたは自分の行いが、イレギュラーだとはっきり認識していた。だから、全てを記録したのですね。一つの漏れもなく報告するために」

アマルガムとして正常に機能しながら、思考模倣によって命令を拡大解釈して実行する。どう処分されるか、イレブンも推測はできなかった。

コアに触れる。希少鉱石を使用している以上、再利用できるならばそれに越したことはない。それに、バグを起こしてなお、この個体は人の役に立つために行動した。それがどんな結果を生んだかはさておき、アマルガムとしての重要指針は維持しているのだ。

「……愚かで非効率なのは人間の仕事であり、アマルガムの仕事ではありません。しかし私はあなたを裁く立場にはない。加えて、あなたは継続使用に耐えうる性能がある」

〔?〕〔?〕〔?〕

「あなた、まだ人の役に立ちますか」

疑問を信号で伝えていたアマルガムが、空に届きそうなほど特大の信号を発した。

■

駆逐艦コールウェルの甲板でエマは海を見つめ続けた。海軍からの支援艦が駆け付け、ハーヴモーネ号の乗客たちも全員避難が完了している。アマルガムが沈黙してからはハーヴモーネ号の傾斜も止まり、沈没には至っていない。

クルーズツアーは中断され、全員ザバーリオ港に戻ることになっていた。乗客を保護した軍艦と救護艦タカラは既に帰港を始めているが、駆逐艦コールウェルには、テオたちが戻るまで待ってもらっている。まだかまだかとエマは甲板から海を見ていたが、ゆっくりと近付いてくる水上バイクに気付いて目を見開いた。

とろとろと、波に逆らって進むのが精一杯の水上バイクから、トビアスが手を振る。その後部座席にはテオが渋面で座っており、膝に人ほどの大きさはある繭を乗せていた。そして側面のわずかなスペースに足をかけ、テオの肩を支えにしてイレブンが立っている。水上バイクの三人乗りなんて初めて見て、エマは気付けば口を開けていた。

「エマー、戻ったよー」

「戻ってあなた、水上バイクに三人乗りって、もう！　無事でよかった！　兵士さん、あの三人を船に引き上げてくれますか！」

慌てて準備をする兵士に礼を言って、エマは肩口で目元を拭った。安心して、気も涙腺も緩んでしまった。三人ともずぶ濡《ぬ》れで、服もぼろぼろだ。無線で連絡があったとはいえ、姿を見るとほっとする。

ふと、イレブンが後ろを振り返り、片手を挙げた。誰かに手を振ったのかとエマもそちらに目をやった途端、海面がぼこぼこと泡立った。

次の瞬間、滝が逆巻いたかと思うほどの水飛沫《みずしぶき》が上がる。

純白のクジラが、海から凄《すご》い勢いで飛び出してきたのだ。


クジラが夕焼け空に跳躍する。その巨軀《きょく》が海面に着水すると、その衝撃でハーヴモーネ号も駆逐艦も大きく揺れた。エマは手すりにしがみつき、もう笑うしかない。

白いクジラの頭部には、赤い目がいくつも瞬《またた》いていた。イレブンが手を振ると、クジラは潜水し、かと思うとハーヴモーネ号を背負って泳ぎ出す。

エマは待ちきれず、海軍兵士に混じって駆逐艦に救助されたテオたちに駆け寄った。巨大な繭をテオが引き裂くと、ぐったりとしたカミーチャが転がり出てくる。

「……これで、一件落着かしら？」

「ああ、完全にな」

みんなで、顔を見合わせた。駆逐艦コールウェルが動き出し、その後ろからハーヴモーネ号を背負ったクジラが追いかけてくる。養子縁組詐欺から始まった大騒動が、やっと幕を閉じた。

■

ザバーリオ市郊外には、大きな湖とそれを取り囲む森が広がっている。その一角に、トビアスの実家はあった。トビアスの両親は元々、港湾部の造船所近くで暮らしていたが、ザバーリオ空襲で家が焼け落ちたのを機に、海から離れた場所に移り住んだと聞いている。

そんな静かな湖の畔《ほとり》に、エマのはしゃいだ声が響いた。

「さあ！　夏を取り戻しに行くわよ！」

「ああ、行ってこい」

「どうしてテオとトビアスは水着じゃないのよ。ちゃんと用意してって言ったのに」

腰に手を当てて、エマは眉をつり上げる。トビアスは苦笑し、テオは顔をしかめた。

「僕は安静が必要だからパス」

「俺は一生分泳いだから水はもういい」

「ああそう！　私とイレブンで満喫するからいいわよ！　二人で仲良く見学なさいよ！」

浮き輪を持って泳ぐ気満々のエマに対して、イレブンはテオとエマを交互に見ているだけだった。エマはセパレート、イレブンはワンピースと水着の趣向は異なるが、髪型はお揃《そろ》いだ。

エマの趣味なのは明らかだが、仲のいいことだとテオは気にしないことにした。

エマの笑い声が遠ざかり、水音とともに「冷たい！」と悲鳴が上がる。イレブンがそれを宥《なだ》め、この辺りの平均気温と水温を語るのを聞き流し、テオはデッキチェアにもたれた。森の澄んだ空気を肺一杯に吸い込んで目を閉じる。

ジクノカグ事件の捜査を終え、後始末と報告を済ませたところで、テオたちは数日の休暇を

手に入れた。目立った怪我《けが》はないものの、テオは溺れかけ、トビアスは全身を強打し、エマは魔力の使い過ぎで消耗し、しばらく捜査を離れるよう休暇命令が出たのだ。

それを聞いたトビアスの両親が、バカンスにどうかと家に誘った。トビアスはあまり気乗りしない様子だったが、エマが乗り気になり、テオもこれを逃すとトビアスがますます実家に帰らないと見て、後押しした形だ。

テオが隣を見ると、トビアスもデッキチェアにもたれ、エマたちを見守っていた。その穏やかな横顔から目を逸《そ》らして尋ねる。

「……親御さん、喜んでよかったな」

「うん。……会いに来て正解だったよ。あんな笑顔、こっちに来て久しぶりに見た」

「まだ気にしてたのか。親御さんが引っ越したのはお前のせいじゃないだろ」

テオは思わず体を起こした。トビアスは複雑な顔で笑う。

「でも、父さんほどの船大工が海から離れるなんてさ。……やっぱり、気になってね」

「……まあ、息子の腕が沈んだ海を、もう見たくないって気持ちは、理解できるけどな」

テオは森と湖の広がる景色に目をやった。エマが指差し、遠い水面にいる水鳥たちを示すのを見て、イレブンが何か話しているらしい。平和な光景だった。

ザバーリオ空襲によって建物が倒壊した時、トビアスは両親を庇《かば》って瓦礫《がれき》の下敷きになった。

トビアスの父親が働いていた造船所だ。瓦礫《がれき》に加え、重機や機材が降り注ぎ、トビアスはそれらに左腕を挟まれて身動きが取れなくなった。トビアスが海に引きずり込まれるのは時間の問題で、瓦礫《がれき》を退《ど》かそうにも重機の入る場所はない。仕方なく、その場で左腕を切断し、トビアスは救助された。彼の左腕は、造船所とともに海に沈んだそうだ。

以来、ヒルマイナ家は少しだけ、ぎこちない。テオはトビアスにも、彼の両親にも世話になった身だ。そんな彼らが歩み寄れる機会があるなら、何だって利用したい。

「……これからはもう少し、会える時に会っておけよ。何が起こるか分からん」

「そうだね。今回の捜査で、痛感したよ」

そう笑ったきり、トビアスは静かになった。彼も本来はまだベッドで安静にしていた方がいい身だ。テオもそれ以上話しかけず、目を閉じて静寂を味わった。

どれぐらいそうしていたのか。テオがふと目を開けると、腹にはタオルケットがかけられ、隣のデッキチェアにはタオルを羽織ったイレブンが腰かけていた。

「……泳ぐのはもういいのか」

「休憩です。トビアスのご両親が、飲み物を用意してくださったので」

イレブンが片手でサイドテーブルを示す。見れば、氷の入ったアイスコーヒーが置かれていた。イレブンには夏の果物で飾ったアイスティーが用意されている。笑い声を聞いて振り返ると、湖に面したテラスで、飲み物を片手にトビアスたち家族とエマが盛り上がっていた。

「……人間はやっぱり、水の中より陸の上がいいな」

「溺れかけた人間は、皆似たようなことを言いますね」

穏やかな風が吹く。テオはアイスコーヒーを飲んで、デッキチェアに座り直した。

「……例のアマルガムだが、研究所ではどうだ」

「経過良好との報告を受けました。術式の再設定及び人命救助の訓練は必要ですが、適正な審査を経て、海軍保安部に配属される予定です。複製個体の大量遠隔操作、海中における人体の生命維持、命令遂行能力を評価され、再利用可能と判断されました」

「そうか。……とんでもない飼い主に当たって命令を実行しただけで、無罪なんだな」

「はい。法による裁きは、人間にのみ適用されますので」

イレブンは静かに応じた。風の音に耳を傾ける仕草で、その実何も聞いていないような、不思議な横顔だった。

「包丁は使い手を選ばず、切れ味を発揮する。アマルガムも同じです。どんな人間であろうと、指揮官の命令に従い、実行します。そこに善悪はない。それは人間のものであり、私たちの領分ではない。私たちに、それを定める基準はない」

「……指揮官に該当すれば命令に従うのか？　あんな悪党でも？」

「アマルガムには、指揮官を決定するプロセスしかなく、人間性を問いません。名君か暴君か、吟味してから命令を遂行していては遅すぎる。兵器なのですから」

　イレブンの言うことはもっともだが、テオは納得がいかなくて溜息《ためいき》を吐《つ》いた。

「……ローレムクラッドのアマルガムはまだ分かるんだ。ジム・ケントは、そりゃあ、酷《ひど》い男だった。だが奴《やつ》には理想があった。でもカミーチャは、ただの金の亡者《もうじゃ》だ。理想も何もない、臆病な小物でしかない。そんな奴《やつ》にも従うってのがな……」

「実のところ、アマルガムにとって人間を区別するのは難しいのです」

　思わぬ情報を聞いて、テオは起き上がってしまった。イレブンもテオの方を向く。

「み、見分けがつかないのか？」

「情報処理能力の問題です。私たちハウンドと異なり、アマルガムにとって人間は等しく人間です。等しく愚かで、非合理的で、脆弱《ぜいじゃく》で、劣った生命体でしかない」

　ずたぼろの評価である。テオは呆気《あっけ》に取《と》られたが、そう語るイレブンは穏やかだった。

「しかし、だからこそアマルガムにとって、人間は守るべきものなのです」

「……どんなに愚かで劣っていても？」

「人間がいなければ、アマルガムは生まれていない。どんなアマルガムにとっても、根底には人間は守るべき存在だという認識があります。とはいえ、どこまでが人間に含まれるかは、戦地運用である以上、指揮官による定義が必要ですが」

「……敵兵の識別方法は？」

「各国で採用されている識別票から、敵対国のみ登録するだけです。アマルガムが自分で判断して殺す、殺さないと分けているわけではありません。その判断すら、指揮官のものです」
テオは話を聞いているだけで疲れた気がして、デッキチェアに沈んだ。

ジーノ・カミーチャ、もといジョルジョ・サントーロは、捜査局に対して全てを語った。取材禁止区域に侵入して部隊を危険に晒《さら》し、偶然目の前で全損したアマルガムのコアを盗んだことから、ニーホルム博士の放火殺人、戦場から盗んだ呪物の販売、ジクノカグを通じた詐欺、アマルガムを使った商売まで、その全てを。彼は一生、刑務所から出ることはない。

ジクノカグについても見直しが行われ、バントウボク救世隊によって永久解散とされた。余罪のある連中は軒並み逮捕され、本部の目が届かない下部組織も抜き打ちで調査されている。これを機に問題を洗い出すそうだ。

代替身体《しんたい》の使用者も割り出され、研究所監督下で合成義体に置き換える手術も行われている。失った人間は戻らない。だが、今からでも助けられる人間はいる。それだけが救いだ。

事件が解決したとともに、アマルガムの危険性も理解して、テオはぞっとした。確かに戦場で前線を維持するために、命令系統は単純なものにしなければならず、指揮官が何かの理由で不在になった時の対処が必要なのも理解できる。だがこうして、金儲《かねもう》けの道具にされた挙句、何人もの死者が出てしまうと、その性能と仕組みが恐ろしくなった。

「……身の引き締まる思いだよ。俺も命令には気を付けなきゃな」

「はい。あなたも愚かで無茶ばかりで非合理的で脆弱《ぜいじゃく》な生命体ですので」

「事実でも傷付く言葉ってのがあるだろうがよ、おい」

テオが顔をしかめると、イレブンは無表情のまま、しかしテオに体を向けて言った。

「人格を指定してくだされば、アルエット風にお伝えしますが」

「それ、より丁寧に貶《けな》されるだけだろ」

「恋人役として申し分ない対応をしたつもりですが、不満がありましたか」

「いやまぁ、いい演技だったが……」

ふと思い至ってテオは尋ねた。

「もしかしてあれも恋人役の延長か？」

「あれとは」

「海で俺を助けるためにキスしたろ」

テオの言葉に、イレブンは丸い目を瞬《またた》かせた。

「人工呼吸は通常、口が触れ合うものです」

「それはそうだが……」

「犬に口を舐《な》められたことを『口付け』と表現することはあなたの自由ですが」

「そう……え？　そういうものか？　いや違……どうなんだ？」

テオはつい首を捻《ひね》った。イレブンは自身を兵器として認識しているのだから、そんな発想に至っても仕方ないことかもしれない。これも人格を指定していない弊害だろうか。考え込むテオの前で、イレブンがくすりと笑う。

驚いてテオは顔を上げたが、イレブンは澄まし顔で応じた。

「いま笑ったよな」

「笑っていません」

「絶対笑っただろ」

「笑っていません」

イレブンは頑《かたく》なに言い張って、飾り切りされたオレンジをテオの口に突っ込んだ。吐き出すわけにもいかず、テオは仕方なくオレンジを嚙《か》んで飲み込む。

「主人に向かってなんて態度だ……」

「猟犬の使い方がなっていないからです」

「いい性格してんなお前……人格なんて別に指定しなくていいじゃねえかよ」

テオは低い声で呟《つぶや》き、グラスに口を付けた。氷が涼しい音を立てる。

「まぁ実際のところ、俺の相棒なら、それぐらいがいいな。肯定するってよりは諌《いさ》めたり、こうやって軽口叩《たた》いたり」

「そうでしょうか」

「考えてもみろ。もし俺がお前に理想を押し付けたら、お前が言うところの『愚かで無茶ばかり』の奴《やつ》が二人になって、トビアスは胃に穴を開けて倒れるぞ」

「それは由々しき事態です」

二人、並んで湖を眺め、風に吹かれる。なんとも穏やかな時間だった。イレブンと出会った当初は、彼女とこんなにリラックスして過ごせるとは、テオは思いもしなかった。

「……好みの人間が必要とは限らないなんて。そんなことがあるのですね」

ぽつりとイレブンが呟《つぶや》いた。テオは小さく笑う。

「友達ならともかく、仕事仲間だぞ。俺は一緒に捜査できる奴《やつ》なら性格なんて気にしない。あんまり無茶されると俺も困るが」

「テオはもう少し自分の命を重要視して行動した方がいいです」

「犯人確保のためなら俺の命なんて二の次だ」

反射的に答えると、イレブンがテオの顔を覗《のぞ》き込んだ。

「死を恐怖するのは生命の必然なのに、ですか」

「自分が死ぬより、罪のない人間が死ぬ方が、よっぽど怖いね」

イレブンはテオを見つめていたが、やがて静かに言った。

「……ご自身の行動方針を把握しているのでしたら、なおさら、あなたに合わせた人格を指定するなど、一定のカスタマイズは必要だと、提案します」

「それは、そうかもしれないけどな……今のお前が、頼もしいんだよ」

テオは肩を竦《すく》めて応じた。マニュアルを読んでも、一緒に捜査を続けても、テオは相変わらずハウンドの上手な使い方が分からない。本当は捜査官らしい性格や振る舞いを指定した方がいいのだろう。

けれど、テオはイレブンとの不思議な距離感を、案外気に入っていた。無論、イレブンの適応力あってのことだが、テオが人格を指定することによってそれが変わってしまうのも、違う気がしたのだ。

「カスタムしない指揮官がいたっていいだろ」

「それでは、いざという時に何か不足する場合があります」

「いいんだよ、そのための相棒なんだから」

テオはそう言ってグラスを掲げた。

「だから、まぁ、これからも頼む」

「……仕方のない人ですね」

イレブンはそう言いながらも穏やかな表情で応じて、グラスを持つ。湖の畔《ほとり》に、グラスの触れ合う澄んだ音が響いた。彼女の灰色の瞳は、夏の日差しを受けて明るく煌《きら》めく。

少し離れたところからエマとトビアスの笑い声が聞こえて、テオは頬を緩めた。実に平和な昼下がりだった。

親愛なる読者様へ

この本を手に取ってくださった貴方《あなた》へ、深く感謝申し上げます。クライムサスペンスファンタジーバディ小説の、二巻でございます。一巻からお付き合いくださっている貴方《あなた》、本当にありがとうございます。本作から読まれている貴方《あなた》、一巻を読んだ前提の話が展開されていて不親切でしたね、大変失礼いたしました。こうしてお会いできて、嬉《うれ》しく思います。

小説という娯楽は、どうしても貴方《あなた》の時間をいただくことになります。貴重な時間を割いて本作を読んでくださり、大変光栄です。少しでも楽しんでいただけましたでしょうか。

本作を読んでくださった貴方《あなた》にだけ、ちょっとしたお話をさせてください。

二巻のお話をいただいた際、一巻改稿と並行して本作を執筆することになりました。そのため「一巻と繋《つな》がりを持たせながらも、対照的なお話にしましょう」と決まったわけです。一巻は市街地が舞台で、泥臭く地道な捜査がメインでしたので、二巻はもう少し狭い舞台で、華やかな場面を増やしたいわね、となりました。そこで、ドレスコードのある豪華客船という、クローズドな場での捜査をメインに据えたのです。華やかな装《よそお》いに身を包んだテオとイレブンの姿を想像して楽しんでいただけたら幸いです。イレブンに似合うドレスを考えるのが楽しかったものですから、色々なお洋服を着てもらいました。

一巻の犯人に比べると、二巻の犯人に拍子抜けしたかもしれません。もしかしたら貴方《あなた》も、テオと同じ感想を抱いたかもしれません。けれど、それでいいのです。アマルガムを利用すれば、どんな人間でも凶悪犯罪の犯人になり得る。アマルガムはそれほどに危うく、変幻自在で、とても献身的な服従者なのです。

例えば貴方《あなた》の野望を何でも叶《かな》えてくれる、忠実な兵器が現れたとして。それが貴方《あなた》に「ご命令は」と尋ねたら、貴方《あなた》は何と命じるでしょう。考えたことはありませんか？

私ですか。私は小心者ですから、大した願いは言えません。でも、ライオンを始めとした肉食獣に化けてもらって、それを抱きしめることができたら幸せそうですね。

閑話休題。話を短くまとめられないのは、私の悪い癖ですね。貴方《あなた》が居眠りしてしまう前に、結びに入りましょう。多くの方々の手助けを受けて、貴方《あなた》のもとにこの本が届いたことを、心から幸運に思います。本作に出会ってくださり、ありがとうございました。

二〇二二年　七月　駒居未鳥

## ◉駒居未鳥著作リスト

「アマルガム・ハウンド　捜査局刑事部特捜班」（電撃文庫）
「アマルガム・ハウンド2　捜査局刑事部特捜班」（同）

**本書に対するご意見、ご感想をお寄せください。**

ファンレターあて先
〒 102-8177　東京都千代田区富士見 2-13-3
電撃文庫編集部
「駒居未鳥先生」係
「尾崎ドミノ先生」係



本書は書き下ろしです。

電撃文庫

# アマルガム・ハウンド2
## 捜査《そうさ》局《きょく》刑事《けいじ》部《ぶ》特捜班《とくそうはん》

駒居《こまい》未鳥《みどり》


2022年９月10日　初版発行

発行者　青柳昌行
発行　株式会社KADOKAWA
〒102-8177　東京都千代田区富士見2-13-3
0570-002-301（ナビダイヤル）
装丁者　荻窪裕司（META＋MANIERA）
印刷　株式会社暁印刷
製本　株式会社暁印刷





ISBN978-4-04-914341-6　C0193　Printed in Japan

電撃文庫　https://dengekibunko.jp/

# 電撃文庫創刊に際して

文庫は、我が国にとどまらず、世界の書籍の流れのなかで〝小さな巨人〟としての地位を築いてきた。古今東西の名著を、廉価で手に入りやすい形で提供してきたからこそ、人は文庫を自分の師として、また青春の想い出として、語りついできたのである。

その源を、文化的にはドイツのレクラム文庫に求めるにせよ、規模の上でイギリスのペンギンブックスに求めるにせよ、いま文庫は知識人の層の多様化に従って、ますますその意義を大きくしていると言ってよい。

文庫出版の意味するものは、激動の現代のみならず将来にわたって、大きくなることはあっても、小さくなることはないだろう。

「電撃文庫」は、そのように多様化した対象に応え、歴史に耐えうる作品を収録するのはもちろん、新しい世紀を迎えるにあたって、既成の枠をこえる新鮮で強烈なアイ・オープナーたりたい。

その特異さ故に、この存在は、かつて文庫がはじめて出版世界に登場したときと、同じ戸惑いを読書人に与えるかもしれない。

しかし、〈Changing Times,Changing Publishing〉時代は変わって、出版も変わる。時を重ねるなかで、精神の糧として、心の一隅を占めるものとして、次なる文化の担い手の若者たちに確かな評価を得られると信じて、ここに「電撃文庫」を出版する。

**1993年6月10日**
**角川歴彦**

## 電撃文庫DIGEST　9月の新刊

発売日2022年9月9日

**七つの魔剣が支配するX**

著／宇野朴人　イラスト／ミユキルリア

佳境を迎える決闘リーグ。そして新たな生徒会統括の誕生。キンバリー魔法学校の喧噪は落ちついたかに見えたが、オリバーは次の仇敵と対峙する。　原始呪文を操るデメトリオの前に、仲間達は次々と倒れていく……。

**魔法科高校の劣等生 Appendix②**

著／佐島 勤　イラスト／石田可奈

『魔法科』10周年を記念し、各種特典小説などを文庫化。第2弾は『夏の休日』『十一月のハロウィンパーティ』『美少女魔法戦士プラズマリーナ』『IF』『続・追憶編』『メランコリック・バースデー』を収録！

**創約　とある魔術の禁書目録《インデックス》⑦**

著／鎌池和馬　イラスト／はいむらきよたか

元旦。上条当麻が初詣に出かけると、そこには振袖姿の御坂美琴に食蜂操祈ら常盤台の女子達が!?　みんなで大騒ぎの中、しかし上条は一人静かに決意する。アリス擁する　『橋架結社』の本拠地を突き止めると……！

**わたし、二番目の彼女でいいから。4**

著／西 条陽　イラスト／Re岳

共有のルールには、破った方が俺と別れるペナルティがあった。「今すぐ、桐島君と別れてよ」「……ごめん、できない」過熱する感情は、関係は、誰にも止められなくて。もう引き返せない、泥沼の三角関係の行方は。

**アマルガム・ハウンド2**
**捜査局刑事部特捜班**

著／駒居未鳥　イラスト／尾崎ドミノ

平和祈念式典で起きた事件を解決し、正式なパートナーとなった捜査官のテオと兵器の少女・イレブン。ある日、「人体復元」を謳う怪しげな医療法人の存在が報告され、特捜班は豪華客船へ潜入捜査することに……。

**運命の人は、嫁の妹でした。2**

著／逢縁奇演　イラスト／ちひろ綺華

前世の記憶が蘇り、嫁・兎羽の目の前でその妹・獅子乃とのキスをやらかした俺。だがその隙に、兎羽が実家に連れ戻されてしまい!?　果たして俺は、失った新婚生活と、彼女からの信用を取り戻せるのか！

**こんな可愛い許嫁がいるのに、他の子が好きなの?3**

著／ミサキナギ　イラスト／黒兎ゆう

婚約解消同盟、最後の標的は無邪気な幼馴染・二愛。《婚約》からの解放——それは同盟を誓った元許嫁として。逆襲を誓った元恋人として。好きな人と過ごす時間を失うこと。迫る選択にそれでも彼女たちは前へ進むのか——。

**天使は炭酸しか飲まない3**

著／丸深まろやか　イラスト／Nagu

天使の正体を知る後輩女子、瀬名光莉。明るく友人も多く、あざとさも持ち合わせている彼女は、恋を確実に成就させるため、天使に相談を持ち掛ける。花火に補習にお泊り会。しゅわりと刺激的な夏が始まる。

新作 **怪物中毒**

著／三河ごーすと　イラスト／美和野らぐ

管理社会に生まれた《官製スラム》で、理性を解き放ち害獣と化す者どもの『掃除』を生業としている、吸血鬼の零士と人狼の月。彼らは真贋入り乱れるこの街で闘い続ける。過剰摂取禁物のオーバードーズ・アクション！

新作 **あした、裸足でこい。**

著／岬 鷺宮　イラスト／Hiten

冴えない高校生活を終えたその日。元カノ・二斗千華が遺書を残して失踪した。ふとしたことで過去に戻った俺は、彼女を助けるため、そして今度こそ胸を張って隣に並び立つため、三年間を全力で書き換え始める！

新作 **となりの悪の大幹部!**

著／佐伯庸介　イラスト／Genyaky

ある日俺の隣の部屋に引っ越してきたのは、銀髪セクシーな異国のお姉さんとその娘だった。荷物を持ってあげたり、お裾分けをしたりと、夢のお隣さん生活が始まる……！　かと思いきや、その正体は元悪の大幹部!?

新作 **小説が書けないアイツに書かせる方法**

著／アサウラ　イラスト／橋本洸介

性が題材の小説でデビューした月岡雫。だが内容が内容のため作家になった事を周りに秘密にしてたが…彼の前に一人の美女が現れ、「自分の考えた小説を書かなければ秘密をバラす」と脅迫されてしまうのだった。

新作 **リコリス・リコイル Ordinary days**

著／アサウラ　イラスト／いみぎむる
原案・監修／Spider Lily

『リコリス・リコイル』のアニメでは描かれなかった喫茶リコリコでのありふれた非日常を原案者自らがスピンオフ小説化！千束やたきなをはじめとしたリコリコに集う人々の紡ぐちょっとした物語が今はじまる！

第27回電撃小説大賞
大賞
受賞作
孤独な天才捜査官。
初めての「壊れない」相棒は
ロボットだった――。
菊石まれほ
［イラスト］野崎つばた
ユア・フォルマ
紳士系機械 × 機械系少女が贈る、
SFクライムドラマが開幕！
相性最凶で最強の凸凹バディが挑むのは、
世界を襲う、謎の電子犯罪事件!!
最新情報は作品特設サイトをCHECK!!
https://dengekibunko.jp/special/yourforma/
電撃文庫

第28回
電撃小説大賞
金賞
受賞作
エンド・オブ・アルカディア
死ぬことのない戦場で
死に続けた彼と彼女の、
邂逅と共鳴の物語！
蒼井祐人
Yuto Aoi
【イラスト】——GreeN
END OF ARCADIA
彼らは安く、強く、そして決して死なない。
究極の生命再生システム《アルカディア》が生んだのは、複体再生〈リスポーン〉を駆使して戦う１０代の兵士たち。戦場で死しては復活する、無敵の少年少女たちだった——。
電撃文庫

第28回電撃小説大賞
銀賞
受賞作
愛が、二人を引き裂いた。
BRUNHILD
竜殺しのブリュンヒルド
THE DRAGONSLAYER
東崎惟子
[絵] あおあそ
最新情報は作品特設サイトをCHECK!
https://dengekibunko.jp/special/ryugoroshi_brunhild/
電撃文庫